Almas gêmeas

FLORIANO SERRA

© 2019 por Floriano Serra
© iStock.com/Chris Ryan

Coordenadora editorial: Tânia Lins
Coordenador de comunicação: Marcio Lipari
Capa e projeto gráfico: Equipe Vida & Consciência
Preparação: Tânia Lins
Revisão: Equipe Vida & Consciência

1ª edição — 1ª impressão
1.500 exemplares — agosto 2019
Tiragem total: 1.500 exemplares

**CIP-BRASIL — CATALOGAÇÃO NA PUBLICAÇÃO
(SINDICATO NACIONAL DOS EDITORES DE LIVROS, RJ)**

S496a
 Serra, Floriano
 Almas gêmeas / Floriano Serra. - 1. ed. - São Paulo :
Vida & Consciência, 2019.
 256 p. ; 23 cm.

 ISBN 978-85-7722-596-5

 1. Romance brasileiro. I. Título.

19-57186   CDD: 869.3
         CDU: 82-31(81)

Todos os direitos reservados. Nenhuma parte desta edição pode ser utilizada ou reproduzida, por qualquer forma ou meio, seja ele mecânico ou eletrônico, fotocópia, gravação etc., tampouco apropriada ou estocada em sistema de banco de dados, sem a expressa autorização da editora (Lei nº 5.988, de 14/12/1973).

Este livro adota as regras do novo acordo ortográfico (2009).

Vida & Consciência Editora e Distribuidora Ltda.
Rua Agostinho Gomes, 2.312 — São Paulo — SP — Brasil
CEP 04206-001
editora@vidaeconsciencia.com.br
www.vidaeconsciencia.com.br

*Para Lita,
minha alma gêmea.*

Apresentação

É quase certo que ninguém vive sem amar, e aqueles que ainda não têm o amor de sua vida, provavelmente, estão à procura dele. A questão é que o amor não se procura, se encontra.

Muitas pessoas passam anos percorrendo lugares diferentes e até inusitados, ou viajam pelo mundo na esperança de que o grande amor apareça na vida delas. Quase sempre, elas voltam frustradas e, por ironia do destino, muitas vezes, o amor está bem pertinho delas, embora não tenha sido notado. De qualquer modo, a realidade tem demonstrado que esse não é um encontro muito fácil.

Justamente, por isso, um grande número de pessoas sonha em encontrar a alma gêmea, para com ela viver uma linda e longa história de amor, de preferência como nos contos de fada.

E como se faz para encontrar a alma gêmea?

Não se faz, acontece. Quando você menos espera, ela aparece.

É verdade que alguns afortunados conseguem esse encontro com relativa rapidez, mas há outros que passam a vida inteira na expectativa de a qualquer momento cruzar com a tão sonhada metade.

Por que será que isso acontece? Que forças misteriosas trabalham a favor ou contra o encontro das almas gêmeas?

A resposta é difícil, até porque nem todo mundo acredita na ação dessas forças misteriosas. Alguns indivíduos, mais pragmáticos e racionais, defendem que tudo é apenas uma questão de sorte ou de oportunidade, como se esse esperado encontro fosse obra do acaso.

Já aqueles mais chegados às coisas do espírito, acreditam que não se trata do acaso e sim de energias astrais poderosas e vigilantes, que inspiram passos, mentes e corações para que ocorra o encontro mágico das almas afins. Na verdade, segundo eles, trata-se de um re-encontro, pois eles julgam que comportamentos em vidas passadas influenciam de forma decisiva nesse complicado e delicado mecanismo amoroso de afinidades.

Realistamente, é preciso levar em conta que muitos desses (re)encontros não acontecem devido à interferência de pessoas invejosas, ciumentas ou egoístas, cujos espíritos ainda não percorreram o devido caminho da evolução e, assim, criam tramas ardilosas e maquiavélicas para que os possíveis futuros amantes não se encontrem ou, pior ainda, se distanciem cada vez mais. E festejam quando isso acontece.

Para essas almas solitárias e invejosas, cada ato de desamor e desencontro é uma amarga vitória.

O inverso, da mesma forma, nem sempre funciona. Pessoas bem-intencionadas, às vezes, tentam intermediar a aproximação de solitários. Familiares, amigos e colegas, com a melhor das intenções, se dispõem a apresentar candidatos para que uma história de amor seja assim iniciada. Infelizmente, nem sempre dá certo. Os novos apresentados podem até se tornar amigos, mas a chama da paixão ou do amor nem sempre se acende por meio dessa estratégia.

Poderá até haver beleza, riqueza, inteligência e muitas qualidades em ambos os candidatos, e até pode acontecer uma união, uma sintonia pessoal e emocional, mas não é assim que é feita a descoberta da alma gêmea. Ela não necessita de intermediários para acontecer, porque transcende às relações convencionais e, quando surge, é imediatamente reconhecida, e a aproximação é irresistível por que inevitável.

Não há requisitos especiais para que isso ocorra. O encontro da alma gêmea pode acontecer por acaso, quando menos se espera, e sem a ajuda de ninguém do plano terreno. Às vezes, basta um olhar, uma voz, um sorriso, um esbarrão — qualquer coisa inesperada no cotidiano.

E, de repente, com a rapidez e a energia de um raio, a chama se acende intensa e ocorre a atração forte, quente, irresistível, como o encontro de dois ímãs de polos compatíveis. Nesse momento, houve um contato de almas, e isso é definitivo e irreversível.

Todo esse processo é muito misterioso, principalmente porque a "ajuda" vem de forças e energias invisíveis e inimaginadas.

Nesses casos, será pura perda de tempo alguém tentar impedir o encontro. Alguns espíritos invejosos poderão até achar que conseguem, mas tudo o que obterão será, quando muito, apenas atrasar o clímax, mas é certo que todo o esforço despendido se mostrará inútil.

Por mais dificuldades que tenham de enfrentar antes de se encontrarem, as almas gêmeas, no final, quase sempre estarão juntas porque é muito justa e positiva a energia que decidiu uni-las, e é muito poderosa a capacidade que possuem de fazer as coisas acontecerem neste plano, quando se faz necessário.

A questão passa a ser quão forte é o amor de cada um para superar barreiras cruéis, desconhecidas e incompreensíveis que tentam impedir o encontro? E até que ponto é válido persistir quando tudo parece conspirar contra e provocar a separação?

Em um mundo atribulado, como atualmente é o nosso, cheio de relações frágeis, fúteis e gratuitas, de facilidades de encontros e rapidez de desencontros, que amor será suficientemente forte para resistir e continuar lutando e perseguindo a alma gêmea? Muitas vezes, esses desencontros constantes levam ao desânimo porque trazem consigo a solidão, a frustração, a descrença e até a raiva.

Sabemos que cada pessoa tem seu limite. Justamente, por isso, muitas delas preferem a comodidade de aceitar o relacionamento que é mais fácil e imediatista — e talvez, por isso mesmo, seja grande o número de casais que se separam e preferem buscar continuamente outras alternativas amorosas, ainda que efêmeras e passageiras.

Mesmo as pessoas fortes e resistentes podem ter seus momentos de fraqueza e acreditar que o amor maior não está acontecendo porque não é mesmo para acontecer, devido a forças superiores. E, acreditando nessas "forças superiores", são tentadas a desistir.

Talvez elas devessem pensar que, se não fosse para acontecer o encontro, então por que eles ocorrem, ainda que de forma atribulada, incompleta e interrompida? Seria muita maldade das energias criativas do Universo brincarem dessa maneira com uma coisa tão séria e maravilhosa como o amor, sobretudo aquele existente entre almas gêmeas.

Este romance conta a história de duas pessoas que se conheceram na infância e, a partir daí, buscaram estar sempre próximas antes de serem separadas por acontecimentos imprevisíveis e inesperados. Trata-se de um caso raro de almas gêmeas que se encontraram cedo demais — e também foram separadas cedo demais.

7

E, a partir daí, uma verdadeira saga teve início nas tentativas de voltarem a se ver — se assim estiver escrito, quem sabe?

Nas duas primeiras partes deste romance, Alexandre e Beatriz — ou simplesmente Alê e Bia —, os personagens centrais da história, contam, eles próprios, cada um por vez, suas alegrias, descobertas e desventuras — ou seja, a versão pessoal de como tudo aconteceu.

Na terceira e última parte, cada um segue seu caminho e a vida continua, com novos desencontros, armadilhas, as mesmas angústias e dificuldades, convivendo com a incerteza do encontro.

Espero sinceramente que este romance promova uma cuidadosa reflexão entre os leitores e leitoras e que, em função dela, passe a existir uma saudável resiliência amorosa, quando as coisas parecerem difíceis.

É dessa forma que ficamos sabendo quando Deus diz "não" ou simplesmente "ainda não".

Afinal, em quase todos os segmentos da vida, saber esperar é uma arte que pode nos fazer crescer e nos conduzir à felicidade.

Com carinho,
Floriano Serra

PARTE 1
ALÊ

Capítulo 1

"As pessoas podem esquecer o que você disse,
mas nunca esquecerão como você as fez sentir."

Carl W. Buechner, 1926, escritor americano

Até hoje, apesar de ser psicólogo, ainda não entendi direito como uma lembrança muito antiga, da infância, nos acha no presente. A ciência não tem resposta para tudo o que se refere à mente humana, basta ver o mistério dos sonhos para o qual, até hoje, não há uma explicação concreta do seu mecanismo, muito menos dos seus significados.

Não me refiro a qualquer lembrança. No meu caso, estou falando daquelas de muito tempo atrás, quando acabara de completar seis anos de idade. Hoje, tenho 28, o que significa mexer em um arquivo de fatos ocorridos há 22 anos, no meio de um monte de outras lembranças a partir de 1996.

Foi naquele ano que vi Bia pela primeira vez, na escola, onde fazíamos o então chamado curso primário. Tínhamos apenas seis anos de idade, duas crianças, portanto.

Quando surge, essa recordação vem completa. Lembro perfeitamente que Bia vinha pelo corredor da escola segurando a mão de sua mãe. Eu caminhava no sentido contrário, também agarrado à mão de minha mãe. Acredito que aquele era um momento de ansiedade para ambos, pois era a primeira vez que entrávamos numa escola, com muitas outras crianças andando e correndo de um lado para o outro, no meio de uma relativa algazarra, com gritinhos, gargalhadas e vozes infantis.

Era inevitável o encontro, já que andávamos na mesma direção, um chegando e o outro saindo. Quando nossas mães passaram uma ao lado da outra e fizeram um leve cumprimento com a cabeça, senti um estranho e agradável arrepio ao ver aquela linda menininha loira, de grandes olhos azuis, rosto emoldurado por duas longas tranças douradas. Eu fiquei mais encantado ainda porque ela me olhou com a mesma intensidade.

Continuamos caminhando, olhando para trás, como se estivéssemos magnetizados. Ambas as mães chamaram nossa atenção para que tivéssemos mais cuidado ao caminhar. Obedecemos, mas, quatro ou cinco passos adiante, voltei a olhar para trás e, maravilha das maravilhas, ela também se voltara e estava olhando para mim, mas, desta vez, sem que as mães percebessem.

Foi assim que, aos seis anos, Bia e eu nos vimos pela primeira vez, e ali, embora não soubéssemos disso, começaria um relacionamento que duraria muito tempo — mais do que qualquer pessoa comum pudesse imaginar.

Quando, semanas depois, as aulas começaram, ficamos em salas separadas, mas nos víamos todos os dias, no refeitório ou no pátio, na hora do recreio. Algumas vezes, ficávamos juntos na quadra esportiva, assistindo aos outros meninos jogarem bola. Quase sempre dividíamos o lanche com o outro, qualquer que fosse o "prato do dia". Aquilo nos parecia a coisa mais natural do mundo. Quando o sinal tocava, voltávamos juntos para as respectivas salas e só nos separávamos à porta.

Isso durou três longos e divertidos anos. No quarto ano, passamos a estudar na mesma sala, e aí a amizade ficou mais sólida. Juntos, nós concluímos o curso e ficamos torcendo para que o início do ginásio não demorasse muito, no ano seguinte. Naquele tempo, não sabíamos o que era saudade, apenas sentíamos a falta um do outro, como se estar juntos durante tanto tempo fosse absolutamente natural.

Tendo ficado tanto tempo ao lado de Bia, era inevitável que eu tivesse muitos episódios com ela para lembrar, se a inexorável passagem do tempo não nos fizesse esquecer de muitos registros. Felizmente, de vez em quando, algumas cenas daquele período revivem na minha memória, como aquela do primeiro encontro.

Com o tempo, descobri que, no meu caso, e penso que no de muitas outras pessoas, o estímulo para a volta daquelas cenas na forma de nostálgicas lembranças costumava ser ativado através de um "gatilho", ou seja, um fato qualquer que esteja fortemente vinculado à recordação, por mais antiga que seja. Assim, o "gatilho" puxa a lembrança para o presente e coloca-a, sem ser chamada, em minha mente — esteja ocupada ou não com outras coisas.

Esse "gatilho" pode ser uma fotografia antiga, mesmo que desbotada pelo tempo, pode ser um inesperado perfume no ar, a visão de uma árvore de frutas macias e doces — como manga-rosa — ou uma música linda, mas dolorosamente melancólica como aquela do filme *Cinema Paradiso*, que nos leva inexoravelmente de volta à infância.

Qualquer dessas coisas e outras mais podem servir de estímulo para trazer-me lembranças que repousam supostamente esquecidas no infindável baú aparentemente sem fundo da minha memória.

O fato é que, depois de provocada, a lembrança me chega forte, pungente, emotiva, me faz interromper o que estiver fazendo, deixa-me com o olhar perdido no espaço e completamente surdo aos sons e às palavras à minha volta. Felizmente, esses efeitos duram apenas alguns poucos minutos, caso contrário, eu correria o risco de ficar alienado da vida.

É assim que o processo de resgate de memórias funciona, pelo menos comigo.

Convenhamos que as lembranças em geral, pelo menos na sua maioria, são, digamos, inofensivas e até irrelevantes, não nos causam qualquer perturbação, a menos que, em essência, sejam concretamente desagradáveis. Elas costumam vir fácil à memória, não precisam de "gatilhos". Mas não me refiro a essas corriqueiras, disponíveis, mas sim àquelas poderosas, geralmente escondidas.

É para essas que, em mim, surge o "gatilho", que funciona como uma infalível "máquina do tempo" e me leva a uma longa viagem mental, em fração de segundos, sem ao menos fazer um convite.

O poder dessas recordações, às quais me refiro, está justamente na sua incrível capacidade de, instantaneamente, nos remeter aos mais longínquos fatos do passado —, que podem ser de tristeza, felicidade, sonhos ou meras fantasias infantis.

No início do ano letivo seguinte, foi delicioso ver a expressão de alegria dela quando nos encontramos no pátio da escola, no meio de uma enorme algazarra dos outros alunos. Lembro bem esse momento: aos 10 anos de idade, não tínhamos ainda o lance do abraço e do beijo, mas creio que a energia dele já existia em nós, internalizada. Ficamos parados na frente do outro, sorrindo, sem dizer nada. Talvez tenha sido pronunciado um "oi", duas letrinhas apenas, mas que continha um imenso e caloroso significado.

Foram mais quatro anos de convivência alegre e carinhosa, que também geraram uma enciclopédia de recordações até completarmos 14 anos e compartilharmos mais uma festa de formatura.

Amo essas lembranças e faço de tudo para retê-las.

Quando sou "atacado" por elas, volto a me encontrar com Bia, minha querida, doce e eterna amiga de infância e adolescência.

Então, "revejo" aqueles enormes e encantadores olhos azuis, aquele rostinho sardento, cor-de-rosa, quase como um algodão-doce emoldurado por duas tranças douradas. Essa lembrança sempre vem acompanhada do perfume que ela usava, suave, cheiroso, algo adocicado, que eu adorava.

Mesmo hoje, não sei explicar o que acontecia entre nós, sei, apenas, que era uma grande afinidade, uma mútua atração emocional, algo intenso, irresistível.

Quando a dona das tranças loiras e dos olhos azuis, com a mesma idade que a minha, se aproximava de mim, e eu sentia de longe seu perfume, sempre achava que ela tinha acabado de sair do banho — o que podia ou não ser verdade, e eu pouco me importava com isso. Apenas curtia o perfume, imaginando que, naquele momento, minhas narinas deviam se assemelhar às dos dragões dos desenhos animados, tal era meu esforço para absorver aquele cheiro e mantê-lo comigo por quanto tempo fosse possível.

Durante muitos anos, já adulto, sempre que podia, estive procurando aquele perfume nas lojas dos *shoppings*. Podem acreditar que, se eu tivesse alguma fragilidade no meu olfato, já teria provocado nele uma disfunção de tanto frascos de perfumes que cheirei, para sentir o aroma e constatar se era o mesmo da infância. Nunca era.

Admito que ainda faço isso, embora com menos frequência. As vendedoras sorriem e me olham encantadas porque eu lhes digo que procuro no aroma uma pista de um amor desaparecido — o que não é mentira, e soa, para elas, como enredo de telenovela.

Às vezes, chego a pensar que aquele perfume nunca existiu, foi "fabricado" pela minha imaginação. Ou era o cheiro natural da pele dela ou do seu suor. Não afasto essas hipóteses, mas não me aprofundo muito nessas reflexões para não perder o encanto.

Bem, isso é quase tudo o que eu me lembro de Bia, além da sua vozinha macia e sua cristalina risada que me parecia infinita, ecoando no espaço. Lembro-me de que ela ria de tudo o que eu fazia de engraçado. Às vezes, acho que ela só ria porque gostava de mim, pois eu não me achava tão engraçado assim. Pelo contrário, as pessoas até diziam que eu era um garoto tímido, introvertido. Isso podia ser verdade, é que com a Bia eu me sentia livre de amarras, podia ser eu mesmo, sem medo de repreensões ou gozação.

Infelizmente, como já disse, os detalhes dessas lembranças perderam-se no tempo e só ressuscitam quando acontece um daqueles "gatilhos" a que me referi no início. Então, por instantes, levo um choque emocional e fico imóvel como se tivesse me transformado numa estátua. Como já disse, felizmente, esse efeito dura pouco. Logo a realidade me chama de volta e a vida continua repetitiva, competitiva e sem poesia.

Ao narrar esses fatos, não tenho a menor ilusão de ser compreendido por todos os leitores, só por aqueles que, na infância ou adolescência, tiveram uma grande e querida amiga, uma relação forte, mas inocente, pura e leve como névoa de outono. Quase um amor, se as crianças e adolescentes tivessem consciência do que é, de fato, o amor.

Se eu amava a Bia? Bem, considerando que nosso convívio aconteceu entre a infância e a adolescência, acho essa expressão inadequada porque é muito forte e intensa da maneira como eu vejo e entendo o amor. Sei apenas que a presença dela me fazia muito feliz, e tudo o que eu queria, na época, era tê-la perto de mim. Isso pode ser chamado de amor ou tem outro nome?

Talvez alguns leitores, se pudessem estar comigo, diriam me recriminando: "Rapaz, você precisa procurar um psicoterapeuta. Como é que, na sua idade, ainda tem essa verdadeira obsessão por uma garota que conheceu na adolescência? Você nem pode dizer que a conheceu direito, pois eram apenas crianças. Pode acreditar que tem muito de fantasia nisso aí. Trate de acordar para a realidade, amigo."

Não é tão simples assim. Aliás, um dos grandes problemas dos jovens é que não são levados a sério pelos adultos. Com quem eu poderia dividir meus sentimentos sem ser desqualificado ou ridicularizado? Esse é um lado solitário que toda criança e todo adolescente tem que aprender a administrar sozinho. Talvez um "amigo imaginário" pudesse ser útil nessas ocasiões, mas, ao contrário de outras crianças, eu não tinha nenhum.

Não sou tolo, sei que, desde muito cedo, todos nós tivemos amigos. O mundo dos jovens é pródigo em atrair e reunir amigos — uns barulhentos, outros caladões, uns engraçados, outros apenas esforçados e os chatos. Sim, havia os chatos, que só deixam lembranças irritantes ou chatas, como eles.

Mas, graças aos céus, no meio dessa pequena multidão infantojuvenil há sempre uma princesa encantada, que se destaca das demais, que faz nossos olhos brilharem e o coração bater mais forte quando chega e se aproxima. Pois eu fui um desses afortunados que teve uma princesa dessas naquele período.

Outro dia, compartilhando essas lembranças com um amigo, ele me disse cruelmente:

— Deixa disso, cara. Talvez hoje, se ainda estiver viva, essa Bia nem lembre mais de você.

Naquele momento, uma onda de indignação invadiu meu peito. Que absurdo! Como alguém podia dizer uma coisa dessas depois de ouvir minha história? O sujeito, numa única frase, conseguiu dar duas opções horríveis: ou Bia estaria morta ou já teria se esquecido da minha existência! Para mim, levantar essas pessimistas hipóteses era um caso de frieza e insensibilidade absolutas. Parei de procurar aquele amigo.

Bia jamais poderia estar morta. O que quer que tenha nos aproximado com tanta intensidade e beleza, jamais permitiria que nossa amizade fosse interrompida dessa maneira.

E quanto a ela ter me esquecido... Nunca ouvi tamanha bobagem, absurda e ridícula! Se alguém pudesse ter nos acompanhado durante todo o tempo em que Bia e eu estivemos juntos, saberia que essa seria uma hipótese mais do que improvável ou mesmo impossível. No final das contas, até fiquei com pena daquele meu amigo: na certa, ele nunca tivera uma pessoa tão especial por perto, durante tanto tempo, quanto eu tive. E digo mais: eu estava tão certo de que Bia seria a mulher da minha vida, a única e exclusiva, que não admitia a hipótese de vir a gostar de verdade de alguma outra ou ela gostar pra valer de outro. Talvez fosse um pensamento que não me fizesse bem, porque eu não poderia ter certeza de nada disso, mas era o que eu visceralmente pensava.

Capítulo 2

Na verdade, eu nunca soube dizer se Bia era mesmo especial, diferente das outras meninas, ou se eu a via daquela forma como resultado do tipo de sentimento que ela despertava em mim, mas isso agora pouco importa. Ela era muito especial para mim, e isso basta. Ademais, já faz muito tempo, e não dá mais para mudar nada dessa história. Por qualquer razão que fosse, minha amiga Bia era a musa dos meus sonhos.

Seu nome era Beatriz — nunca me preocupei em decorar o sobrenome dela e, conforme os leitores verão mais adiante, eu iria me arrepender profundamente por isso. Naquele tempo, eu achava que sobrenome era coisa de gente grande. Numa criança, Bia soava melhor que Beatriz. E muitas pessoas deviam pensar o mesmo porque a chamavam da mesma forma que eu.

Certamente, na maior parte por causa de Bia, minha infância e juventude foram muito boas. Durante um longo período, me diverti muito com ela e com os amigos do bairro.

Nosso grupo, de quase dez meninos e meninas com idades aproximadas, tinha hora e local para o encontro diário, sempre após o jantar, que acontecia por volta das 18 ou 19 horas.

Sob os olhares atentos dos meus pais, eu tentava comer devagar, como eles queriam, mas minha vontade mesmo era fazer a colher de sopa ir e vir bem depressa, sem parar. Por causa da Bia, eu estava sempre com um sentimento de urgência em tudo que fazia, tamanha era minha vontade de estar com ela o quanto antes.

Meus pais eram muito legais. Minha mãe, Marguerite, era filha de franceses e veio ainda bebê para o Brasil, com a família. Sempre que seus pais — meus avós — iam nos visitar, eu ficava fascinado com as conversas deles em francês. Acho que foi assim que aprendi a gostar da língua francesa — ou isso estava no meu DNA, não sei. O sobrenome de solteira de minha mãe era Ragaud, mas depois do casamento, adotou o Santoro, de meu pai Joel. E eu fui batizado como Alexandre Santoro.

Sempre vivemos na zona sul de São Paulo, na capital. A rua onde morávamos era, na verdade, uma pequena vila, onde todas as famílias se conheciam, se cumprimentavam e se vigiavam. Brincávamos com muita liberdade e tranquilidade, pois a vila era segura e não havia perigo de ficarmos até um pouco mais tarde na rua, mesmo à noite, desde que permanecêssemos nas proximidades.

Àquela hora, nenhum garoto ficava em casa. A televisão era a diversão principal das famílias, mas, com seus noticiários e programas sisudos, naquele horário, não tinha força suficiente para prender as crianças em casa. Nossas brincadeiras de correr, pegar, esconder ou adivinhar eram melhores e mais divertidas que qualquer atração que a televisão pudesse oferecer.

Quem estudava pela manhã, ainda podia encontrar diversão à tarde, com os desenhos animados, o que não acontecia com quem estudava à tarde. De manhã, os programas eram voltados mais para o público feminino, abordando assuntos sobre moda, culinária e temas semelhantes. Portanto, à noite, a alternativa era ir para a rua e juntar-se aos amigos.

Reunidos no ponto de encontro, debaixo de um poste de iluminação, esperávamos a chegada de todos da turma e só então as brincadeiras começavam. Mas, para mim, a diversão só começava mesmo quando Bia chegava. Enquanto isso não acontecesse, eu ficava inventando desculpas para atrasar o início das atividades recreativas.

Quando eu a via se aproximando, com aquelas tranças douradas balançando, aqueles olhos azuis como faróis à minha procura e aquele sorriso de fada-madrinha, eu ficava estático e surdo. O mundo inteiro silenciava, e eu tinha a impressão de que nem trovões eu ouviria naquele momento.

Eu devia ser um protegido dos deuses, porque ela vinha sempre em minha direção, sorrindo, olhando-me firme, mas carinhosamente. Éramos todos amigos, mas ela sempre escolhia a mim, e eu tinha certeza de que nem era o mais bonito dos garotos do grupo. Inteligente, talvez, mas bonito, certamente que não. Talvez a longa convivência escolar seja a melhor explicação para essa preferência, mas, no íntimo, sentia que era algo mais do que isso, mesmo sem saber o quê.

Apesar da pouca idade, nossa sintonia era como se tivéssemos crescido juntos. Ouvia os adultos dizerem que os opostos se atraem, porém, no meu caso com Bia, nos atraímos pela similaridade, pela coincidência das ideias, dos pensamentos, dos sonhos e dos sentimentos.

Naquela época, lembro claramente que tive uma noite de glória, que iria dar um novo rumo ao nosso relacionamento. Na hora habitual da turma se reunir para decidir as brincadeiras da noite, Bia veio, cruzou todo o grupo e, corajosamente, se aproximou de mim, pegou minha mão e me levou para longe dos demais — que nos brindaram com uma sonora vaia e longa coletânea de piadas maliciosas.

Claro que não ligamos para aquela ruidosa manifestação. Imponente, segui a garota dos meus sonhos, que era muito mais corajosa e ousada que eu, confesso. Não fomos para longe, apenas queríamos ficar a sós — e, a partir daquela noite, nunca mais voltaríamos para o grupo. Ficávamos apenas os dois juntos, sentados num batente de cimento na entrada da casa dela, um pouquinho afastada da vila, o suficiente para não sermos vistos pela garotada.

Durante muito tempo, aquele batente foi nosso valioso sofá, que teve uma importância fundamental em nossa história, pois foi palco e testemunha de acontecimentos relevantes.

No começo do nosso afastamento dos amigos, fomos muito atormentados por eles pelo "abandono", mas, com o passar dos dias, acho que se acostumaram com nossa ausência e pararam de nos incomodar.

Graças a Deus que nossos pais não viam nada de errado com nossa amizade. Apenas achavam que um era o melhor amigo do outro — o que era uma absoluta verdade, embora eles estivessem longe de imaginar o quanto.

Ali, juntinhos, sentados no batente, algumas noites falávamos muito, outras vezes, quase nada. Lembro que falávamos sobre nossos sonhos e projetos para o futuro. Coincidentemente, ambos queríamos seguir uma profissão que nos permitisse ajudar as pessoas. Medicina era a opção mais votada, mas como sabíamos, pela opinião dos nossos pais, das dificuldades financeiras para cursá-la, Psicologia era a grande vencedora. Planejávamos até ter um consultório juntos. Era esse o padrão de nossas conversas, embora os amigos do grupo pensassem coisas bem mais maliciosas e inconfessáveis a respeito dos meus encontros com Bia, no batente de sua casa.

A música apareceu nessa história por acaso.

Como já disse, o batente onde sentávamos era na entrada da casa dela, onde ela morava com seus pais, Gaspar e Nora, um casal de meia-idade muito simpático para mim — opinião que não era compartilhada pela turma pelo simples fato de eles serem espíritas.

A bem da verdade, nenhum de nós, do grupo, sabia exatamente o que significava "ser espírita", mas, certamente, por influência e mesmo determinação de pais preconceituosos, éramos quase que proibidos de nos aproximar daquela residência. Eu não sabia por que e não me importava com essa proibição, primeiro porque meus pais não eram tão rígidos e radicais assim e, em segundo lugar, porque minha amizade com Bia estava acima de qualquer coisa que pudesse ser motivo de medo.

Certo dia, cheguei a questionar meu pai sobre o que era "ser espírita" e porque isso provocava medo nos pais dos outros garotos e, por extensão, neles próprios. Lembro que sua resposta foi mais ou menos assim:

— Ser espírita é seguir a doutrina chamada espiritismo. Talvez o que assuste os pais dos seus amiguinhos seja o fato de que essa doutrina acredita em reencarnação e na possibilidade de se falar com pessoas que já morreram.

— Bom, fiquei com duas dúvidas: a primeira, o que é reencarnação?

— Segundo os espíritas, a alma das pessoas não morre junto com o corpo físico. Ela vai para outro plano e fica aguardando o momento de voltar à Terra, em outro corpo. Nem todas as religiões acreditam nisso.

— Interessante. A outra dúvida é a seguinte: como é possível falar com uma pessoa que já morreu?

— Não seria simples explicar agora, meu filho. Quando você tiver mais idade, poderá pesquisar e se esclarecer melhor. De qualquer forma, nada disso justifica esse preconceito religioso. Todo preconceito é condenável. O importante mesmo é ser honesto e sempre fazer o bem, ajudando as pessoas mais necessitadas, independente da religião ou doutrina que elas sigam.

Hoje, eu sei que os outros pais, com aquela ridícula proibição de que os filhos se aproximassem ou frequentassem a casa da Bia, eram uma clara demonstração de que sofriam de um inegável preconceito religioso.

De qualquer forma, era ali, naquele batente, que ouvíamos música. Quase todas as noites, pois os pais de Bia desligavam a televisão naquele horário e ficavam ouvindo música. A maioria delas não chamava nossa atenção. Em geral, eram melodias bonitas, mas nada que nos impressionasse.

Até que, uma noite, pela primeira vez, ouvimos *A segunda valsa*. Quando me tornei adulto, descobri que aquela música se chamava originalmente *The Second Waltz,* de autoria do compositor russo Dmitri Shostakovitch, nascido em São Petersburgo, em 1906 e falecido em 1975.

Claro que, com aquela idade, não sabíamos exatamente o que significava valsa, samba ou outro ritmo qualquer. Para nós, tudo era apenas música, que poderia nos agradar ou não.

Mas, aos primeiros acordes daquela melodia, imediatamente, nossos olhares se encontraram. Ouvimos a música inteira nos olhando, de mãos dadas. Se nos vissem naquele momento, os adultos diriam que estávamos apaixonados e emocionados e, com certeza, não saberíamos o que dizer quanto a isso.

Acredito que aquele momento foi decisivo para determinar a natureza do nosso relacionamento, porque provocou um sentimento de transcendência — se é que vocês me entendem.

A propósito desse fato, outro dia vi uma frase que me fez estremecer e, para mim, explica direitinho o que aconteceu conosco quando ouvimos aquela valsa. É de um grande filósofo alemão do século XIX, Arthur Schopenhauer, e diz assim: "A música é feita com a mesma substância da alma e ambas igualmente expressam a razão por trás da existência".

Hoje, eu acredito que aquela amizade surgiu porque, quando nos vimos pela primeira vez, nossas almas entraram em sintonia. Mas, naquele momento da valsa, foi como se essa sintonia tivesse sido, digamos, "oficializada". Era como se nossas almas se tornassem gêmeas, embora eu não soubesse o verdadeiro significado e sentido dessa expressão.

Não sei explicar mais do que isso o início da minha relação com Bia. Sei apenas que foi uma coisa incomum, forte, agradável, intensa e bonita. Sabíamos, pela força das crenças mágicas que as crianças têm que, a partir dali, nossa amizade seria para sempre e que nunca mais nos separaríamos.

O engraçado foi que, durante todos os anos em que compartilhamos a companhia um do outro, jamais tocamos na palavra namoro. Às vezes, sinto arrependimentos, imagino que deveria ter sido mais ousado nesse sentido. Mas, ao mesmo tempo, digo a mim mesmo que aquela amizade não pedia isso, não havia aquele lance que os adultos dizem ser "coisa de pele". Sim, nossos toques ocasionais eram muito agradáveis, mas sem malícia.

Era mais uma coisa de alma, de pensamentos e sentimentos iguais. Tanto que, algumas vezes ali sentados no batente, ficávamos longo tempo em silêncio, de mãos dadas, olhando para as estrelas. Outras vezes, ela me ouvia falar, durante longos minutos, a respeito dos meus objetivos de vida e aspirações. Outras vezes, quem falava era ela, e nenhum interrompia o outro.

Além dos nossos sonhos e projetos, sobre o que falávamos? Hoje, posso responder com absoluta certeza: não sei.

Talvez falássemos também sobre assuntos de aula, dos amigos, de algum filme ou passeio, não sei, realmente não faço a menor ideia. O que, aliás, é algo bastante surpreendente porque falamos muito, durante anos, nesses nossos constantes encontros.

Ao longo daqueles anos, a turma dos quase dez garotos e garotas se desfez, todos já crescidos. A maioria acompanhou as mudanças dos pais para outras cidades. Os demais fizeram amizades em outros bairros ou foram continuar os estudos fora da capital. Alguns talvez, com a idade, tenham preferido sair para namorar que ficar ali brincando. Afinal, com o tempo, ninguém se sentia mais criança.

Lembro vagamente que, em um dos fins de semana das férias de verão, um dos meninos do grupo morreu afogado quando brincava num lago próximo, comumente frequentado pela turma nos dias quentes. Disseram que ele não sabia nadar direito e se aventurara a ir muito longe da margem e, na hora, não havia nenhum adulto por perto que pudesse salvá-lo.

Sempre fui muito sentimental e emotivo. Na noite daquele dia, recordo que, sentado no batente ao lado de Bia, chorei bastante pela perda do amigo. Eu soluçava inconsolável e apertava a mãozinha dela. Para minha surpresa, Bia se mantinha serena, em silêncio, acariciando meus cabelos com a outra mão, até que eu me acalmasse. Lembro-me do que ela me disse na ocasião, mesmo sem ter entendido. Certamente, as palavras não são as mesmas, mas era algo assim:

— Contei a tragédia para meus pais. Eles me disseram que o garoto veio cumprir uma missão na Terra, como todas as pessoas. Que não devemos sofrer porque essa missão foi cumprida, ainda que, durante algum tempo, sintamos falta dele. Mas, agora, ele está em boa companhia, e tudo o que devemos fazer é orar pela paz da alma dele e para o consolo dos pais.

Como disse, não entendi bem o que aquelas palavras significavam, mas, talvez, por ver a serenidade dela, também me acalmei e consegui controlar minha tristeza.

Durante os anos seguintes, continuamos nos vendo e nos curtindo à nossa maneira. Todo o tempo que nos sobrava, estávamos juntos, conversando ou brincando, sem notar o tempo passar.

Fizemos e concluímos juntos o ensino fundamental ou ginásio. Foi um período muito feliz. Íamos lado a lado para a escola e, na saída, um estava esperando o outro para voltar para casa. Foi assim durante todos os quatro anos que durou o curso, já estávamos com 14 anos.

Na cerimônia de formatura, ficamos muito contentes de perceber a felicidade estampada no rosto dos nossos orgulhosos pais, durante toda a festa. Sabíamos que era só o começo da longa vida acadêmica, mas, de qualquer forma, era um começo. Estávamos preparados para juntos fazermos o ensino médio — ou colegial —, que era a etapa seguinte e, depois, a faculdade de Psicologia.

Eram esses os nossos planos que acalentávamos. Mas, infelizmente, não foi assim que as coisas aconteceram conosco.

Capítulo 3

Não sei se estaria cometendo uma grande injustiça ao dizer que todo o drama que se seguiu em minha vida começou por causa de uma ação de boa vontade dos meus pais. A intenção deles foi ótima, e é preciso reconhecer que eles não podiam prever o que iria acontecer.

Para me recompensar por ter concluído com brilhantismo o ensino fundamental ou ginásio, meus pais decidiram me presentear com uma viagem de férias a uma cidade onde tivesse praia, que eu só conhecia através de fotografias e filmes. Meus pais eram muito carinhosos comigo e, se não me brindavam com mais presentes materiais era porque o dinheiro não era suficiente, mas sei que faziam o possível para minha alegria. E eu procurava corresponder aplicando-me, tanto quanto possível, aos estudos.

Mas jamais poderia imaginar que começaria ali uma grande mudança em minha vida e no meu relacionamento com Bia.

Eu nunca tinha viajado de férias e, que eu saiba, nem meus pais. Certa vez, ouvi comentarem que pertencíamos à classe média. Eu não tinha uma noção muito clara do que isso significava, mas a explicação mais objetiva que eu ouvia para o fato de não viajarmos era devido à falta de dinheiro e a "culpa", parecia, era por pertencermos a tal classe média.

Mas naquele ano, meu pai recebera uma gratificação da firma onde ele trabalhava que nos permitiria, finalmente, pensar numa viagem de férias.

Assim, tive que acompanhá-los. Claro, eu não queria ir para não ficar longe de Bia durante quase um mês, mas não havia como, nem com quem ficar. Eu sempre fui filho único.

Na noite anterior à minha viagem, quando Bia e eu estávamos sentados no batente, foi ela que, percebendo minha tristeza, me convenceu de que eu deveria me animar com as férias, primeiro, porque eu merecia e, segundo, porque seria muito bom para a família. Disse algo assim:

— Seus pais ficarão felizes em tê-lo na viagem que, afinal, é um presente para você, pela formatura. Você não deve recusar um presente dado com tanto carinho. Além disso, precisa ir com eles porque ainda é muito jovem para ficar sozinho em casa. Então, veja o lado bom da coisa: você terá quase um mês para descansar, brincar, conhecer lugares novos e, principalmente, o mar, que você ainda não viu de perto. E, na volta, você me contará tudo, e aí eu também ficarei feliz por você.

Não vou dizer que esses argumentos dela resolveram meu problema. Se pudesse, teria desistido de viajar. Mas admito que as palavras de Bia me deram certo conforto, um maior alento, sobretudo, por saber que, na volta, ela estaria ali, disposta a me ouvir falar das férias.

Nem de longe eu poderia imaginar que aquela noite seria memorável e deixaria um registro indelével em minha memória.

Ao nos despedirmos, pela primeira vez em todos esses anos em que nos conhecíamos, trocamos um beijo nos lábios.

Eu nunca tinha beijado uma garota na boca. E se isso aconteceu naquele momento com Bia foi porque houve uma vontade espontânea de ambos. Ninguém forçou ninguém ou pegou de surpresa, como alguns garotos faziam com as meninas, na época.

Foi completamente natural: estávamos nos olhando, fechamos os olhos e nossos lábios foram se aproximando até se encontraram.

Deus, que coisa maravilhosa! Os lábios de Bia eram macios e levemente úmidos, e eu deixei que os meus passeassem instintivamente sobre eles. Uma delícia, acompanhada por um suave e delicioso perfume. Eu sabia e sentia que ambos queríamos e estávamos gostando daquilo.

Estou certo de que, naquele momento mágico, as estrelas se multiplicaram no céu, que já estava estrelado, e até pensei ter ouvido um coral de anjos. Eu simplesmente me sentia no paraíso dos prazeres.

Aquele beijo deve ter durado apenas alguns segundos, talvez um minuto, mas, para mim, correspondeu a uma eternidade, e eu jamais me esqueceria dele. E, de fato, não esqueci. Até hoje, de vez em quando,

24

sonho com aquele momento maravilhoso. Claro que, daquela época até hoje, já beijei muitas outras garotas nos lábios, mas, acreditem, nunca mais senti a mesma coisa. Talvez por ter se tratado de uma descoberta, não sei. Ou talvez porque Bia era mesmo uma menina especial.

Quando finalmente nossos lábios se separaram, não havia nenhum desconforto, nem acanhamento. Ambos estávamos sorrindo, felizes. O beijo acontecera naturalmente e tenho certeza de que, para ela, também fora a primeira vez.

Com mãos de uma maciez inacreditável, Bia ainda acariciou meu rosto antes de se levantar do batente para entrar em casa:

— Faça uma boa viagem, Alê, e tenha ótimas férias. E não se esqueça de mim. Estarei esperando aqui para ouvir você contar as suas viagens, aventuras e brincadeiras.

Lentamente, levantou-se e entrou depressa. Parecia que ela chorava, e eu achei que queria esconder as lágrimas, não tenho certeza.

Mesmo depois que ela entrou em casa, fiquei um longo tempo sentado no batente, curtindo a lembrança e a sensação do beijo. Tive a impressão de que ela me espiava por trás da cortina da janela.

Depois, fui para casa quase levitando e entrei direto no meu quarto. Depois de ajeitar as coisas para a viagem, caí na cama, mas não consegui dormir. Era como se Bia estivesse do meu lado, e esse pensamento era muito inquietante, estranhamente inquietante. Meu corpo estava fazendo interessantes e agradáveis descobertas.

No dia seguinte, bem cedo, eu e meus pais fomos para a estação rodoviária pegar o ônibus que nos levaria a uma cidade do litoral.

O ônibus partiu no horário programado. Olhando as paisagens pela janela, eu não tirava Bia do meu pensamento.

Foi por causa dessa viagem que aprendi que a única coisa permanente na vida são as mudanças. Percebi que elas acontecem a todo instante, de forma inesperada, e isso faz com que a vida não seja linear: é cheia de curvas, encruzilhadas e caminhos tortuosos e mais mudanças.

O problema é que nem sempre estamos preparados para elas. Foi o que também descobri depois daqueles dias.

Não posso negar que as férias com meus pais foram muito agradáveis e divertidas, sobretudo, porque eles se mostravam particularmente atenciosos e carinhosos comigo. Estavam, de fato, muito orgulhosos e satisfeitos pelo meu desempenho nos estudos.

25

Pela primeira vez na vida, vi o mar de perto. Nunca poderia imaginar aquela imensidão, algo muito impressionante para quem nunca viu. Ao mesmo tempo, inspirava fascínio e medo e, mais do que admirar aquela beleza formidável, tomei coragem e enfrentei as pequenas ondas e até mergulhei, mesmo sem saber nadar direito — sempre na beirada, claro. Mesmo assim, quando a onda era muito grande e alta, eu corria de volta para a areia e aguardava outra menor, que fosse menos "perigosa".

Durante as férias, voltamos ali várias vezes, e foi sempre muito divertido. Além de tudo, eu estava feliz, pois poucas vezes vira meus pais tão alegres e sorridentes.

Também fomos a parques de diversões, ao cinema, passeamos de charrete, de cavalos mansos, tomamos sorvete à noite, e eu achava muito importante e requintado fazer as refeições no restaurante do hotel ou naqueles da orla marítima. Eu nunca fora servido por um garçom e isso me fazia sentir quase como gente grande.

Em vários momentos, percebi que meus pais também estavam felizes e, algumas vezes, flagrei-os beijando-se amorosamente, talvez pensassem que eu não os estava observando. Achava isso muito legal.

A experiência da viagem estava tão divertida que, em alguns dias, cheguei mesmo a não pensar em Bia. Mas à medida que se aproximava o fim das férias, mais meus pensamentos se voltavam para minha amiga. Então, comecei até a entrar em ansiedade.

Naquela época, nós não tínhamos telefones celulares, senão teríamos nos falado muitas vezes, e eu a teria avisado do meu retorno. Como não poderia fazer esse contato, ela seria pega de surpresa.

Por isso, quando voltamos à capital, minha primeira preocupação foi correr até a casa de Bia. Não sabia o que faria quando a visse: se a abraçaria, beijaria novamente nos lábios ou apenas ficaria parado, olhando-a e sorrindo feito um bobo. Também não conseguia imaginar a reação que ela teria. Eu tinha assistido, em alguns filmes da televisão, cenas que mostravam casais se reencontrando depois de longa ausência: eles corriam um na direção do outro e se beijavam num longo e apertado abraço. Era mais ou menos assim que eu imaginava que seria meu reencontro com Bia.

Às vezes, acontecem coisas misteriosas com a gente e nunca encontramos explicações para elas. Por que estou dizendo isso?

Eu estava louco de vontade de rever minha amiga, mas, não sei por que, enquanto corria ao seu encontro, em vez de estar explodindo de alegria, sentia meu coração apertado com aquilo que os adultos chamam de mau pressentimento. O eu poderia estar errado?

Cheguei lá ofegante e tive uma surpresa: a casa dela estava toda fechada, portas e janelas. Mesmo sabendo que ela ainda estaria de férias escolares por mais alguns dias, assim como eu, imaginei que deveria haver alguém em casa.

Subi o batente e toquei a campainha. Como não percebi sinais ou sons de que alguém viria atender, toquei várias outras vezes, mas ninguém apareceu. Convenci-me de que a casa estava deserta.

Desconsolado, voltei, sentei no batente, aquele mesmo onde conversava com Bia quase todas as noites, e resolvi esperar. Talvez ela tivesse saído um pouco com os pais para comprar alguma coisa ou visitar alguém. Isso não era comum, mas poderia ter acontecido.

Devido à minha ansiedade, parecia que o tempo estava caminhando a passos de tartaruga — e daquelas bem preguiçosas.

Deve ter se passado quase uma hora, creio, mas eu estava disposto a ficar ali o tempo que fosse preciso. Queria ver minha amiga de qualquer jeito, depois de tantos dias de ausência.

Duas vizinhas idosas passaram na frente da casa, olharam para mim, cochicharam algo entre si e continuaram andando. Depois de alguns minutos, estavam de volta trazendo alguns pacotes. Tinham ido ao armazém ou padaria, provavelmente.

Vendo-me ainda ali, elas pararam, conversaram entre si mais um pouco e depois se aproximaram de mim. A que parecia mais idosa se manifestou primeiro:

— Você não é o Alê, amigo da Bia?

Respondi meio desconfiado, olhando para ela:

— Sou.

A outra mulher perguntou:

— Vocês estudam na mesma escola, não é mesmo?

— É, sim, senhora.

Em mim, o mau pressentimento continuava forte.

— Você está esperando pela Bia?

— Estou. Voltei hoje de férias e queria revê-la.

As duas idosas se entreolharam. Uma delas pigarreou e disse:

— Bem, Alê, temos uma informação não muito agradável para você. Não gosto de dar notícias ruins, ninguém gosta, mas de qualquer maneira, você logo ficaria sabendo.

Meu coração disparou. Eu estava certo em não sentir alegria. Olhei ansioso para a mulher, mas não consegui perguntar nada. A velha senhora completou e foi absolutamente direta na informação:

— Há duas semanas, o senhor Gaspar, o pai de Bia, sofreu um acidente e morreu.

Engoli em seco sem tirar os olhos da mulher:

— Morreu?

— Infelizmente.

Continuei olhando para ela tentando assimilar a informação:

— Que tipo de acidente?

— Foi atropelado. Uma coisa horrível.

Não digeri logo a notícia dada assim, de supetão, sem nenhuma introdução para tentar suavizar o impacto. Tanto que precisei repetir a pergunta:

— Ele morreu? O pai de Bia morreu?

— Morreu. Um carro o acertou quando atravessava uma rua. Uma coisa horrível — repetiu.

A outra mulher completou:

— Trouxeram ele para casa, chamaram uma ambulância, mas não adiantou. Quando o socorro chegou, ele já morrera. Estava muito machucado.

A outra idosa comentou:

— Nem sei por que não levaram ele logo para um hospital em vez de trazerem para casa.

Sua companheira foi mais cruel:

— Pois é, para quê? No estado em que estava, não iria adiantar nada, não ia escapar mesmo.

Apesar do choque diante de tudo que ouvi, continuei sentado no batente, com as mãos entre as pernas, olhando para as mulheres, os olhos começando a marejar. Eu não conseguia ficar de pé. Senti que minha voz tremia quando consegui perguntar:

— E onde estão Bia e a mãe dela?

— Ninguém sabe, meu filho. Devem ter ficado muito tristes e chocadas. Há mais ou menos uns quatro dias, elas sumiram.

— Sumiram? Como assim? — Eu já estava quase chorando, mas fiz força para me controlar.

— Modo de dizer. Acho que elas viajaram, devem ter ido para a casa de algum parente. Ou então mudaram de casa, foram para outro bairro, mas não disseram nada a ninguém. Não sabemos para onde foram. Na verdade, ninguém daqui sabe.

A outra mulher completou:

— Geralmente quando uma pessoa morre em casa, a família prefere se mudar para não ter lembranças tristes.

Não consegui mais segurar as lágrimas. Baixei a cabeça, apoiei-a nos braços amparados pelos meus joelhos e vi as gotas pingando no chão empoeirado.

Uma das senhoras tentou me consolar:

— Não fique triste, garoto. Essas coisas acontecem quando menos se espera. A vida é assim mesmo.

Eu não queria ouvir mais nada. Continuei com a cabeça abaixada, e elas perceberam que não haveria mais conversa comigo. Demoraram-se mais um pouco e vi os pés delas se afastarem das minhas vistas.

Fiquei um tempo enorme naquela posição até sentir minhas mãos formigando, dormentes. Não conseguia pensar em nada de forma ordenada, só via a imagem de Bia chorando. Naquele momento, queria desesperadamente estar com ela, consolando-a, abraçando-a.

Levantei-me num ímpeto e corri para casa. As lágrimas não me permitiam ver direito o caminho, mas eu o conhecia muito bem, pois o percorria sempre para ver Bia.

Devo confessar que eu não chorava pelo falecido, eu nem o conhecia direito, só de vista. Chorava de imaginar o que Bia estaria sentindo. Triste? Desesperada? Angustiada?

Lembrei que, quando o garoto da turma morrera afogado meses antes, ela, vendo-me chorando, manteve-se serena, disse que ele cumprira uma missão e que por isso ninguém deveria ficar triste.

Mas agora, caramba, tratava-se do pai dela. Eu não acreditava que ela conseguisse manter aquela mesma serenidade. Devia estar sofrendo, e eu não me conformava de estar longe dela num momento desses.

Lembram-se do eu falei sobre as mudanças? Pois eu estava vivendo uma — e das grandes.

Capítulo 4

Entrei em casa correndo, chorando e chamando pela minha mãe.

Ela e meu pai estavam ainda desfazendo as malas da viagem, calmamente. Voltaram-se para mim e ficaram assustados com o meu estado.

Minha mãe veio ao meu encontro com uma enorme interrogação no rosto:

— Alê! O que aconteceu, meu filho?

Ela sentou-se no sofá para me apoiar, e eu deitei a cabeça no colo dela, em lágrimas. Ainda não conseguia falar direito por causa dos soluços que insistiam em não parar.

— O que foi que aconteceu, meu filho? Estou preocupada, se acalme um pouco e diga o que houve.

A muito custo, consegui dizer:

— O pai de Bia morreu.

Surpreso, meu pai se aproximou:

— O Gaspar morreu?

Tentei me recuperar. Enxuguei as lágrimas com as mãos, sentei no sofá e procurei explicar:

— Eu fui ver Bia, mas a casa dela está fechada. Pensei que tivessem saído por um instante e fiquei esperando. Duas vizinhas me viram ali sentado, vieram falar comigo e me disseram que o pai de Bia foi atropelado por um carro e morreu.

Minha mãe lamentou, chocada:

— Nossa! Como pôde acontecer uma coisa dessas? O senhor Gaspar era ainda tão jovem.

— Era. Acho que ainda não tinha 60 anos — completou meu pai, também surpreso.

Minha mãe passou a mão nos meus cabelos:

— Eu não sabia que você gostava tanto assim do senhor Gaspar. É lamentável que tenha morrido, sem dúvida, mas essas coisas acontecem, meu filho. Agora, temos que pensar é na viúva e na filha dela.

Falei a verdade, entre soluços:

— Mãe, não estou chorando por ele, mas por causa da Bia. Nesse momento, ela deve estar sofrendo, e eu nem sei onde ela está. Não posso fazer nada para ajudá-la.

— Ninguém pode fazer nada, meu filho. Essa é, de fato, uma perda muito grande, e só a fé em Deus e o tempo conseguem ajudar as pessoas a se conformarem um pouco.

Meu pai se aproximou mais e ajoelhou-se no chão à minha frente:

— É muito triste isso, meu filho. É uma perda irreparável. Você conversou com elas?

— Não, pai. A vizinha disse que elas desapareceram.

Foi a vez dos meus pais se surpreenderem:

— Desapareceram?

— Há quatro dias, elas se mudaram, ninguém sabe para onde. Elas não falaram com ninguém e, por isso, não se sabe onde elas estão.

Meu pai levantou-se:

— Eu até imagino porque não falaram para ninguém da mudança. Os comentários eram de que a vizinhança não via com bons olhos aquela família apenas porque eram espíritas. Um preconceito bobo e sem sentido. Provavelmente por estarem magoados com a vizinhança, não deixaram com ninguém informações sobre o destino que tomaram.

Minha mãe opinou:

— Devem ter ido para a casa de algum parente.

Para mim, aquela conversa não fazia muito sentido, nem me interessava. Eu só pensava na minha amiga e no que estaria sentindo:

— Mas eu preciso ver a Bia, mãe, preciso falar com ela, saber como ela está.

Meu pai pôs a mão no meu ombro:

— Vamos combinar o seguinte, meu filho. Amanhã, antes de ir para o trabalho, vou visitar algumas pessoas da vizinhança e procurar alguma informação sobre o destino da Bia e da mãe dela. Procure manter a

31

calma até lá. Hoje, não podemos fazer nada, ainda temos que arrumar as coisas da viagem. Está bem assim?

Não estava. Eu queria agir logo, mas reconhecia que meu pai estava certo, não se podia fazer nada por enquanto. Balancei a cabeça concordando, durante um soluço.

Minha mãe me beijou:

— Vá se deitar um pouco e veja se consegue dormir.

Foi uma noite infernal. Nem pensava mais nas alegrias das férias, só ficava imaginando onde e como Bia estaria. Por que o mundo é tão grande, dificultando a gente de encontrar as pessoas amigas?

Na manhã seguinte, meu pai fez o que prometera. Pela janela, acompanhei-o indo a três ou quatro casas da vila. Vi-o falar qualquer coisa com quem o atendia. Pela distância, não conseguia ouvir nada, mas percebia que todos eles balançavam a cabeça em sinal de negativa. Dava para perceber que ninguém sabia de nada ou, se sabia, não queria dizer.

Foi o que meu pai confirmou quando voltou:

— O que eu consegui saber foi que elas se mudaram num fim de semana, bem tarde da noite. Não se despediram de ninguém, nem deixaram informações, endereço ou qualquer outra forma de contato. Em resumo, ninguém sabe dizer para onde elas foram.

Fiquei olhando para ele, pasmo. Quer dizer que eu nunca mais veria minha amiga? Isso seria terrível. Como seria minha vida sem Bia?

Hoje, eu sei muito bem que os adolescentes tendem a ver as coisas com reações radicais, extremas e dramáticas. Então, os adultos olham com alguma ironia e superioridade e dizem: "Ora, daqui a pouco isso passa, criança é assim mesmo".

Não pode existir frase mais irritante do que manifestações assim. Eles não têm a menor ideia do que os jovens sentem, e falar assim é muito desqualificante e até desrespeitoso.

Para resumir, eu estava simplesmente arrasado. Construíra grande parte da minha infância e agora adolescência tendo Bia como elemento fundamental. Devia a ela o que chamamos de autoestima. Ela fazia com que eu me sentisse o melhor, o mais amado e o mais bonito garoto da face da Terra. Ela me dava atenção e me ouvia sempre que eu tinha algo para falar. E agora eu não poderia mais contar com essa pessoa. Isso não é justo, nem direito.

Meus pais faziam o possível para me consolar, mas eu não conseguia sair daquela tristeza profunda.

Durante os dias seguintes, voltei à casa de Bia muitas vezes. Fantasiava que a encontraria sentada no batente à minha espera, mas a fantasia nunca se tornou realidade. Mesmo assim, eu sentava lá e ficava com o olhar perdido no espaço à espera de uma surpresa impossível.

A casa ficou vazia por quase três meses. Só depois desse tempo, percebi que fora alugada ou vendida.

Cheguei a pensar em perguntar aos novos moradores se sabiam algo sobre o paradeiro da inquilina anterior. Mas quando os vi, desisti. Eram dois sujeitos enormes, muito mal-encarados, sempre com a barba por fazer, usando suspensórios e calças pretas e um enorme charuto na boca. Pareciam com os gângsteres que via nos filmes antigos.

Diante disso, não tive coragem de me aproximar deles. Ademais, quando comentei minha intenção ao meu pai, ele me explicou que de nada adiantaria, porque venda ou aluguel de casa é quase sempre feita através de uma imobiliária, dificilmente diretamente com o proprietário. Nessas condições, os novos moradores também não deviam saber de nada sobre o paradeiro de Bia e sua mãe.

Hoje, adulto, olhando para aqueles tempos, sei que meu pai poderia ter feito muitas coisas para localizar Bia e a mãe dela além de fazer perguntas a uma vizinhança indiferente e hostil, mas não o censuro. O assunto não era tão relevante para ele que, afinal, tinha outras coisas bem mais importantes para cuidar e pensar. Eu era apenas um adolescente e talvez, na mente dele, fosse até bom mesmo eu me desapegar de Bia para me dedicar mais aos estudos, quem sabe?

Hoje, penso que, com algumas pesquisas, meu pai poderia ter facilmente descoberto o sobrenome da mãe de Bia: bastava ir até o colégio onde eu e ela estudávamos e ali certamente teriam alguma informação. Ou poderia obtê-la na imobiliária que se encarregou de vender ou alugar a casa onde elas moravam. Claro, só penso nisso hoje, já adulto, mas naquela idade, nem me passou pela cabeça essas alternativas. Achava que se meu pai não havia conseguido informar-se, então não haveria mais nada a fazer, pois ele sempre me pareceu muito inteligente; muito esperto.

Aquele foi um período muito difícil para mim. Havia noites em que eu não conseguia dormir e, algumas vezes, até acordei com febre chamando pela Bia, conforme minha mão me contava pela manhã, durante o desjejum.

Alguns amigos da vila vinham em casa chamar-me para sair ou brincar, mas eu inventava uma boa desculpa para recusar. Eu só queria ficar em casa, no quarto. Ia para o colégio porque sabia que era necessário, mas não tinha a menor vontade de ir.

Não havia telefone em casa. Então, nem a fantasia de receber de repente uma ligação de Bia querendo conversar comigo, nem essa eu poderia alimentar. Sabia que já existiam os aparelhos celulares, mas meu pai dizia não ter condições de comprar um — nem para ele, quanto mais para mim. Não achava que isso fosse verdade, era uma questão de prioridade, eu pensava. Mas, mesmo que ele comprasse, como eu poderia saber se Bia também tinha um aparelho daqueles ou mesmo um telefone fixo? E se tivesse, como saberia o número dela? E, lógico, a recíproca era rigorosamente verdadeira.

Em resumo, num país que se dizia tão evoluído tecnologicamente, dois jovens não tinham a menor condição de se comunicarem. Que baita ironia!

Como se costuma dizer, o tempo é o melhor remédio para promover o esquecimento. Para mim, não teve o efeito de cura, mas certamente agiu como analgésico. De forma lenta e gradualmente, comecei a reagir. Voltei a sair com a turma, dediquei-me mais aos estudos, passei a olhar para outras garotas e assim fui levando a vida, embora com um gosto amargo na alma.

Só voltei a pensar profunda e tristemente em Bia aos 18 anos, na minha cerimônia de formatura do ensino médio ou colegial. Por isso, não estava tão eufórico quando recebi o diploma. Estava revoltado: Bia deveria estar ali, ao meu lado, sendo graduada e aplaudida também.

Depois da longa cerimônia, quando a entrega dos diplomas acabou, vieram os cumprimentos e, em seguida, veio a festa, com orquestra e tudo e, diante de tantos estímulos, eu voltei a me "normalizar". Recebi muitos abraços, conversei com muita gente e até dancei com diversas garotas — o que só piorava minha situação, porque, a todo o momento, pensava que poderia e deveria estar dançando com Bia. Estou convencido de que não devo ter sido um bom par para as meninas.

Algumas pessoas costumam dizer que nada é tão ruim que não possa ficar pior. Isso é verdade.

Na festa daquela noite, vivi isso na prática. Tudo estava indo bem, apesar da ausência de Bia, até que chegou a hora dos alunos e alunas dançarem a valsa com seus pais.

Deve existir mais de mil valsas no mundo inteiro, creio. Mas o infeliz do regente da orquestra, dentre tantas opções, escolheu para iniciar as danças justamente *A segunda valsa*, aquela mesma que ouvi, quando criança, ao lado de Bia, sentados no batente da casa dela.

Foi demais. Acho que havia alguém no céu querendo brincar comigo, fazendo-me passar por maus bocados.

Aos primeiros acordes da valsa, levantei-me e me encaminhei para minha mãe, já com lágrimas nos olhos. E, ao abraçá-la, desabei a cabeça no seu ombro, aos prantos.

Até hoje, ninguém jamais soube a verdadeira razão daquela minha forte emoção. O consenso foi que eu estava emocionado com a formatura, dançando com minha mãe, minha mentora e protetora. Deixei que pensassem assim a vida toda, era mais cômodo para mim.

Só eu sei que, na imaginação, dancei a valsa inteirinha tendo Bia nos meus braços. Que minha mãe me perdoe se algum dia souber disso.

Naquele ano, não houve viagem de férias como recompensa, embora eu achasse que merecia. Devia ser culpa ainda da tal classe média. Mas recebi muitos beijos, abraços e elogios dos meus pais e isso também teve um enorme valor para mim.

Transcorrido esse período de euforia, passei a me preocupar com o vestibular, que aconteceria no próximo mês. Nessa época, tomei uma decisão que o futuro provaria ter sido muito acertada: matriculei-me num curso de francês para aperfeiçoar o que sabia. Não preciso dizer que meus avós franceses ficaram muito felizes quando souberam disso e, claro, muito mais minha mãe — que, inclusive, fora uma espécie de professora das primeiras noções do idioma.

Com relação ao vestibular, conversei com alguns professores e amigos, depois com meus pais, e disse a eles que queria fazer Psicologia, na Universidade de São Paulo, a famosa e disputada USP. Perguntavam-me por que Psicologia. A resposta era simples: eu gostava do assunto e queria ajudar as pessoas a serem melhores, estruturadas e felizes na vida — e eu tinha certeza de que a Psicologia poderia ajudá-las nisso. Nessa época, ouvi alguém comentar que muitas pessoas estudam Psicologia esperando resolver seus próprios problemas emocionais. Não sei se isso era verdade, mas, se fosse, eu provavelmente seria uma dessas pessoas: tinha muita coisa dentro de mim a resolver, sobretudo no que se referia à minha quase obsessão pela Bia.

Alguém poderia achar meu projeto acadêmico uma pretensão descabida ou um romantismo irreal, mas era o que eu queria, mesmo ouvindo muita gente dizer que as pessoas não mudam. Nunca acreditei nisso.

Se quiserem, se sentirem necessidade e se tiverem persistência e força de vontade, as pessoas mudam sim.

A opção pela USP era devida à ótima qualidade do ensino e, claro, também pelo fato de ser gratuita.

Meu pai insistia:

— Por que não Medicina? O curso é de graça também.

Acho que, ao me perguntar isso, meu pai se preocupava mais com a questão financeira. Já me haviam dito que a prática da psicoterapia não remunerava bem, e meu pai devia ter essa informação também. Mas confesso que esse aspecto não me preocupava, mesmo tendo consciência de que não éramos ricos.

De qualquer modo, graças principalmente ao apoio de minha mãe, prestei exames na USP para Psicologia e fui aprovado com folga. Começava ali minha jornada acadêmica de cinco anos. Meu pai concordou em bancar as despesas que eu teria, basicamente com transporte, livros e alimentação.

Nunca me arrependi dessa escolha: desde o começo, adorei o curso. Devorei biografias e livros de Freud, Jung, Alexander Lowen, Wilhelm Reich, Melanie Klein, Piaget e tantos outros nomes importantes no estudo do comportamento humano. Achava-os fascinantes.

Para ser sincero, durante o curso não senti o tempo passar, de tão absorvido que estava pelos estudos. Foram anos muito envolventes e produtivos, em meio a práticas e teorias. Creio que, em função do curso, amadureci muito como pessoa, bem como passei a ter mais empatia com os outros.

Durante aquele período, tive quatro ou cinco namoradas. Nada muito sério, mas sempre agradável e divertido. Não houve amor em nenhum dos casos, atração física e simpatia, sim, mas só. De resto, eu me divertia analisando o jeito de ser delas. Cada uma dela tinha uma personalidade, e isso me fascinava e me fazia sentir ainda mais atraído pela Psicologia. Queria entender direitinho porque as pessoas eram assim tão diferentes umas das outras e porque se comportavam e reagiam de determinadas maneiras. Como é envolvente o fascinante estudo da psique humana!

Naquela sequência de relacionamentos, descobri que tinha uma qualidade — se é que posso chamar assim — com relação às garotas: eu tinha bom papo. Percebi que boa parte delas apreciava um elogio bem-feito, elegante e respeitoso, o que facilitava minha aproximação, o que satisfazia meu ego carente e minha autoestima.

Com o tempo, essa "qualidade" tornou-se um mau hábito. Hoje sei que, certamente devido à minha imaturidade, minha motivação com aquelas frases elaboradas não era conquistar a garota, mas provar a mim mesmo que eu era capaz, algo que depois classifiquei como necessidade de afirmação ou satisfação do ego. Era como se eu me achasse incapaz de ser amado, desejado, e a maneira que encontrei para me livrar desse pensamento foi conquistando garotas à base de galanteios.

Mas essa estratégia tinha eficácia apenas parcial, pois, sempre que me certificava de que "ganhara" a garota, perdia o entusiasmo por ela, e a coisa parava por ali. E lá ia eu em buscas de novas "evidências" de que poderia ser amado.

Até hoje tenho esses impulsos juvenis de fazer galanteios, o que é bizarro, sendo eu um psicólogo. Além disso, eu também considerava a hipótese de que aquela minha mania era uma forma de compensar a perda de Bia, dizendo a outras garotas tudo o que gostaria de ter dito à minha amiga de infância. Enfim, minha brilhante conclusão foi de que o ser humano é muito complexo.

De qualquer modo, tenho convicção de que o relacionamento com aquelas moças não evoluía porque, sem que eu pudesse controlar, havia uma causa mais poderosa: sempre havia o "fantasma" de Bia me levando a fazer comparações. E eu sabia que isso não fazia o menor sentido porque conhecera uma Bia adolescente, não era correto, nem justo, usá-la como referencial com garotas já adultas. Eu sabia disso e procurava me convencer de que eu estava sendo imaturo ao insistir nessas comparações, mas o coração da gente é quase sempre teimoso, exigente e, muitas vezes, difícil de controlar.

A consequência disso era que mais dia, menos dia, eu perdia o entusiasmo pelas namoradas, elas notavam, e a coisa acabava por ali.

Será que a amizade interrompida com Bia também interrompera o fluxo da minha afetividade por outras mulheres? Talvez fosse algo a pensar.

Certa vez, me peguei comparando até o perfume das moças! Um absurdo, eu sei, mas o olfato é um sentido muito poderoso, vocês sabem disso. Essa mania não me levou a lugar nenhum, pois nunca encontrei o mesmo perfume que Bia usava. Hoje imagino que já deve ter saído de linha de produção do fabricante — que, se verdadeiro, seria uma pena na minha opinião.

37

Capítulo 5

Os cinco anos do curso de Psicologia se passaram de maneira agradável. Eu gostava do assunto, os professores eram muito bons e os colegas de classe tinham uma ótima cabeça, o que tornou muito fácil o relacionamento com todos eles. Fiz algumas boas amizades, que mantenho até hoje, tanto que nos encontramos periodicamente para almoçar, jantar ou apenas jogar conversa fora, ao sabor de algumas cervejas.

Enfim, o tempo passou e obtive a graduação, mas sem namorada para festejar comigo. Voltei a dançar com Bia, personificada em minha mãe. Desta vez, não chorei — não que não estivesse emocionado — mas a música não era a nossa valsa. E, além disso, me peguei sorrindo por causa de um pensamento tolo: eu nem sabia se Bia sabia dançar.

Aos 25 anos, saboreei outra vitória: consegui meu primeiro emprego sério em um banco francês. Até então, eu conseguia algum dinheiro extra dando aulas de reforço à noite ou aos sábados.

Ainda que eu insistisse em recusar, meus pais me davam uma mesada para os gastos triviais, e eu considerava-a suficiente, até por saber que eles não tinham condições de me dar um valor maior.

Como estava dizendo, minha grande oportunidade profissional surgiu quando li o anúncio de que um famoso e grande banco francês, o BFI (Banque Française d'Investissements), cuja sede brasileira ficava em São Paulo. O anúncio informava que havia vagas para a área de Recursos Humanos. Entrei em imediata ansiedade: se aprovado, eu conseguiria unir o útil ao agradável, ou seja, ter um emprego fixo numa grande empresa e trabalhar em um setor que é justamente o alvo principal dos psicólogos que, em vez de clinicar, desejam trabalhar em organizações, como era meu caso.

Considerava e considero linda e nobre a atividade em consultório, mas acreditava que deveria primeiro me familiarizar com a mecânica do mercado de trabalho organizacional para adquirir maturidade e experiência administrativa. Assim, muito esperançoso, fui participar do processo seletivo no banco.

Não foi fácil, mas depois de vários testes, várias dinâmicas de grupo e uma entrevista final com o gerente da área tive a felicidade de saber que fora aprovado para a vaga de analista de RH.

Naquela noite, levei meus pais para jantarem fora, gastando parte das minhas pequenas economias, mas valeu a pena: estávamos os três muito felizes e já fazendo planos para uma longa carreira bancária.

Fui trabalhar na seleção de pessoal, setor responsável pela avaliação, escolha e contratação dos candidatos. Essa atividade era realizada não somente para aquela matriz, na capital, mas também para todas as inúmeras agências espalhadas por todo o Brasil.

Com o tempo, esse emprego me levou a viajar bastante e a conhecer muitos estados brasileiros.

Acredito que o que também contribuiu para minha contratação foi o fato de que já falar com certa fluência o idioma francês. Como vocês já sabem, adquiri, bem cedo, grande admiração pelo idioma, em casa.

Devido às necessidades da função no banco, aperfeiçoei rapidamente o conhecimento da língua e logo me tornei conhecido pela alta administração. Com frequência, era chamado para fazer traduções ou acompanhar clientes e visitantes vindos de Paris. Por isso, em pouco mais de um ano, passei a ser o responsável pelas áreas de seleção e treinamento dos profissionais que vinham da França para trabalhar no Brasil, bem como dos brasileiros que seriam transferidos para lá.

No trabalho, quando a gente faz o que gosta — ou quando gosta do que faz — o bom desempenho é algo inevitável. Era o que acontecia comigo e, como consequência, em poucos anos me destaquei perante a diretoria, sempre atenta para o surgimento de talentos no seu quadro de colaboradores.

Ficava feliz em perceber que estava sendo muito bem-visto pela alta administração. Pude ter certeza disso quando, certo dia, um dos diretores me confidenciou que havia ótimos planos para meu desenvolvimento e crescimento dentro da empresa, a curtíssimo prazo.

E era verdade, felizmente. No ano seguinte, colocaram à minha disposição um curso em Paris sobre liderança, com duração de uma semana. A ideia deles era que eu desenvolvesse técnicas de gestão e as habilidades para conduzir pessoas.

No Brasil, há excelentes entidades que ministram ótimos cursos de liderança, mas havia interesse do banco em me fazer interagir com a equipe francesa e absorver a cultura do país e dos negócios de lá.

A entidade realizadora do curso pertencia ao banco e era administrada pela matriz francesa. Tratava-se de um grande e moderno centro de treinamento e desenvolvimento de gestores, conveniado com a famosa Universidade de Sorbonne, o sonho de muitos estudantes brasileiros. O melhor de tudo era que eu só precisaria assumir os custos de alimentação e condução dentro da cidade. Todo o restante seria subsidiado pelo banco. Era, portanto, uma oportunidade de ouro, e eu, além de satisfeito, senti-me muito orgulhoso por ter sido escolhido dentre tantos outros colegas também talentosos.

Como era de se esperar, meus pais vibraram muito com o fato e me deram o maior incentivo. Disseram sentir cada vez mais orgulho do filho, e isso me deixou mais feliz ainda.

Como o evento teria a duração de uma semana, de segunda a sexta, meu diretor sugeriu que eu viajasse sexta à noite para aproveitar o sábado e o domingo para conhecer um pouco de Paris, a localização do curso e, sobretudo, as linhas de metrô que utilizaria para me locomover na cidade.

O voo da Air France foi perfeito, e passei cochilando a maior parte do tempo. Confesso que fiquei emocionado quando, finalmente, pisei no solo francês. Era a realização de um dos meus sonhos desde que começara a estudar francês.

Em Paris, não senti dificuldades com o idioma, o que me deu especial satisfação. Mas, admito, minha estada foi muito facilitada pela simpatia e atenção de Sylvie, que me aguardava no aeroporto e me conduziu, no seu carro, até o hotel. Ela era assistente de Recursos Humanos da matriz. Simpática e muito comunicativa, ela me informou que seria minha cicerone.

Levou-me no hotel que fora reservado para mim e, de lá, depois que fiz o registro de entrada e deixei a bagagem no quarto, pegamos o metrô até o centro de treinamento. Foi a forma que Sylvie escolheu para me deixar tranquilo quanto ao trajeto que deveria fazer durante a semana.

Depois, combinamos o fim de semana. Só posso dizer que foi ótimo. Na companhia dela, fui ao fantástico Museu do Louvre, onde permanecemos praticamente todo o sábado, de tão grande que ele é. E acho que não vi nem metade das suas preciosidades de arte. À noite, depois do jantar num elegante restaurante, fomos à famosa casa noturna Moulin Rouge para assistir aos belos musicais oferecidos.

Na manhã de domingo, sempre na companhia de Sylvie, conheci o charmoso bairro de Montmartre, ao norte de Paris, onde se localiza a movimentada praça na qual se reúnem os pintores e artistas em geral. Pertinho dali, no topo da colina de Montmartre, fica a não menos famosa Basílica Sacré-Coeur, que também visitamos. Durante à tarde, percorremos o imenso rio Sena a bordo de um *bateau-mouche*, barco que oferece ao turista um passeio panorâmico ao longo do famoso rio. Por fim, exaustos, Sylvie deixou-me no hotel. Reconheço que foi uma belíssima e agradável recepção.

Feliz da vida, tive uma noite tranquila.

Na manhã de segunda-feira, por ser o primeiro dia de aula, Sylvie buscou-me no hotel e seguimos para o centro de treinamento onde eu faria o curso. Ela me mostrou todas as fantásticas instalações do local, apresentou-me a alguns professores e conduziu-me finalmente até a secretaria para que eu preenchesse todos os formulários necessários, formalizando, assim, minha inscrição. O passo seguinte foi instalar-me na enorme sala de aula.

Foi uma semana árdua, mas muito interessante e proveitosa, sobretudo, para mim, que não possuía experiência alguma como gestor. Tudo aquilo era novidade para um psicólogo jovem que se tornaria precocemente um alto executivo.

Felizmente, tudo ocorreu dentro de uma rotina programada. Tinha aulas teóricas e práticas durante o dia e, à noite, eu me aventurava a fazer alguns passeios pelas redondezas do hotel. Geralmente, recolhia-me cedo, exausto física e mentalmente.

Tudo seguia na mais perfeita paz, até que, na quinta-feira, aconteceu algo que eu nunca poderia esperar que fosse possível.

Antes, preciso explicar ao leitor que quase todas as estações de metrô de Paris possuem longas escadarias e compridos corredores; algumas têm tantos túneis que parecem labirintos.

A estação que eu usava diariamente para ir e voltar do curso, a Gare du Nord, uma das mais movimentadas, era particularmente apinhada de gente, sobretudo, nos horários de pico como os que eu enfrentava.

Num desses começos de noite, quando, a caminho do hotel, eu me preparava para descer os degraus que me conduziriam à plataforma de embarque, assustei-me com a multidão que iria enfrentar pela frente. Já era a quinta vez que eu passava por aquela situação, mas não conseguia me acostumar com a intensa movimentação, sobretudo, porque eu quase nunca usava o metrô no Brasil.

Só que, nesta quinta-feira, foi diferente. Do alto da escadaria onde estava olhando as pessoas na plataforma abaixo empurrando apressadas para entrar no vagão antes que soasse o sinal de fechar as portas, eu a vi, e meu coração disparou.

Num primeiro momento, eu simplesmente não estava acreditando nos meus olhos.

Gente, eu vi a Bia naquela multidão tentando entrar no vagão já lotado! No empurra-empurra onde ela estava, às vezes, ficava de lado, às vezes, olhava para trás, ao sabor dos empurrões.

Deus, era ela! Já uma mulher, mas, pelo pouco que vi, não mudara muito: os cabelos soltos substituíram as antigas tranças, a mesma alvura da pele e, quando se voltou por um instante, pude ver os mesmos olhos azuis, os mesmos lábios vermelhos! Sim, era Bia, minha querida amiga da adolescência!

Que ironia! Eu não conseguia encontrá-la no Brasil, ou melhor, em São Paulo, e agora ela estava ali, a milhares de quilômetros de distância, em Paris! Que coisa mais bizarra!

Em determinado momento, virando o rosto para se esquivar de um cotovelo ameaçador, ela também me viu e, graças aos céus, também me reconheceu. Apertada pela multidão, quase não conseguia ficar parada e me olhar direito, mas conseguiu, por breves instantes, e nossos olhares se encontraram. Graças aos céus conseguimos fazer contato, mesmo naquelas circunstâncias adversas!

Vi quando ela abriu a boca e gritou meu nome. Não a ouvi, claro, mas os movimentos labiais não deixavam dúvida. Ela gritara meu nome!

Antes de descer apressadamente os degraus em direção a ela, vi que Bia agora lutava contra a multidão, movendo-se no sentido contrário, tentando sair dali e vir até mim. Era uma luta inglória, pois havia muita gente empurrando-a, tentando entrar no vagão.

Desesperado, eu também empurrava as pessoas e gritava o nome dela. Nunca dissera *excusez-moi* e *pardon* tantas vezes em tão pouco tempo! O pessoal olhava-me como se eu fosse louco e, podem acreditar, naquele momento, talvez estivesse mesmo.

À medida que eu descia os degraus e me aproximava da plataforma, a figura dela ficava mais difícil de ser vista, porque havia muita gente entre nós, pessoas da mesma altura ou, pior, mais altas.

De vez em quando, eu pulava e a via rapidamente. Percebi que ela chorava e continuava me chamando, e essa visão me enlouqueceu.

Deus, que desespero! Pior ainda foi quando ela foi literalmente empurrada para dentro do vagão e, em segundos, as portas se fecharam e o trem partiu. Ah, não!

De tanta raiva pela frustração, eu queria gritar, esmurrar alguém!

Para onde ela fora, Deus? Em que estação eu poderia encontrá-la? Mesmo que pegasse o próximo vagão, onde saltaria?

Não pensei muito a respeito. Enfrentando raivosamente o empurra-empurra, entrei no próximo trem, e ele partiu. Forcei a passagem entre as pessoas, de modo a ficar perto de uma das largas janelas. A cada parada olhava para a plataforma. Se eu a visse, faria uma loucura: puxaria a alavanca de alarme e faria o vagão parar. Depois me entenderia com a polícia ou qualquer outra autoridade que viesse me repreender.

Fui até a estação final, mas em nenhuma deles vi Bia. Meu único consolo foi imaginar que, desde que a vira pela última vez, agora tinha uma pista segura e sabia onde ela estava: em Paris! Não resolvia o problema, mas já era alguma coisa para quem não tinha nenhum sinal.

O que Bia estaria fazendo em Paris? Teria se mudado? Estaria morando na França ou apenas fazendo turismo?

Saí da estação e, de táxi, voltei para o hotel desconsolado.

Passei a noite me revirando na cama, tentando imaginar em quantas aventuras minha querida amiga se envolvera para, tantos anos depois, vir parar em Paris! Estaria bem? Talvez casada? Ainda pensaria em mim? Ah, Deus, daria tudo para ter essas respostas naquele momento.

No dia seguinte, o último do curso, refiz o caminho do dia anterior, no mesmo horário e parei na mesma escadaria, na esperança de rever Bia. A multidão estava ainda maior porque era sexta-feira. Para que o leitor imagine meu grau de dificuldade, basta saber que cerca de 700.000 pessoas usam diariamente aquela estação.

Não despreguei meus olhos nem por um segundo sequer da plataforma. Mas quem me garantia que ela fazia aquele percurso todos os dias? E se ela estivera ali, naquele dia e horário, por um acaso fortuito, por alguma atividade eventual? Além disso, se eu não conseguira achá-la em São Paulo, cidade que eu conhecia muito bem, como poderia pensar em encontrá-la em outro país? O que eu poderia fazer?

Vocês irão se chocar com o que vou dizer: fui ao consulado brasileiro em Paris para ver se conseguia alguma pista de Bia. Um exagero, admito, mas eu precisava fazer alguma coisa para rever minha amiga.

A moça que me atendeu, muito simpática e atenciosa, ouviu minha história atentamente. Ela falava razoavelmente português, o que facilitou minha comunicação. Depois que acabei, ela me olhou sorrindo e gentilmente me respondeu:

— Eu entendo sua situação, senhor Alexandre, mas o consulado não tem como controlar os dados pessoais das centenas de brasileiros que diariamente chegam e saem de Paris. O seu caso é mais complicado porque o senhor nem ao menos sabe o sobrenome dela. Dá para imaginar quantas Beatrizes existem hoje em Paris? Por mais boa vontade que tenhamos, o senhor há de admitir que é quase impossível localizarmos sua amiga, concorda?

Claro que concordava, mesmo frustrado.

— Entendo, seria difícil mesmo.

— Além disso, nem sabemos se a senhorita Beatriz está só de passagem, como turista, ou se agora está residindo aqui ou em alguma província francesa. Nos dois casos, as formas de pesquisarmos seriam diferentes e levariam bastante tempo para serem realizadas. Assim, lamento muito não poder ajudá-lo com a rapidez que o senhor gostaria.

Eu tinha que ser compreensivo:

— Não se preocupe. Minha vinda aqui foi só uma tentativa, mas já imaginava que seria difícil. Muito obrigado.

Quando já ia saindo, ela disse:

— Mas, de qualquer forma, e aqui é um pronunciamento puramente pessoal, permita-me cumprimentá-lo pela demonstração do grande amor que o senhor aparenta ter por essa moça. Já não se ama como antigamente, é o que parece, e o senhor continua fiel à verdadeira essência do amor.

Eu apenas sorri em sinal de agradecimento. Achei que não era o caso de explicar que eu não namorava Bia, que ela era apenas uma querida amiga da adolescência. De nada adiantaria, ela não iria entender apesar da simpatia com que me atendera.

44

Saí do consulado desconsolado. Estava voltando a ficar desesperado, como ficara no Brasil quando Bia sumira da vila com a mãe.

Só mesmo meu elevado senso de profissionalismo me fez voltar ao Brasil. Eu tinha compromissos com o banco, que financiara toda minha viagem e, principalmente, meu curso. A instituição estava investindo pesado em mim, e eu não poderia decepcioná-la — até porque estava em jogo meu futuro profissional, que, até agora, estava sendo bem promissor.

Foi muito a contragosto que voltei ao Brasil. Não me conformava em deixar Bia em Paris. Mas procurei me convencer de que ela estava ali, naquele dia, apenas de passagem. Além do que, mesmo que estivesse morando em Paris, eu nunca poderia encontrá-la sem saber seu sobrenome ou o telefone, como bem dissera a moça do consulado.

Mas, pelo menos, eu dizia a mim mesmo que saberia onde procurá-la doravante. Antes, não tinha a menor pista de onde ela poderia estar.

Era um pensamento apenas consolador, pois, no íntimo, nos momentos de fragilidade, eu chegava a duvidar se voltaria a vê-la, se ela estaria destinada a ficar comigo.

Ao longo de todos os anos que fiquei sem ver Bia, meu coração, aos poucos, tinha se acalmado, apesar de nunca tê-la esquecido. Mas depois que a vi no metrô de Paris, ele voltou a se agitar. A dura realidade era que eu tivera um presente da vida, mas não havia nada que pudesse fazer de imediato para tê-lo nas mãos. Assim, administrando os muitos momentos de melancolia e, às vezes, quase depressão, aos poucos minha vida foi voltando ao normal, se posso usar essa expressão.

Fiz todo o esforço possível para focar toda a atenção no trabalho. Minha primeira atividade formal no retorno ao banco foi realizar uma apresentação para a diretoria sobre o curso do qual participara em Paris. Isso foi tenso e exaustivo, levei toda uma manhã, mas valeu a pena. Eles gostaram muito, tanto das informações que recebi no curso como da forma como fiz a apresentação, incluindo meus planos para dar um aproveitamento prático e imediato ao que aprendera.

A partir daí, retomei minhas atividades com afinco e procurei demonstrar aos meus superiores hierárquicos que o investimento deles em mim tinha valido a pena. E, de fato, nos meses e anos seguintes, recebi muitos elogios pela minha atuação, agora como gestor principal de uma extensa e importante área administrativa de recursos humanos do banco.

Pouco a pouco, eu subia na hierarquia e ganhava o reconhecimento dos meus superiores. Até que veio o inevitável e ansiosamente esperado: fui promovido a diretor-geral de RH. Que mais eu poderia querer além de reencontrar Bia?

Mas já disse a vocês que a vida é cheia de mudanças e nos reserva surpresas absolutamente inesperadas. De maneira dramática, tive mais uma prova disso em minha vida.

Não lembro se estava pensando em Bia quando o acidente aconteceu cerca de seis meses depois da minha volta ao Brasil. Não seria nada improvável que estivesse pensando nela, mesmo se isso não fosse recomendável ao volante de um carro.

Capítulo 6

Numa das mais movimentadas avenidas de São Paulo, me envolvi num acidente com outros dois carros, que me engavetaram violentamente. Meu carro — depois pude ver as fotos — ficou imprensado entre dois outros bem maiores. Para vocês terem uma ideia da dimensão do fato, o seguro deu perda total.

Não sei exatamente o que aconteceu. A única coisa que até hoje me lembro desse acidente é do terrível barulho de freios violentamente acionados, pneus derrapando e depois o horrível som metálico das latarias se chocando e se amassando.

Só fui despertar do meu desmaio horas depois, numa UTI do hospital para onde fui levado.

Conforme me contaram depois, nos três primeiros dias fiquei em coma induzido para facilitar o tratamento. Meu estado não era realmente grave, mas essa medida foi exigência do sofisticado plano de saúde do banco, que levava muito a sério a saúde dos executivos.

Como meu organismo reagiu positivamente, tiraram-me do coma, mas continuei na UTI por mais alguns dias. Só depois, quando os médicos asseguraram que não havia nada de grave comigo, é que fui transferido para um quarto. A preocupação deles, segundo me contaram depois, era certificar-se de que não havia nenhuma lesão interna.

Quando despertei por completo, meu corpo ainda sentia algumas dores, meus pensamentos estavam confusos e não enxergava com nitidez. Explicaram-me que tudo aquilo era o efeito dos medicamentos e da anestesia, embora continuasse a sentir dores ao menor movimento.

Um médico veio para me explicar o que exatamente havia acontecido.

Ficara com muitos ferimentos e hematomas espalhados pelo corpo. Mas, por milagre, nenhum órgão vital havia sido atingido, e eu sairia daquela situação sem sequelas, graças ao cinto de segurança que eu usava na ocasião.

De qualquer forma, por excesso de cautela dos médicos — creio que devido à minha posição no banco — eu deveria permanecer hospitalizado por mais alguns dias.

Durante todo esse período, tive a permanente assistência de uma enfermeira especializada, a Sueli, excelente criatura. Competente, educada, meiga e muito tolerante — eu fui um paciente chato, sei disso. Mas Sueli tirava de letra meus gemidos, minhas queixas e até meu mau-humor, sempre com um sorriso condescendente nos lábios.

Durante o tempo que passei no hospital, meus pais iam sempre me visitar, mas, apesar de gostar, eu preferia estar com eles em casa. Muitos colegas do banco também foram saber do meu estado. Estas eram visitas interessantes, às vezes, divertidas, mas quase sempre cansativas.

Quando aconteceu o fato que agora vou narrar, já estava cumprindo aquele prazo derradeiro para sair e ansioso para ir para casa e retomar minhas atividades profissionais. Mais uma vez, o inesperado bateu à minha porta. Aconteceu durante uma madrugada.

Acordei sentindo que alguém havia entrado no quarto. Foi apenas uma sensação, mas sabia que não poderia ser a enfermeira, pois ela só vinha pela manhã, bem cedo — a menos que eu acionasse o botão de emergência e então viria um plantonista — mas eu não fizera isso.

Por essa mesma razão, também não poderia ser um médico. E, àquela hora — havia um enorme relógio na parede bem à minha frente — seria muito improvável que alguém de bom senso fosse visitar um hospitalizado. Portanto, eu tinha motivos de sobra para ficar intrigado.

Abri os olhos devagarinho, pois não queria que percebessem que eu estava acordado, já que eu não estava com a menor vontade de conversar com quem quer que fosse — principalmente àquela hora.

Quando consegui enxergar com alguma nitidez, meu coração disparou, e eu arregalei os olhos. Bia estava sentada na cama ao meu lado!

Era Bia, sim, com aquele mágico e meigo sorriso, olhando-me com muito carinho, os cabelos dourados emoldurando seu rosto, onde reluziam dois incríveis olhos azuis.

Não pude controlar o ímpeto de levantar o corpo para abraçá-la. Com isso, ganhei toneladas de dores.

Ela fez um gesto com as mãos para que eu me acalmasse e ficasse quieto. Em seguida, fez outro gesto, levantando as sobrancelhas, intrigada, como que perguntando:

— O que aconteceu com você?

Eu queria falar com ela, ouvir-lhe a voz, ver seu sorriso:

— Bia, é você, amiga? Não é sonho? Meu Deus! É você mesma?

Ela confirmou sorrindo, com um leve gesto de cabeça.

— Mas como você chegou até aqui? Como soube do meu acidente? Quando voltou de Paris?

A imagem dela estava um tanto enevoada, mas pude perceber que sorriu e fez um gesto que entendi como um pedido de calma. Sem perceber, na minha ansiedade, eu fizera três perguntas de uma só vez.

Eu ameaçava chorar de emoção e alegria. Finalmente reencontrava Bia! Ou melhor, ela me encontrara.

Bia balançou o dedo indicador como um pedido para que eu não chorasse.

— Como você soube do meu acidente?

Ela movimentou o corpo e apontou para a televisão na parede. Eu devia imaginar que o caso seria divulgado pela mídia.

O importante era que ela estava ali, apesar de não vê-la com absoluta nitidez, mas devia ser efeito dos remédios. Fiz uma força enorme para continuar falando:

— Bia, querida, eu nunca me esqueci de você e eu quero dizer-lhe uma coisa. Não sei se é efeito da anestesia, amiga, mas eu acho... — hesitei um pouco, pois seria a primeira vez que eu diria isso para ela. — Eu acho que te amo, Bia! Só descobri isso agora. Preciso lhe dizer isso: eu te amo, Bia!

Ela abriu um largo sorriso e mostrou que se emocionara também. Apontou o próprio dedo indicador para seu peito e depois para mim e balançou a cabeça afirmativamente. Entendi que aquele gesto significava "eu também". Não podia estar enganado, por isso, continuei falando:

— Eu não estava entendendo meus sentimentos por você, pensava que éramos apenas grandes amigos de infância, Bia. Mas agora descobri a verdade: não somos só amigos. Eu te amo desde muito tempo!

49

Então, para minha surpresa, ela se curvou e beijou meus lábios. Meu Deus, ela beijou meus lábios. Vocês entenderam? Há quantos anos acontecera algo semelhante, Deus! Que felicidade! Que beijo gostoso!

Mas, para minha surpresa, logo em seguida, não sei por qual motivo e, apesar de muito feliz, apaguei.

***

Na manhã seguinte, ao acordar, aquele beijo de Bia foi a primeira coisa que me veio à mente. Céus, eu vira Bia! Ela viera me visitar! E "disse" que também me amava!

Logo cedo, Sueli veio fazer as observações e medidas de praxe, para verificar se havia febre, se a pressão arterial estava normal, a pulsação e outras coisas. Estava tudo em ordem.

Eu estava ansioso para comentar com ela sobre a visita de Bia, mas esperei até que terminasse de trocar os curativos.

Antes que eu pudesse falar, ela comentou algo que demonstrou que tinha uma ótima percepção:

— Desculpe-me, mas o senhor está me parecendo algo nervoso, senhor Alexandre, estou certa? — Eu não estava habituado a ser tratado por senhor. E, na verdade, não gostava.

Fui sincero:

— Está. — Fiz uma pausa, decidindo se deveria comentar. Afinal, se tivesse ocorrido devido a uma falha na segurança do hospital, não gostaria que ninguém fosse punido. — Sueli, preciso lhe contar uma coisa.

Ela se aproximou solícita:

— Pois não, senhor Alexandre.

Falei baixinho como se alguém pudesse nos ouvir, apesar de não haver mais ninguém no quarto além de nós dois:

— Alguém veio me visitar essa madrugada e eu queria saber o nome completo dessa pessoa. Foi uma moça. Penso que a portaria deve ter isso anotado, não é?

Ela sorriu como se eu tivesse falado uma grande bobagem:

— Desculpe, senhor Alexandre, deve haver algum engano. As visitas só são permitidas até às 18 horas.

Discordei delicadamente:

— Pode ser, Sueli, conheço as normas do hospital, mas minha amiga Bia veio me ver. Ficou pouquíssimo tempo e não falou nada, acho que para não chamar a atenção, mas era ela. Agora, como ela conseguiu entrar no hospital, não faço a menor ideia. Não me incomodou em nada, queria apenas saber o nome completo dela, só isso.

Sueli aproximou-se mais de mim e falou em tom profissional:

— Em primeiro lugar, consideremos que pode ter sido um sonho. Em segundo lugar, precisamos lembrar que a anestesia e alguns medicamentos analgésicos podem provocar pequenos e rápidos delírios ou alucinações, mesmo depois de algum tempo.

Continuei discordando sempre gentilmente. Como eu estava feliz, também estava paciente:

— Eu sei, Sueli, mas tenho certeza de que não foi sonho, delírio nem alucinação. Eu estava acordado e até conversei com ela.

Sem falar nada, ela ficou me olhando um instante, talvez admirada pela minha teimosia:

— Bom, então vamos combinar: vou até a recepção e verificarei se há o registro de uma visita para o senhor nessa madrugada, embora ache completamente improvável.

Calmamente, ela saiu e eu fiquei refletindo sobre o que ela dissera sobre sonho ou efeito de medicamentos, mas eu sabia que não havia engano: eu vira Bia, ponto pacífico. Definitivamente, não podia ser efeito de remédios e também não fora um sonho, nem delírio. Isso estava claro para mim. Qualquer pessoa sabe a diferença entre sonho e realidade. Passando os dedos sobre meus lábios, ainda podia sentir o beijo de Bia. Fora leve e suave, mas plenamente perceptível.

Depois de alguns instantes, Sueli retornou e se aproximou:

— Como eu imaginava, não há registro algum de visita para o senhor depois das 18 horas de ontem.

Tive um princípio de impaciência, pois eu estava inconformado.

— Mas como pode? Eu tenho certeza... — Não completei a frase porque fiquei inibido diante da expressão de quase compaixão da enfermeira, como se eu estivesse perdendo o juízo. Preferi fingir que concordava com ela. — Desculpe, você está certa, devo ter me enganado ou então foi mesmo um sonho.

Ela acariciou meu ombro delicadamente, como que para me consolar.

— Isso acontece, senhor Alexandre. A saudade nos prega peças quando o amor é grande.

Forcei um sorriso, mas não fiz comentários.

De qualquer maneira, passei o dia curtindo a lembrança da imagem de Bia sorrindo e, principalmente, por saber que ela também me amava, se é que eu havia entendido corretamente o gesto que ela fizera para mim.

Nossa, ela crescera e estava mais linda ainda do que quando era adolescente. Eram os mesmos olhos azuis, mas, em vez das tranças, os longos cabelos loiros agora estavam soltos caindo sobre os ombros. Continuava com o mesmo sorriso encantador, mas agora era uma mulher feita, atraente. Ah, como eu gostaria de beijá-la mais vezes!

Que bobo que fui durante anos! Como não percebera antes que a amava? Que outra coisa poderia explicar minha obsessão, minha insistência em pensar nela? Eu precisava reencontrá-la de qualquer jeito.

O dia passou rápido. Recebi novamente a visita carinhosa dos meus pais, de mais alguns colegas do banco e de vários médicos de especialidades diferentes. Eles repetiram alguns exames, avaliando o estado do meu corpo e da minha saúde em geral.

Durante todo o tempo que eu permaneci no hospital, eu pensava em Bia, mas não contei a visita dela para mais ninguém. Achava que nem meus pais acreditariam.

Uma pergunta martelava na minha cabeça: será que ela voltaria a me visitar? Eu tinha a sensação de que precisava vê-la outra vez para manter minha sanidade.

Pois, acreditem ou não, para minha felicidade, Bia veio me ver na madrugada seguinte.

Naquela noite, esperei acordado o quanto pude, até que o sono, o cansaço e os remédios me venceram. Já estava quase dormindo quando senti a suave presença dela. Eu tinha certeza: abri os olhos e lá estava ela, sentada na cama, ao meu lado, exatamente como na madrugada anterior.

Tive que me controlar para não rir e falar alto:

— Que bom que você voltou, Bia! Eu já achava que ontem tinha sonhado ou alucinado com você. Contei para a enfermeira, e ela não acreditou que você havia me visitado.

Sem falar, Bia negou com a cabeça num gesto de recriminação.

— Eu tinha certeza, sabia que era você. A enfermeira disse que eu sonhara ou delirara ou que fora efeito dos remédios.

Graciosamente, Bia voltou a sorrir e a balançar a cabeça recriminando a descrença de Sueli.

— Mas por que você não diz nada, meu amor? — Ela abriu bem os olhos, manifestando o impacto que a expressão meu amor causara nela. — É isso mesmo, Bia, já lhe disse ontem e repito: agora sei que a amo, você é meu amor, sempre foi.

Ela abriu a boca como que surpresa, riu e jogou a cabeça para trás, como fazem as pessoas quando estão muito alegres e felizes. Ao fazer isso, seus longos cabelos dourados se espalharam e esvoaçaram ao redor do rosto. Foi lindo, nunca esquecerei aquela imagem, merecia uma pintura. — Eu também quero ouvi-la dizer que me ama.

Em silêncio e, lentamente, ela fez os movimentos com os lábios, percebendo-se claramente o que dizia: "Eu também te amo!".

Como na madrugada anterior, ela se inclinou e outra vez beijou meus lábios. Céus! Meu sentimento naquele momento era de intensa felicidade. Meu corpo tremia de emoção e desejo de apertá-la fortemente em meus braços. Correspondi ao beijo com a intensidade que meu estado de saúde permitia. Então, ainda não consegui entender por que, da mesma forma que da vez anterior, apaguei logo após o beijo.

Na manhã seguinte, acordei um pouco revoltado, porque tinha uma série de dúvidas: por que eu apagava logo depois do beijo de Bia? Por que ela demorava tão pouco na visita? E, principalmente, por que não dizia nada, não respondia às minhas perguntas?

Bem que poderia ter dito seu nome completo, seu endereço ou mesmo seu telefone para que eu a procurasse depois, durante o dia. Mas nada disso aconteceu, e ali estava eu novamente sem saber nada a respeito da mulher que eu amava.

Pela manhã, logo ao chegar, Sueli notou meu mau humor. Realmente ela tinha uma invejável percepção. Enquanto posicionava melhor meu travesseiro, observou:

— O senhor não dormiu bem a noite passada?

Respondi tentando não parecer mal-humorado:

— Dormi muito bem, Sueli. O problema é que sonhei novamente com minha amiga.

— Ora, mas, então, deveria estar alegre e feliz, e não é o que está parecendo, a menos que eu esteja enganada.

De que adiantava contar à enfermeira o novo aparecimento de Bia? Da mesma forma que no dia anterior, ela não acreditaria, e eu ficaria mais aborrecido do que já estava.

53

— Não se preocupe, eu estou bem. Na verdade, o sonho foi muito bom, mas preciso descansar.

Ela mostrou-se surpresa:

— Ué, mas o senhor acabou de acordar...

Minha resposta foi um pouco rude:

— Pois é, mas eu preciso descansar a mente, entende? — Percebi minha grosseria e tratei de suavizar. — Tenho pensado muito no meu trabalho, em tudo que terei de fazer quando sair daqui.

— Ora, senhor Alexandre, não quero me intrometer em sua vida, mas penso que, enquanto estiver aqui, não deveria estar pensando no seu trabalho ou em outra coisa que não seja sua recuperação.

Decidi ficar mais calmo:

— É verdade, Sueli, você está certa. Acho que vou ler um pouco para arejar meus pensamentos.

— Boa ideia. Vou trazer algumas revistas recentes para o senhor se distrair um pouco.

Ela saiu animada e, em poucos instantes, retornou com algumas revistas semanais de notícias.

— Pronto, divirta-se. — E cuidadosamente colocou as revistas ao meu lado, sobre a cama.

— Obrigado, Sueli. Você é muito gentil.

Passei a folheá-las sem a menor motivação. Ali havia notícias e reportagens sobre moda, culinária, política, economia, artes.

De repente, uma das revistas chamou minha atenção pela manchete da capa: "A Psicologia e o Espiritismo".

Lembrei que os pais de Bia eram espíritas e sorri ao recordar que, algumas famílias preconceituosas da vila onde morara na infância, tinham medo deles só por serem espíritas. Talvez Bia tivesse seguido o mesmo caminho dos pais. Para mim, tudo era pretexto e esperança de encontrar pistas para localizar e rever minha amiga amada.

Passei as páginas rapidamente. Dentre outros temas, a reportagem abordava a dúvida que muitas pessoas, inclusive especialistas, têm sobre a natureza e causa de certos fenômenos que fogem da explicação convencional, pelo menos à luz dos conhecimentos atuais da ciência. Alguns dos entrevistados afirmavam ou acreditavam que todos os fenômenos espirituais eram efeito da mente, fosse por autossugestão ou condicionamento religioso. Outros diziam tratar-se de evidentes fenômenos paranormais ou espirituais. Era um tema muito interessante, sobretudo, para minha formação em Psicologia.

No meio da reportagem, quase dei um pulo da cama: ali estava a pista que tanto buscava!

O texto dizia que, em poucas semanas, haveria um congresso espírita na cidade de Gramado, a poucos quilômetros de Porto Alegre, no Rio Grande do Sul, reunindo estudantes, palestrantes, praticantes e autoridades da doutrina espírita e demais interessados e pesquisadores.

O evento estava dividido em duas partes, em salas diferentes: uma chamada nível iniciante, para estudantes e aqueles que estavam iniciando na doutrina; e outra, nível avançado, para aqueles com experiência e muitos conhecimentos.

Durante a programação para iniciantes, estava prevista uma palestra com a psicóloga paulista Beatriz Solitaire, que falaria sobre "A Psicologia e o Espiritismo: parceria ou antagonismo?". Infelizmente, a matéria não exibia fotos da palestrante.

Ei-la finalmente! Só podia ser ela, minha Bia: psicóloga, paulista, espírita e chamada Beatriz? Claro que era ela! Nunca poderia imaginar que o sobrenome dela fosse Solitaire, uma palavra francesa. Bom, poderia ser pseudônimo, quem sabe?

Ao ler o texto, fiquei orgulhoso. Beatriz era uma psicóloga! Então, nossos planos de jovens haviam se tornado realidade: éramos ambos psicólogos! Quem sabe ainda trabalharíamos juntos?

Chamei Sueli acionando o botão. Ela entrou apressada no quarto, com um claro semblante de preocupação:

— Que aconteceu, senhor Alexandre? Está sentindo alguma coisa?

Sorri meio sem jeito.

— Desculpe assustá-la, Sueli, mas não havia outro jeito de chamá-la. Não aconteceu nada.

Ela soltou um profundo suspiro de alívio.

— Ainda bem! Levei um susto!

— Desculpe, outra vez, Sueli, não foi minha intenção assustá-la, queria apenas chamá-la.

Finalmente, ela sorriu.

— Tudo bem, graças a Deus não é nenhuma emergência. O senhor está precisando de alguma coisa?

— Sim, do meu *notebook*. Deve estar no armário junto com meus outros objetos. Se eu pudesse me levantar, não lhe daria esse trabalho.

— Que nada, senhor Alexandre, não é trabalho algum. — Foi até o armário no canto do quarto e voltou com meu *laptop*.

— Mas o senhor me disse que não ia pensar em trabalho.

— E não vou, Sueli, fique tranquila. Vou procurar um joguinho para me distrair e passar o tempo.

— Ah, bom, pensei que já ia trabalhar. Preciso ligar o aparelho na tomada?

— Não, obrigado, como ele não foi usado desde que cheguei, a bateria ainda deve estar carregada. Mas, se precisar, eu a chamo outra vez. Se não for abusar demais da sua bondade, gostaria também de uma caneta e um bloco de anotações.

— É pra já. — Ali mesmo, ao lado, sobre uma mesinha, já havia um bloco do próprio hospital e uma caneta esferográfica promocional. — Pronto, aqui estão. Divirta-se.

— Obrigado, Sueli, você é um anjo.

Apesar da minha enorme ansiedade, esperei que ela saísse para ligar meu *notebook*.

Entrei num site de buscas e digitei "Congresso espírita em Gramado". Ali estavam os dados que procurava: data, horário, local e entidade organizadora, a federação espírita daquela cidade, com a indicação dos telefones.

Aquele evento aconteceria dentro de um mês. Até lá, eu já estaria completamente recuperado e, durante um fim de semana, poderia ir a Gramado encontrar-me com Bia. Pronto, o plano já estava feito.

Liguei para a federação e pedi para falar com um dos organizadores do congresso. Atendeu-me Lígia.

— Lígia, pois não?

— Bom dia, Lígia, sou o doutor Alexandre Santoro, de São Paulo, e estou muito interessado na palestra que será ministrada pela doutora Beatriz sobre a psicologia e o espiritismo. Eu gostaria de trocar algumas ideias com ela a respeito do tema. Será que você poderia me informar o telefone dela, o e-mail ou mesmo o endereço daqui de São Paulo?

Lígia foi gentil:

— Bom dia, doutor Alexandre, é uma satisfação muito grande saber que o senhor está interessado no nosso congresso, mas espero que o senhor compreenda que não estamos autorizados a fornecer os dados pessoais dos nossos palestrantes, por medida de segurança. Esse é, inclusive, um item contratual. Sinto muito mesmo.

— Eu entendo essa cautela, Lígia, mas veja: a doutora Beatriz e eu somos amigos de infância. Não haverá problema algum em você fornecer-me essas informações. Tenho certeza de que ela ficará contente em rever-me depois de muito tempo.

— Não tenho dúvida disso, mas, por favor, entenda minha situação como uma das organizadoras do evento e responsável pela segurança e pelo bem-estar dos palestrantes. Sinto muito, doutor Alexandre. Se o senhor vier ao nosso congresso, como espero que venha, poderá conversar pessoalmente com a doutora Beatriz e com outros palestrantes.

— Irei com certeza, esse assunto me interessa muito, mas é que eu tenho certa urgência em falar com ela.

— Lamento muito, doutor. Talvez seja melhor o senhor deixar o número do seu celular. Tenho certeza de que ela ligará assim que puder.

Mais uma vez estava frustrado, mas parecia não haver outro jeito.

— Quer anotar, por favor?

— Pode dizer.

Depois que Lígia fez a anotação, resolvi esclarecer um fato.

— Diga-me uma coisa, Lígia. Será que você poderia me informar se, por acaso, a doutora Beatriz esteve em Paris há cerca de uns seis ou sete meses?

— Sim, ela foi participar de um curso de especialização.

— Está bem, Lígia. Eu a verei no congresso se por acaso ela não me ligar antes.

— Combinado, doutor. Direi a ela que o senhor ligou.

— Obrigado, Lígia, você foi muito gentil.

Muito gentil a Lígia, mas, para falar a verdade, não ajudou em nada.

Sem alternativas, voltei a recorrer à internet. Digitei o nome completo de Bia conforme estava no programa do evento. Sorri intimamente: de onde minha amiga tirou esse sobrenome? Tinha jeito de pseudônimo. Em português, significava solitária. Será que essa escolha tinha algo a ver com o estado de espírito dela por não conseguir me ver? Ou seria excesso de pretensão da minha parte pensar assim? De qualquer modo, continuei procurando. Talvez ela tivesse um consultório aqui, mas, para minha surpresa e frustração, nenhuma informação constava com aquele nome. Só nesse instante percebi que, apesar de todo o tempo em que estivemos juntos na adolescência, nem eu sabia o verdadeiro sobrenome dela, nem ela o meu. Quando jovem, a gente não pensa nessas coisas, geralmente usamos um apelido e basta. E agora me fazia falta.

Meu Deus do céu! Por que será que estava tão difícil falar com a Bia? Havia sempre um obstáculo, uma dificuldade imensa! Eu não acreditava em destino e, portanto, jamais pensaria que ele não queria que nós nos encontrássemos. Para mim, era apenas uma sucessão de coincidências e interferências ocasionais e fortuitas.

Estava longe de imaginar que, dentro de poucos dias, saberia que estava enganado.

Fiquei aliviado quando o médico entrou no quarto, pois já imaginava o que viera fazer. Parecia feliz quando veio anunciar minha alta. Mas certamente não estava mais feliz do que eu por deixar o hospital.

— Graças a Deus e à sua prudência de usar o cinto de segurança não ocorreram danos mais sérios no seu organismo. Por insistência do banco, repetimos algumas vezes vários exames para nos certificarmos de que estava tudo e que nenhuma surpresa aparecerá nos próximos meses. Em resumo, o senhor está novinho em folha, mas isso não é motivo para cometer excessos.

— Fique tranquilo, doutor, agirei como um monge.

Ele sorriu.

— Também não é para tanto. Juízo é bom, mas sem exagero.

Ambos rimos, e eu fiz questão de, na presença dele, elogiar o desempenho de Sueli, que ficou ruborizada, mas certamente feliz. Quem sabe isso não resultaria em uma promoção para ela?

O banco havia enviado um carro novo para mim, com motorista para ficar à minha disposição até que eu voltasse a dirigir com segurança, sem preocupações.

Nos dias seguintes, depois que recebi alta, não parei de pensar em Bia. Esperei ansiosamente por uma ligação, que não veio. Será que Lígia lhe passara o número do meu celular?

Por outro lado, estive muito ocupado com meu trabalho, pois, além de precisar colocar em ordem todos os assuntos que ficaram à minha espera para uma decisão ou um encaminhamento, tive que preparar uma apresentação para a diretoria sobre meus projetos de implantação das novas políticas de gestão e recursos humanos.

Quando chegou a data do congresso em Gramado, para não prejudicar meu trabalho, viajei sexta-feira à noite, o que, afinal, era suficiente, pois a palestra de Bia seria no sábado pela manhã. Quem sabe eu conseguiria almoçar com ela?

O voo para Porto Alegre foi tranquilo. Como não há voo direto para a cidade de Gramado, aluguei um carro no aeroporto e dirigi até àquela cidade, indo direto para o hotel que havia reservado. Além de estar cansado por dirigir tanto tempo, já passara das 23 horas, o que me fez desistir de tentar algum contato com Bia. Ela devia estar concentrada para a palestra, e eu não gostaria de atrapalhá-la.

Mal consegui dormir, ansioso pelo dia seguinte.

***

O hotel onde se realizaria o congresso era central e bem imponente. Ao chegar e entrar no *hall*, dei de cara com Lígia, a moça que me atendera quando liguei para os organizadores. Identifiquei-a pelo nome no crachá, torcendo para que não houvesse outras Lígias por ali.

— Desculpe, Lígia, você trabalha na organização do evento?

Ela, uma bela morena de cabelos curtos, mostrou-se um pouco surpresa com minha abordagem.

— Sim. Nós nos conhecemos?

— Há alguns dias, nos falamos pelo telefone. Eu sou o doutor Alexandre e estava tentando obter o telefone ou endereço da minha amiga doutora Beatriz, uma das palestrantes.

Ela abriu um largo sorriso e estendeu-me a mão.

— Ah, então o senhor veio! Que bom!

— Não poderia deixar de vir, pois preciso falar com a doutora. Onde posso fazer minha inscrição?

— Vou levá-lo lá. Acompanhe-me, por favor.

Lígia conduziu-me a uma mesa na qual uma simpática recepcionista pediu meus dados e fez minha inscrição. Depois de fazer o pagamento, ganhei um crachá de identificação, uma pasta com um bloco para anotações e uma caneta promocional.

Mesmo ainda faltando quase uma hora para o início do evento, procurei o auditório e fiquei sentado, ansioso, à espera do início.

Antes do horário previsto para a palestra, assisti a uma breve apresentação sobre a palestrante realizada por um mestre de cerimônias.

Em seguida, Bia entrou no palco sob aplausos.

Estava linda, sorridente como sempre, os belos olhos azuis brilhando, mas mudara a cor dos cabelos e o corte. Andava com uma elegância de fazer inveja a muita modelo. Era a minha Bia! Meus olhos ficaram marejados pela emoção.

Meu ímpeto era levantar-me, subir no palco, correr para ela e abraçá-la. Estava irresistível! Era ela, a minha garota da infância, agora mulher feita.

Serena, com gestos suaves e voz clara e firme, ela começou a falar, inicialmente cumprimentando e parabenizando o público pela presença e pelo interesse na doutrina espírita.

Admitiu que a escolha do tema resultara de suas próprias dúvidas quando também iniciara no espiritismo. Em seguida, discorreu brilhantemente sobre o assunto.

Confesso que não estava muito ligado nas suas palavras: em minha mente, passava um filme da nossa infância e adolescência. Tudo.

Nossos encontros, nossas conversas, as brincadeiras e, claro, o beijo de despedida quando viajei de férias.

Os aplausos me trouxeram de volta à realidade. Aquela primeira parte da apresentação durara quase duas horas, mas prendeu a atenção de todos, do começo ao fim. Sobre um assunto tão sério, Bia falava de maneira clara e descontraída, o que certamente contribuiu para o sucesso.

Concluída aquela primeira parte, precipitei-me para o *hall* do hotel, onde seria servido um *coffee break*. Ali, finalmente, eu conseguiria falar com ela, mesmo sabendo que teria que enfrentar os participantes que fariam perguntas e tirariam *selfies* com a palestrante.

Como previra, ao chegar ao local, vi que Bia estava cercada por algumas pessoas. Como conseguiria chegar até ela sem ser deselegante, afastando todos à sua volta? Tive uma ideia: peguei o bloco de anotações que recebera ao fazer a inscrição e escrevi com letras bem graúdas: "Olá, Bia, sou o Alê, lembra-se de mim? Estou à sua espera no mezanino do hotel. Beijos". Localizei a Lígia e pedi-lhe para entregar o bilhete a Bia. Ela leu, sorriu maliciosamente, e aceitou a tarefa.

Enquanto Lígia tentava furar a fila de pessoas para entregar o bilhete, subi correndo os degraus que conduziam ao mezanino. Cheguei esbaforido.

De lá, eu tinha uma visão ampla do *hall* e podia acompanhar os movimentos de Bia. Ela estava linda e pacientemente respondendo às perguntas.

Vi quando Lígia entregou-lhe meu bilhete. Ela hesitou, perguntou algo e abriu a folha de papel que se mantivera dobrada.

Nunca vou esquecer a expressão de surpresa e alegria dela ao ler minha mensagem. Imediatamente, olhou para cima até me localizar e acenou desesperadamente.

A meu ver, soltou um gritinho e levou uma das mãos à boca. Em seguida, iniciou um movimento de se desvencilhar das pessoas próximas e caminhar apressada na direção da escada que a traria até mim.

Pois foi nesse exato momento que começou o pandemônio, o fim do mundo.

De repente, um grupo de manifestantes invadiu o local, com faixas e gritos de ordem, empurrando as pessoas, puxando as toalhas que cobriam as mesas e quebrando copos e pratos, além de jogar talheres e comida no chão. Uma coisa inacreditável! Eu não entendia a razão daquilo, mas percebia claramente que era algo violento e perigoso.

Temendo pela segurança de Bia, desci correndo as escadas de volta ao *hall*. Antes de chegar até ela, pude ver dois homens muito fortes protegendo-a e levando-a dali — deviam ser seguranças contratados pelo evento. No meio daquela gritaria infernal, chamei-a várias vezes, mas, claro que não fui ouvido.

Tentei segui-los, forçando passagem no meio da multidão, mas sem resultado. Nem conseguia distinguir quem era participante do congresso e quem era agressor.

Foi então que recebi uma forte pancada na cabeça e tudo escureceu.

PARTE 2
BIA

Capítulo 8

"Lembrar é fácil para quem tem memória.
Esquecer é difícil para quem tem coração".
William Shakespeare, 1564-1616, escritor inglês

Não tenho nenhuma dificuldade em lembrar-me de qualquer fato que tenha ocorrido comigo, seja ele recente ou antigo. Graças a Deus, possuo uma excelente memória fotográfica, e ela é uma das coisas em mim das quais muito me orgulho.

Apesar disso, reconheço que não sou infalível. Sou humana e não uma máquina — que também, às vezes, falha. Uma vez ou outra, posso esquecer algum detalhe do passado, mas a verdade é que, sem maior esforço, geralmente lembro-me da maioria das coisas que as pessoas envolvidas já se esqueceram.

Não foram poucas vezes, desde criança, que surpreendi meus pais fazendo referência a acontecimentos tão antigos que eles só lembravam com muito custo e, principalmente, por causa dos detalhes que eu lhes dava, deixando-os boquiabertos.

Como criança, fui privilegiada: tive pais maravilhosos e um padrão de vida confortável. Meus pais, Nora e Gaspar, eram amorosos, serenos e, pelo que eu podia ver em casa, gostavam muito um do outro. Esse amor, que eu percebia entre eles, dava-me uma grande tranquilidade e a certeza de que eu morava em um lar harmonioso e feliz.

Desde pequenina, nunca fui de sair muito de casa e, em consequência disso, tive poucas amigas. E, curiosamente, as que eu conseguia, no bairro ou na escola, não gostavam de frequentar minha casa por uma razão que só fui descobrir muitos anos depois, quando já era adolescente.

Mas não me queixo de nada. Daquilo que consigo lembrar, só me vêm à memória coisas boas e alegres, apenas com uma terrível exceção, da qual vocês vão tomar conhecimento mais adiante.

Meu nome é Beatriz Maria de Siqueira Sá — muito comprido para uma garotinha. Por isso, desde cedo, chamavam-me de Bia, e eu preferia assim.

Como filha única, poderia ter sido uma menina solitária, mas não fui. E querem saber? O fato das minhas amigas não gostarem de ir à minha casa não me incomodava nem um pouco, não me fazia falta. E havia um bom motivo para essa minha postura.

Entre meus cinco e sete anos de idade, tive um amigo invisível, o Gus. Ele apareceu de repente, em um dos raros dias em que eu estava triste por algum motivo provavelmente bobo. Ele apareceu e ficou. Simples assim.

Posso afirmar que Gus foi uma companhia importante na minha primeira infância. Era meu companheiro para conversar, brincar e rir. Era muito bonito — pelo menos eu achava — tinha cabelos pretos lisos, penteados para frente e permanentemente cobertos por uma boina quadriculada. O que eu achava engraçado era que ele sempre usava calças marrons curtas sustentadas por suspensórios azuis sobre uma camisa impecavelmente branca.

Isso é tudo o que eu posso dizer do Gus para descrevê-lo, pois, apesar da minha boa memória, a lembrança que eu tenho dele é algo vaga, até porque, na maioria das vezes, ele parecia ser transparente, impedindo-me de ver claramente seus traços fisionômicos. E depois, eu era apenas uma criança. Os detalhes daquela longa amizade foi minha mãe que me contou depois de muitos anos, quando eu já era adolescente.

Numa dessas ocasiões, ela me disse que eu passava horas a fio conversando, rindo e brincando com o tal amigo, que, inclusive, me acompanhava até nas refeições. Minha mãe disse que ele nunca comia nada — o prato dele, que eu insistia em servir, ficava sempre intacto. — Só ficava ao meu lado, me observando, e nada falava, mesmo que eu lhe dirigisse a palavra, o que fazia com frequência, para surpresa e espanto dos meus pais que não conseguiam vê-lo.

65

Por causa desse meu apego ao amigo invisível, houve um momento em que meus pais ficaram preocupados com essa amizade com um garoto que eles não conseguiam ver.

No geral, meus pais não achavam nada de muito errado nessa minha curiosa amizade, mas eram de opinião de que eu estava passando dos limites e perdendo a oportunidade de me sociabilizar, de conhecer garotas e garotos de verdade. Ora, para mim, Gus era de verdade, senão não estaria conversando com ele. Eu me satisfazia com nossas brincadeiras e conversas. Então, não precisava conhecer mais ninguém. Para mim, era simples assim.

Mas os pais sempre se preocupam com os filhos. Assim, aos poucos, aquele assunto foi se tornando sério e preocupante para eles. Então, decidiram me levar a um psiquiatra. Claro que, na época, eu não sabia que tipo de médico era o tal psiquiatra. Sabia apenas que era um médico.

Acompanhei-os achando tudo muito estranho: por que estavam me levando a um médico se não estava me queixando de nada com relação à minha saúde, não estava sentindo nada de errado com meu corpo? Meus pais costumavam dialogar muito comigo, mas dessa vez não me deram explicações, e assim segui-os chateada, mas conformada.

Meus pais e o psiquiatra, um senhor muito simpático, de bigode e cavanhaque brancos, conversaram muito, mas eu não estava nem um pouco interessada naquele papo. No início, até que tentei prestar atenção, mas logo achei aquele diálogo muito complicado e enfadonho para mim, uma criança. Mas deu para perceber que tinha algo a ver com minha amizade com o Gus.

Quando conversei com minha mãe a respeito dessa consulta, eu já estava com cerca de 10 ou 11 anos, e então pude entender melhor algumas coisas. Tentarei reproduzir, na medida do possível e do que eu me recordo, o que minha mãe explicou quanto à opinião do psiquiatra. Certamente as palavras não são as mesmas, mas o sentido delas sim — isso, aliás, para todos os diálogos reproduzidos aqui.

A primeira coisa que o doutor disse e que tranquilizou meus pais foi que o fato de uma criança, na minha idade, ter amigos imaginários (como ele preferiu chamar em vez de invisíveis) era muito mais comum do que se pensava e absolutamente normal. Disse ainda que, segundo revelou um estudo feito por especialistas, cerca de 30% das crianças têm esses amigos, aos quais sempre atribuem nome e feições. O tal estudo também concluiu que uma em cada três crianças — principalmente entre três e sete anos — possui amigos que existem apenas na fantasia dela, uma espécie de brincadeira de faz de conta, na opinião daquele psiquiatra.

Ele admitiu que, mesmo percebendo que aquela amizade não trazia nenhum prejuízo ao filho, os pais tendem mesmo a se preocupar por não compreenderem as causas e o mecanismo do fato. "O que é desconhecido para as pessoas costuma incomodá-las ou até assustá-las", foi o que disse.

E a culpa não é toda dos pais, continuou o médico, porque entre os próprios estudiosos do assunto não há um consenso a respeito desse mecanismo, apesar de estarem sendo estudados há mais de um século.

Lembro que, diante da surpresa dos meus pais ante essa informação, minha mãe anotou os dados citados a seguir. Há um estudo a respeito, publicado no século XIX, exatamente em 1895, feito pela pedagoga Clara Vostrovsky, da Universidade de Stanford. Apesar disso, poucos psiquiatras e psicólogos se dedicam ao estudo do tema. Os que o fazem, concordam num ponto: os amigos invisíveis ou imaginários estimulam a imaginação, o desenvolvimento da criatividade das crianças e podem suprir eventuais carências afetivas. Eles consideram, ainda, que talvez seja por essa razão que esses amigos costumam aparecer para crianças que se sentem sozinhas, como os filhos únicos.

Só consigo me lembrar dessas informações porque me foram passadas pela minha mãe, muitos anos depois. Ela ainda tinha tudo anotado num caderninho, tipo diário que, de vez em quando, me mostrava.

O assunto poderia ter sido encerrado ali, mas, no final da consulta, o doutor disse algo que perturbou muito meus pais e que iria ter grande influência no direcionamento espiritual deles.

— Com relação à garota, estejam tranquilos, isso não é problema. Mas fiquem atentos com quem conversarem sobre este assunto, porque há muitos colegas meus com tendências espiritualistas, que afirmam que os amigos imaginários são espíritos de crianças já mortas. Isso não passa de invencionice, superstição ou desconhecimento do assunto. Não é para se levar a sério.

Se aquele médico quis afastar meus pais daquela ideia, provocou neles um efeito contrário, porque ficaram bastante curiosos a respeito. Como poderiam entender e aceitar o fato de que a filha deles conversava e brincava com o espírito de uma criança?

O resultado disso foi que, em algumas semanas, meus pais descobriram outro médico, desta vez um psicólogo, que tinha exatamente

67

a citada tendência espiritualista. Não demorou muito para que uma consulta fosse agendada com ele.

O novo médico era bem mais jovem e sorridente que o psiquiatra. A explicação dele para meus pais foi completamente diferente daquela do médico anterior.

— Gostaria de saber o quanto vocês conhecem da doutrina espírita.

— Muito pouco, doutor.

— Bom, a doutrina espírita nos esclarece que existe a vidência mediúnica na sua fenomenologia, que possibilita a algumas pessoas a visão de seres desencarnados. Não estou afirmando que toda criança que tem um amigo invisível é médium, nada disso. Estou apenas afirmando que uma criança ter essas visões é perfeitamente normal durante certo período da sua infância. Dos três aos sete anos, poderá até conversar e brincar com elas. Depois, o amigo deixa de aparecer porque a criança já terá outras diversões, e o assunto é esquecido sem traumas. Em resumo, os tais amigos invisíveis, que geralmente têm nome e feições bem definidas, não são exatamente imaginários, mas apenas invisíveis para nós, pais e adultos em geral. E, como são boas companhias, não oferecem perigo algum à criança que as vê.

Ao sairmos do consultório, meus pais já haviam preferido essa explicação que lhes pareceu mais lógica, até porque minha mãe contava, para espanto do meu pai que, às vezes, tinha visões e conversas com seus parentes já falecidos. Depois que ela me contou isso, questionei porque então ela não via o Gus, supondo-se que ele fosse também um espírito. Ela não soube explicar, mas levantou a hipótese de que talvez ele não quisesse ser visto por um adulto. Em qualquer dimensão da vida, as crianças preferem conversar com outras crianças. Na época, achei que essa explicação fazia sentido, e não tocamos mais no assunto.

O mais importante de todo esse episódio é que foi justamente devido a essa segunda consulta que meus pais decidiram pesquisar e depois seguir a doutrina espírita. Como consequência, passaram a frequentar uma casa onde eram realizadas sessões e reuniões da doutrina, deixando-me sob os cuidados de uma vizinha. Eu mal poderia imaginar que, no futuro, também me tornaria uma dedicada praticante do espiritismo.

Coincidência ou não, o fato é que meu amiguinho Gus deixou de me visitar justamente quando completei sete anos de idade. Curioso, não?

Eu seria totalmente injusta se, ao falar da minha história de vida, não dedicasse um especial e grande espaço para o Alê.

Alexandre, ou simplesmente Alê, apareceu pela primeira vez na minha vida quando eu tinha cerca de seis anos. Estava caminhando no corredor da escola onde minha mãe me levara para fazer a matrícula quando vi o Alê vindo em nossa direção, segurando a mão da mãe dele.

Não sei explicar direito o que aconteceu naquela ocasião, pois não conseguia parar de olhar para ele, que também me olhava fixamente. Passamos um pelo outro e nos viramos para continuar olhando — o que nos valeu uma repreensão das respectivas mães. Voltamos a olhar para frente, mas, quatro ou cinco passos depois, tornamos a nos virar. Uma coisa legal e curiosa, pois só tínhamos seis anos e havia muitas outras garotas e muitos garotos que poderiam ter atraído nossa atenção. Mas foi o Alê.

Fizemos juntos o curso primário, mas em salas separadas nos três primeiros anos, e o jeito era nos vermos na quadra de esportes, no horário do recreio. A partir do quarto ano, passamos a ficar na mesma sala e, então, a amizade se consolidou.

Logo de início, ele me pareceu uma pessoa interessante e confiável, até porque eu tinha a forte sensação de que já o conhecia desde pequenino. Era uma amizade inocente, pura, coisa de criança mesmo.

Hoje, reconheço que, a partir dos 11 ou 12 anos, ele e foi a minha paixão adolescente.

Alê e seus pais moravam na vila onde a maioria dos garotos do bairro morava. Minha casa era um pouco mais afastada dessa vila. Mas quando queria brincar, ia até lá e me juntava ao pessoal. Nunca nenhum deles me considerou intrusa ou indesejável por não morar na vila.

O grupo era formado por cerca de dez garotos e garotas, mas, para mim, Alê se destacava de maneira especial. Não que fosse mais alto, bonito ou inteligente que os demais, mas havia alguma coisa nele que me atraía profundamente. Não tinha nada a ver com namoro ou essas coisas de adolescentes e adultos, mas era uma ligação forte e diferente — não sei se deveria dizer espiritual ou emocional.

Tenho certeza de que o leitor ou a leitora já teve esse estranho sentimento ao conhecer alguém. É como se a gente já conhecesse a pessoa desde muito tempo, como se fosse quase um parente. A troca de olhares é diferente, assim como os sorrisos, os apertos de mão e os abraços.

Talvez a maneira mais clara de explicar seja dizer que essa aproximação parecia-se muito mais com um reencontro do que com um primeiro contato. Se fosse reencontro, seria um mistério, pois, desde o começo, era a primeira vez que nos víamos.

Quando Alê estava presente, eu não tinha olhos nem atenção para mais ninguém. Ousadamente, caminhava sempre em direção a ele e ali ficava ao seu lado. Mais tarde, passei a chamá-lo para me acompanhar até onde eu morava e sentar-se ao meu lado, no batente de acesso à minha casa, antes da varanda. E ele ia com evidente prazer e alegria. Quem não gostava dessa explícita preferência eram os outros meninos e meninas que, durante muito tempo, nos brindaram com uma sonora vaia e piadinhas maliciosas sempre que nos afastávamos do grupo.

Alê e eu tínhamos muita coisa em comum: os sonhos, os planos e as fantasias. Ficávamos horas a fio sentados, um ao lado do outro, ora calados, ora conversando. Não havia um padrão para nosso relacionamento e nossos encontros. Muitas vezes, ficamos apenas admirando a lua e as estrelas.

Eu o achava lindo, com aquele rosto corado cheio de sardas e os cabelos sempre necessitando de um pente. Amava sua timidez, até porque eu também era tímida — e assim nos entendíamos até em nossos silêncios.

Meus pais também gostavam do Alê e aprovavam nossa amizade. Achavam-no muito sensível, educado e inteligente, completamente diferente dos outros garotos do bairro.

A exemplo do primário, também fizemos juntos o ginásio, e isso fortaleceu ainda mais nossa amizade, pois crescemos juntos. Eu o acompanhava diariamente à escola. Muitas vezes, estudávamos juntos em minha casa e um ajudava o outro a fazer os deveres escolares. Por isso, quando concluímos o curso, a primeira comemoração foi entre nós dois. Compramos alguns chocolates, sentamos à sombra de uma mangueira, os devoramos rapidamente e nos divertimos à beça, relembrando as peripécias durante as aulas. Somente à noite é que cada um comemorou o final do curso com a família, com um jantar especial e sorvete como sobremesa.

Nessa época, uma coisa estranha ocorreu em minha casa. Claro que meus pais ficaram muito contentes com minha formatura do ginásio, mas, apesar de ser muito jovem, percebi que havia entre eles certa tensão o ar. Não exatamente entre eles, nada disso, mas era como se ambos estivessem enfrentando um problema e não quisessem que eu soubesse. Desconfiei disso porque percebi que a espontaneidade das nossas conversas havia diminuído.

Cheguei a questionar minha mãe sobre minha percepção:

— Está tudo bem, mami? — Eu me habituara a chamá-la assim, achava mais carinhoso e alimentava meu lado criança. Acho que ela gostava, nunca me havia corrigido.

Ela se mostrou surpresa, como se tivesse sido flagrada em algo.

— Sim, claro, querida. Estamos muito felizes por você. Daqui a pouco, já vai ser uma colegial.

Senti que era uma alegria forçada, mas não insisti. Eu confiava nos meus pais e tinha certeza de que eles sabiam conduzir bem nossas vidas, qualquer que fosse a dificuldade que estivessem enfrentando.

O pior de tudo foi quando, certa noite, Alê, muito timidamente e hesitante, me comunicou que ia viajar de férias com os pais, como prêmio pela formatura. Senti um choque e, ao mesmo tempo, um frio na barriga. A ideia de ficar quase um mês sem ver e conversar com meu querido amigo me assustava. Afinal, ficar distante dele tanto tempo era uma hipótese que nunca me passara pela cabeça.

Mas disfarcei minha tristeza e procurei animá-lo, pois percebi que ele não queria viajar por minha causa. Nenhum de nós dois queria deixar o outro, essa era a verdade. Mas, no final, eu o convenci a ir, porque era um presente dos seus pais, e presente não se recusa.

Naquela noite, confesso que fui ousada. Ali, sentados no batente da minha casa, olhando seus olhos de perto e vendo neles a saudade antecipada, não resisti e fiz o que havia muito tempo sonhava fazer: aproximei meus lábios dos dele e suavemente beijei-o pela primeira vez na boca. Ele correspondeu. Primeiro timidamente; depois, passou a deslizar seus lábios úmidos sobre os meus. Foi uma delícia! Imaginei que ele devia ter aprendido a fazer isso assistindo a filmes. Só sei que foi uma delícia! Era meu primeiro beijo nos lábios de um garoto e eu não imaginava que fosse tão... tão gostoso. Na hora, pensei que devíamos ter feito isso há mais tempo, outras vezes.

Mas, apesar do prazer que estava sentindo, percebi que ia chorar por uma saudade que eu tinha certeza de que iria sentir. Como não queria que ele me visse chorando, levantei-me do batente, dei a volta e entrei em casa, mas antes o olhei mais uma vez:

— Boas férias, Alê, espero que se divirta. Na volta, estarei aqui para ouvir suas aventuras. — E entrei correndo direto para meu quarto, fui chorar na cama. Mas logo me levantei e fui espiá-lo, escondida atrás da cortina da janela. Ele continuava sentado no batente, acariciando os

71

próprios lábios. Sorri intimamente: ele devia estar pensando no nosso beijo. Instintivamente, levei também meus dedos aos lábios e sorri de verdade.

Depois de derramar muitas lágrimas, tratei de me consolar dizendo para mim mesma que era apenas uma viagem de férias. Logo, ele estaria de volta e que, quando eu menos esperasse, estaríamos outra vez sentados no batente de minha casa conversando e, quem sabe, de agora em diante, também nos beijando — o difícil quase sempre é a primeira vez, e essa já acontecera. Agora tudo seria mais fácil e encantador.

Mas deu tudo errado. Completamente.

Capítulo 9

Sem o Alê por perto, os dias demoraram a passar. Eu queria saber onde e como ele estava. Pensaria ainda em mim ou já me esquecera? Não tínhamos computador, nem telefones. Portanto, não havia jeito de nos comunicarmos. Ainda bem que a lembrança do beijo suavizava minha saudade.

Foi nessa solidão que sobrevivi longos dias sem meu amigo. Antes de viajar, Alê me dissera durante quantos dias estaria viajando. Assim, eu fiz um cálculo muito rudimentar e cheguei à conclusão de que faltavam cerca de duas semanas para que ele e os pais retornassem. Ainda era muito tempo, mas eu esperaria e o receberia com muito carinho.

Mas uma tragédia atrapalhou tudo.

***

Uma manhã, quando eu estava sentada no batente lendo um romance de aventuras, e minha mãe preparando o almoço na cozinha, um carro chegou em alta velocidade e parou bem defronte à minha casa.

Mesmo depois de passado o susto, eu demorei algum tempo para perceber que tiraram de dentro do carro meu pai, aparentemente desmaiado e todo ensanguentado.

Soltei um grito desesperado chamando minha mãe. Ela veio correndo, enxugando as mãos num avental, a tempo de ver três homens carregando o corpo inerte de meu pai. Entraram em casa desajeitadamente e o deitaram no sofá da sala. Como ele sangrava muito, vi que rapidamente o sangue ensopou o tecido. Minha mãe, quase em pânico, ajoelhou-se ao lado do meu pai, passou a mão em sua testa ensanguentada e machucada, enquanto eu olhava tudo da porta, petrificada.

— Gaspar! Meu querido! Fale comigo! O que aconteceu com você?

Gritando, ela o chamou várias vezes, mas logo percebeu que ele não respondia, só ofegava e gemia, ao mesmo tempo, com todo o corpo tremendo. Eu estava paralisada, não tive coragem de chegar perto e vê-lo sofrer daquele jeito.

Minha mãe olhou suplicante para os homens que o haviam trazido:

— Meu Deus, o que houve com ele? Pelo amor de Deus, digam-me o que aconteceu!

Um dos homens aproximou-se dela e disse em voz baixa:

— Ele foi atropelado por um carro, senhora.

— Atropelado? Como assim, atropelado? Mas quem fez isso? Prenderam o motorista?

O homem respondeu desconsolado:

— Sinto muito, senhora, o motorista fugiu sem nem ao menos prestar socorro ao seu marido.

— Mas por que não levaram meu marido para um pronto-socorro, um hospital? Como vamos tratar dele em casa, sem recursos?

— Foi ele que pediu, senhora.

— Como assim "ele que pediu"? Por que ele pediria isso sabendo que estava ferido e precisava de tratamento médico?

O homem estava visivelmente constrangido:

— Me desculpe a sinceridade, senhora, mas a pessoa que o socorreu primeiro ouviu-o claramente pedir para ser levado para casa. Ele disse: "Quero morrer em casa".

Minha mãe gritou, irritada:

— Mas que morrer que nada, senhor. Meu marido não vai morrer coisa nenhuma. Ele só precisa de tratamento, urgente. Por favor, chamem uma ambulância. Depressa, por favor!

Mesmo chorando muito, pude ver através das lágrimas outro homem sair correndo dizendo:

— Vou usar o telefone da padaria. A ambulância não deve demorar.

De fato, a ambulância não demorou a chegar, mas não tinha mais utilidade para meu pai. Ele não resistira aos ferimentos e, como pedira a quem o socorreu primeiro, morreu em casa.

Depois que levaram meu pai, minha mãe desmaiou, e eu fiquei chorando, debruçada sobre o corpo dela.

Os dias que se seguiram foram terríveis. Nunca conhecera uma tristeza tão profunda, acentuada ao perceber a dor de minha mãe. Era difícil acreditar que meu pai se fora tão jovem e cheio de saúde.

Depois de todos os longos e dolorosos rituais de velório e cremação, eu e minha mãe choramos quase dois dias a fio. Mais do que nunca, eu sentia uma falta enorme de Alê. Sabia que ele não poderia fazer nada para melhorar a situação, mas sua simples presença me reconfortaria bastante. "Meu querido Alê, por onde você anda?", era no que eu conseguia pensar.

Dias após a tragédia, minha mãe entrou cedo no meu quanto, mesmo antes do nosso desjejum. Estava com profundas olheiras, não sabia se de chorar ou das noites sem dormir.

Calmamente, sentou-se ao meu lado, na beira da cama, e pegou minha mão entre as suas:

— Bia, querida, precisamos ter uma conversa.

Eu nem respondi, pega de surpresa. Apenas fiquei olhando para ela com os olhos ainda semicerrados.

— Você está prestando atenção? É muito importante o que tenho para lhe falar, minha filha.

Esfreguei os olhos com a palma das mãos e balancei a cabeça confirmando:

— Estou ouvindo, mami. Pode falar.

E ela começou a falar com uma voz lenta e rouca, voltando a segurar minha mão.

Foi a história mais louca, mais incrível e mais impressionante que eu ouvira até então.

— Você sempre soube que seu pai e eu somos espíritas.

— Sim, vocês me contaram logo depois que começaram a sair para as reuniões à noite, deixando-me com a vizinha.

— Isso mesmo. Tomamos essa decisão quando você tinha sete anos de idade e, já havia algum tempo, conversava e brincava frequentemente com um amigo invisível.

Em outras circunstâncias, teríamos rido dessa lembrança.

— Lembro vagamente, mas o que isso tem a ver com...

— Já chego lá, minha querida. Mesmo antes desses episódios do amigo invisível, seu pai e eu já estávamos decididos a seguir uma

75

doutrina religiosa, porque nunca havíamos tentado seriamente desenvolver nossa espiritualidade e achávamos que havia chegado a hora. Fizemos alguns contatos, e um conhecido nos recomendou um determinado grupo, que tinha uma sede um pouco afastada da cidade.

— Perto desta casa?

— Não. Nessa época, ainda não morávamos aqui.

— Entendi.

— Como disse, deixamos você com uma vizinha de confiança e fomos a tal reunião. Já começamos a achar algo estranho quando percebemos que a casa ficava fora do perímetro urbano, ao contrário do que nos haviam dito. Com o carro, percorremos uma estrada de terra mal iluminada, cercada de arbustos secos, até chegarmos a uma espécie de fazenda. Um sujeito muito estranho veio abrir a porteira para entrarmos e depois nos conduziu até um casarão muito elegante, aliás, onde já havia umas 40 pessoas, a maioria muito bem-vestida. Fomos bem-recebidos e acomodados numas cadeiras bem confortáveis.

— Mas o que havia de estranho?

— Você já vai saber. A surpresa veio quando o ritual começou. Uma coisa muito esquisita. Tinha até gente nua.

— Credo! Que religião é essa?

— Isso mesmo. Percebemos que nossa falta de experiência nesse assunto nos conduziu a uma verdadeira armadilha. Foi uma coisa indecente, horrível, pavorosa. Ficamos chocados com o que vimos e ouvimos naquele lugar horroroso. Nossa vontade era sair dali correndo.

— O que aconteceu, mami?

— Ali não havia nada de religiosidade, espiritismo. Aquele era um grupo de fanáticos, praticantes de magia negra. Já ouviu falar disso?

— Sim, já li sobre isso em revistas de terror e vi em filmes também. É uma prática horrível e cruel.

— Pois é. Só depois que estávamos lá é que ficamos sabendo. Inclusive, descobrimos que eles sacrificavam animais em seus rituais sangrentos. Bebiam o sangue dos bichinhos sacrificados, e comentava-se até que chegavam ao cúmulo de sacrificar crianças durante os rituais, tudo isso com o objetivo de ganhar mais poder ou eliminar inimigos.

— Nossa mãe!

— Vimos logo que eles não eram do bem. Até droga circulava por lá, misturada com bebidas alcoólicas, e logo começou uma orgia. E o mais curioso: o lugar era frequentado por gente da alta sociedade, por políticos, empresários, fazendeiros e artistas. Por isso, não permitiam que ninguém entrasse com gravadores e máquinas fotográficas, e era preciso ter sido convidado por algum membro deles, como nós fomos.

— Gente, eu não acredito.

— O mais incrível é que ainda hoje existem esses grupos, agindo escondido e de forma anônima, claro.

— Mas há quem goste disso?

— Não só há quem goste, como também quem acredita que os sacrifícios e as orgias podem trazer-lhes sucesso, glória, mais riqueza e derrotar adversários.

— E o que vocês fizeram?

— Fomos embora tão logo percebemos essas coisas. Seu pai ficou tão revoltado que discutiu fortemente com o sujeito que parecia ser o líder daquele grupo. Trocaram ofensas e só não foram às vias de fato porque algumas pessoas os separaram, eu inclusive.

— Meu Deus!

— Foi nesse momento que, em minha opinião, seu pai cometeu o que considerei um grave erro.

— O que ele fez, mami?

— Eu nunca vira seu pai tão bravo. Quando já íamos saindo do ambiente, ele se voltou e fez uma ameaça. Disse que iria denunciar aquela seita à polícia e à imprensa.

— Ele fez isso?

— Fez. E, em resposta, recebeu também uma ameaça. O sujeito olhou-o furioso com os olhos arregalados e gritou: "Faça isso e verá o que vai acontecer com você e sua família! Você não sabe com quem está se metendo! Aqui tem figuras importantes que não serão prejudicadas por um idiota!".

— Estou horrorizada, mami.

— Alguns dias depois, quando se encontraram, seu pai deu uma enorme bronca no amigo que indicara aquele grupo. Ele alegou que não sabia de nada, mas nós não acreditamos nele. Para nós, ele fazia parte da seita e quis aumentar o número de adeptos.

— E meu pai fez mesmo a denúncia?

— Fez, por mais que eu implorasse que ele ficasse quieto. Eu o alertei de que aquela gente era muito perigosa e que existiam muitas outras seitas iguais àquela, todas financiadas por pessoas ricas e poderosas, e que ele não conseguiria acabar com todas. Mas seu pai não me deu ouvidos.

— E o que aconteceu depois da denúncia?

— Foi um escândalo. Com a cobertura da imprensa, a polícia foi ao sítio, prendeu várias pessoas, inclusive o líder, e fechou o local proibindo seu funcionamento. E ainda houve quem protestasse contra a ação da polícia, acredita? — Minha mãe fez uma pausa. Parecia estar relembrando todos os horríveis acontecimentos. Eu continuava chocada. — Passamos meses inteiros recebendo ameaças e insultos. Atiravam pedras em nossas janelas, deixavam animais mortos em nossa porta, uma coisa horrorosa. Fizemos o impossível para que você, pequenininha, não presenciasse essas coisas, mas não sei se conseguimos.

— O que vocês fizeram contra esses ataques?

— Fizemos muitas queixas à polícia, mas ela não conseguiu parar com aquilo, porque não descobriu os autores. Foi quando decidimos mudar para cá, já que não havia solução para aqueles transtornos.

— E depois que viemos para cá, as coisas se acalmaram?

— Nos primeiros anos, parecia que sim. Pelo menos nunca apareceram por aqui, acho que não descobriram nosso novo endereço. Mas há alguns meses, souberam onde seu pai trabalhava e passaram a enviar ameaças para lá, por cartas e telefonemas.

Levei um susto enorme e meu coração se agitou: era aquela a explicação para a tensão que eu vinha percebendo nos meus pais algum tempo antes:

— O quê? Descobriram onde meu pai trabalhava? — Minha mãe soltou minha mão, levou as suas ao próprio rosto e começou a chorar. — O que a senhora está dizendo?

— Alguém deve ter denunciado seu pai. Havia alguns meses as ameaças voltaram. No começo, não levamos a sério, porque já fazia muito tempo que acontecera o episódio do sítio. Mas logo percebemos que as ameaças eram sérias. Talvez tenhamos demorado a tomar uma providência.

— Mas como podem existir pessoas tão malvadas que fazem uma coisa dessas com uma família que não incomoda ninguém?

— São pessoas que não evoluíram espiritualmente, minha filha. É isso que nossa doutrina ensina. — Pôs a mão no meu joelho. — Você sabe por que suas amigas não vêm à nossa casa?

— Não faço a mínima ideia.

— Apenas porque somos espíritas.

— Mãe, você não está falando sério, está?

— Infelizmente, estou. Mas a culpa não é de suas amigas, elas são crianças ou adolescentes como você, nem sabem o que é o espiritismo. A culpa é do preconceito religioso dos pais.

Eu estava revoltada, achando isso inconcebível. Nunca me passara tal coisa pela cabeça:

— Mas isso é um absurdo.

— Com certeza, filha, mas nunca ligamos seriamente para isso. Não se pode forçar ninguém a aceitar ou pelo menos respeitar uma doutrina na qual não acredite.

— Alê e eu nunca falamos sobre isso.

— Alê é um garoto inteligente e tem pais educados. Mesmo que venha a saber, se é que já não sabe, tenho certeza de que ele não se afastaria de nós por esse motivo. Ele não teria esse preconceito.

— Também acho.

Minha mãe deu um grande suspiro:

— Mas não foi para falar disso que vim aqui. Só quis falar essas coisas para que você entenda minha decisão.

— Fale, mami, que decisão?

Inesperadamente, ela voltou a chorar. Fiquei assustada, mas esperei que se acalmasse. Ela pegou meu rosto com as duas mãos:

— Não fique chocada, filha, mas tenho razões para acreditar que a morte de seu pai não foi acidente.

Diante dessa revelação, meu choque foi tão grande que minha exclamação foi quase um grito:

— O quê?!

— Desde que seu pai fez a denúncia contra aquela seita, eles prometeram vingança contra nossa família.

— Mas será que eles teriam coragem de...

Ela me interrompeu:

— Teriam. Os fanáticos são capazes de tudo em nome do deus deles.

— Mas o tal líder dos fanáticos não está preso?

— Sim, está. Havia outros crimes contra ele, como tráfico de drogas e mesmo assassinatos. Mas, mesmo de dentro da cadeia, eles se comunicam com os cúmplices aqui fora. Ele deve ter dado a ordem para que matassem seu pai.

Fiquei um instante em silêncio, chocada com tudo o que ouvira.

— Se isso for verdade, mami, o que devemos fazer?

— Sair daqui, minha filha, o quanto antes. Precisamos mudar de casa outra vez, e para bem longe daqui.

Eu estava confusa e com medo:

— Mudar de casa?

— Não vejo outra saída, minha filha. Como seu pai foi trazido para casa depois do suposto acidente e, em seguida, foi levado para o pronto-socorro, o hospital tem nosso endereço. E a seita tem espiões e informantes em muitos lugares. Será fácil para todos eles descobrirem onde moramos. E eu temo por você, minha querida. Eles são muito perversos e ainda querem vingança porque o líder deles continua preso.

Permaneci algum tempo chorando, desconsolada.

— Mas para onde iremos, mami?

— Tenho uma tia que mora numa pequena cidade do interior bem afastada da capital, quase 600 quilômetros daqui. É a tia Inês. Ela nos aceitará de bom grado. Como é um lugar bem distante, tenho certeza de que não nos encontrarão lá.

Eu estava muito confusa, pois fora pega de surpresa.

— E meus estudos, mami?

— Sua vida é mais importante, filha. Nessa cidade para onde vamos, deve ter colégios ou então nas cidades vizinhas, que são maiores. O importante agora é sairmos daqui e ficarmos bem longe desses malfeitores.

— A polícia não pode nos ajudar?

— Ela já está ajudando, procurando a pessoa que atropelou seu pai e também investigando as ameaças que Gaspar recebeu no trabalho, antes do ataque. Mas e se houver informantes da seita dentro da própria polícia?

— Santo Deus! E o Alê, mami?

Eu já estava triste por tentar imaginar como seria minha vida sem o Alê, meu grande amigo, por perto.

Ela não entendeu minha preocupação — nem poderia. Era um assunto exclusivamente meu e dele.

— Que tem o Alê, filha?

— Quando ele voltar das férias, não vai me encontrar aqui e nem saberá para onde fomos.

Ela passou carinhosamente as mãos pelos meus cabelos:

— Filha, entendo sua preocupação. Eu também gosto do Alê, mas como lhe disse, o importante agora é nos protegermos daqueles infames. E depois, você e o Alê são jovens, terão muito tempo ainda para se reencontrarem. Ele é um garoto inteligente, esperto, e descobrirá onde estaremos.

Não fiquei muito satisfeita com a resposta dela, mas sabia que não havia outra coisa a fazermos:

— Espero que a senhora esteja certa. Não gostaria de perder a amizade do Alê. É meu melhor amigo, talvez o único.

— Não vai perder, garanto. Mas agora, filha, peço-lhe que arrume suas coisas. Deveremos sair daqui de madrugada, direto para a estação rodoviária. Foi isso que vim lhe dizer.

Fiquei completamente aturdida:

— Hoje mesmo, mami?

— Eu sei que tudo isso é muito duro e difícil para você, querida. É uma mudança muito radical, mas acredite que estou fazendo isso para nosso bem, para proteger nossas vidas.

— E nossa casa? O que será dela?

— Esta é outra surpresa para você: eu a vendi.

Levei novo susto.

— A senhora vendeu esta casa?

— Não havia tempo a perder, filha. Decidi que não ficaremos mais aqui, não só por causa das ameaças dos fanáticos mas também porque esta casa nos traz muitas recordações da nossa vida com seu pai e sofreremos ainda mais. Decidi apagar essa parte do nosso passado.

— Então estamos sem casa?

— Apenas por enquanto, filha. O dinheiro da venda está aplicado, e assim que a gente se sentir segura em outro lugar, compraremos uma nova casa para nós. Além disso, seu pai tinha feito um seguro de vida, e esse dinheiro, que eu preferia não receber porque o queria vivo, também nos ajudará a recomeçar a vida em outro lugar mais seguro.

Diante de tudo isso que ouvira de minha mãe, não havia mesmo como contra-argumentar. Tudo indicava que ela estava certa nas suas decisões.

Depois que ela saiu do meu quarto, parecia que minha cabeça ia estourar. Agora, ao meu medo juntava-se a tristeza:

"O que Alê pensará de mim quando não me encontrar no lugar onde sempre estive à sua espera? Como voltarei a vê-lo?".

Nunca iríamos imaginar que aquela despedida, quando o beijei nos lábios, não seria apenas devido às férias. Agora se tornava uma despedida muito maior, sem perspectiva de reencontro.

Chorei até não poder mais. Nem saí do quarto para almoçar e, graças a Deus, minha mãe respeitou essa minha reclusão voluntária.

Por medida de segurança, talvez para que eu não deixasse escapar a informação involuntariamente para alguma amiga, minha mãe nem me disse o nome da cidade para onde iríamos. Assim, eu não poderia nem ao menos deixar um recado dizendo onde estava para o Alê — o que, aliás, não convinha, pois seria arriscado deixar qualquer pista.

Depois de toda a terrível história que minha mãe me contou, eu estava achando que jamais voltaria a confiar em pessoa alguma, exceto nela e no Alê.

Saímos de madrugada quando toda a vila dormia. O táxi, apesar de grande, não tinha espaço suficiente para levar todas as coisas que queríamos. Então, a solução foi deixar para trás aquilo que não cabia. As roupas e os utensílios de cozinha estavam acomodamos em grandes caixas de papelão. Minha mãe já havia previamente negociado a venda dos móveis e da televisão.

Foi assim, na calada da noite, que meu destino foi alterado para sempre. Eu não tinha a menor ideia do que esperar pela frente — principalmente sem meu querido Alê por perto para me ajudar, consolar, aconselhar e dar forças.

Quando o táxi começou a se afastar, mentalmente eu me despedi do batente, onde tantos momentos felizes eu passara ao lado do meu Alê.

E enquanto o veículo deixava a vila para trás, revi, como num filme, as brincadeiras com os garotos e tive até a impressão de ter ouvido as gargalhadas e os gritos deles.

Sentada no banco de trás do carro, chorei copiosamente. Minha mãe percebeu e me puxou para ela, que também chorava, embora disfarçadamente. Aquilo tudo não estava sendo fácil para nós duas.

A verdade era que minha infância estava ficando para trás, junto com a casa e as lembranças. Eu me senti, pela primeira vez, deixando de ser criança e me tornando uma adolescente de verdade — e me perguntava como seria quando me sentisse gente grande. Enfim, como dizem os adultos, seja o que Deus quiser. Ou como diz um amigo meu: "No fim, dará tudo certo. Se não der, não será o fim".

Queira Deus, ele esteja certo.

Capítulo 10

Não sei se o leitor ou a leitora já esteve numa estação rodoviária de madrugada, durante a semana. Para alguns, é algo muito triste, tão melancólico que é impossível não ficarmos deprimidos. Sem a algazarra e a multidão do dia, principalmente dos feriados e fins de semana, nas madrugadas, são poucas as pessoas que estão ali aguardando a chegada do ônibus, ao lado de malas, sacolas e trouxas, partindo em busca de novas esperanças.

Nas madrugadas, o silêncio na estação rodoviária é esmagador. Não há buzinas, não há vozes de ambulantes vendendo seus produtos, não há som de trânsito. Reina um silêncio amplo, como que respeitando a tristeza de quem parte ou de quem fica.

Menos mal para aquelas pessoas a passeio — para elas, tudo é festa. Terrível mesmo deve ser para aquelas que, como eu e minha mãe, partem de vez, sem saber se um dia voltarão.

Apertei o casaco de lã contra o corpo e pensei no Alê, mas tudo o que consegui foi ficar ainda mais triste. Felizmente, o ônibus chegou no horário programado e nos acomodamos com facilidade, porque havia muitas poltronas vazias. Parecia que aquela cidade para onde iríamos não era exatamente uma das preferidas pelos viajantes.

Minha mãe deixou que eu me sentasse à janela. Ela deve ter imaginado que assim eu me distrairia e ficaria menos triste. As mães pensam em tudo, até nessas coisas.

Quando o ônibus partiu, às quatro horas da madrugada, tive a sensação de que estávamos indo para o fim do mundo e senti um dolorido aperto no coração.

Pela distância a percorrer, a viagem seria — e foi — longa e muito cansativa: a previsão era de que levaríamos cerca de doze horas para percorrer os quase 600 quilômetros de distância entre a capital e a cidade para onde estávamos indo.

Além de cansada, eu estava arrasada física e emocionalmente. Nas diversas paradas que o ônibus fez durante o trajeto, para os passageiros irem ao banheiro ou fazer alguma refeição, nem me senti disposta a descer. Achava essas paradas horríveis, porque nos pegava no meio de um sono e nos acordava sem prévio aviso. Retomar o cochilo depois era muito difícil.

Felizmente, minha mãe conseguiu dormir razoavelmente bem. Coitada, assim como eu, devia estar física e emocionalmente estressada e desgastada. Merecia mesmo um bom sono. Eu não tive a mesma sorte. Acordava assustada cada vez que engatilhava uma soneca. E, ao acordar, chorava por me lembrar de Alê, da morte do meu pai e por tudo o que minha mãe me contara, que resultou na morte dele. Vocês podem imaginar como foi tudo uma verdadeira barra-pesada para uma adolescente.

Entre paradas e retomadas, vimos o dia nascer e passar lentamente, varando a tarde.

Chegamos ao destino um pouco antes das 16 horas do dia seguinte. Meu corpo estava todo dolorido pela má posição em que fiquei na poltrona, e eu ansiava por um banho e uma cama para me recuperar.

Só quando já nos aproximávamos do destino, foi que minha mãe revelou o nome da cidade: Adamantina que, segundo soube depois, é uma das maiores cidades da Alta Paulista. Segundo tia Inês dissera à minha mãe, a cidade é muito pacata, acolhedora, segura e bem familiar. Também fiquei sabendo que tem cerca de 30 mil habitantes e vive principalmente da agricultura como base da sua economia.

Era isso que sabíamos sobre a cidade. Agora, era conferir na prática e tratar de desenvolver nossa capacidade de adaptação.

Na estação rodoviária, pegamos um táxi e fomos para a casa da tia de minha mãe. A tarde ainda estava ensolarada, e pude ver um pouco da cidade onde eu passaria a morar, sabia Deus por quanto tempo. Inesperadamente, senti uma pontada no coração e me ocorreu um pensamento que me deixou melancólica: "E como ficaria meu sonho de me tornar psicóloga como combinara com o Alê?".

Chegamos à casa de tia Inês com a tarde já perdendo sua luz.

Ela nos recebeu com carinho e chorou bastante abraçada à minha mãe. Era uma senhora com idade bem avançada, os cabelos inteiramente brancos, voz frágil, movendo-se com alguma dificuldade, mas parecendo muito bondosa.

Morava numa casa humilde e pequena, bastante simples, mas não podíamos exigir nada diante da nossa situação. Apesar de tudo, ali devia ser um lugar seguro para nós, e isso, no momento, era o mais importante para minha mãe e eu.

Uma das primeiras coisas que perguntei à tia Inês, enquanto fazíamos um lanche, foi sobre a questão da educação na cidade. Fiquei contente em saber que havia vários estabelecimentos de ensino. Assim, eu poderia continuar meus estudos até que as coisas ficassem mais definidas para nós. A faculdade, dali a três anos, seria um assunto para pensar depois.

Nas primeiras semanas, tia Inês insistia em nos mostrar a cidade e nos apresentar à vizinhança, mas, por razões óbvias, minha mãe não demonstrava muito entusiasmo para essas atividades, digamos, sociais. Ela achava que quanto menos pessoas soubessem que estávamos ali, melhor para nossa segurança. Ela achava, e eu concordava, que deveríamos nos expor o menos possível e só em caso de necessidade.

Ela me dizia:

— Pode até ser exagero meu, filha. Sei que esta cidade é pequena, todos se conhecem e quase não se tem notícia de violência por aqui. Pode ser que aqueles bandidos nunca apareçam por aqui, mas não custa nada termos cautela.

No mês seguinte, consegui me matricular num dos colégios públicos da cidade. Era relativamente perto da casa da tia Inês. Minha mãe trouxera toda minha documentação e histórico escolar, de forma que não tive dificuldades na matrícula.

Os professores e demais alunos me receberam com muita simpatia. Eu, por razões óbvias, é que estava sempre com um pé atrás, com uma tendência a desconfiar de todos. Minha mãe me recomendara que conversasse pouco e falasse menos ainda de nossa história. Até que provassem o contrário, não deveríamos confiar em ninguém.

85

A saudade de Alê nunca diminuía, principalmente durante as noites, naqueles horários em que eu sabia que deveria estar com ele no batente da minha antiga casa — e então era impossível não chorar. Muitas vezes, mesmo durante as aulas, eu me pegava pensando nele e tinha que fazer força para não deixar a emoção tomar conta de mim.

Com o lento passar do tempo, fui me adaptando melhor às condições de vida naquela pequena e humilde casa, bem como da própria cidade. Na nossa casa, na capital, não tínhamos luxo, mas conforto, sem dúvida. Aqui não havia luxo nem conforto, era tudo improvisado, acanhado e simples. O banho, por exemplo, era de balde, ou seja, não havia chuveiro; e a porta era uma cortina de plástico.

Eu dormia na mesma cama que minha mãe, o que não deixou de ser uma experiência diferente e gratificante — nunca conversamos tanto antes de dormir. Acho até que ficamos mais amigas. Deitadas juntas, muitas vezes, rimos e choramos, tudo discretamente, para não incomodar tia Inês, que se desdobrava para nos agradar. Tínhamos que falar e rir baixinho, pois as paredes eram finas e não permitiam privacidade.

Enfim, aprendi a encarar uma dura realidade: uma vez que eu não possuía telefone, e nem o Alê, estava condenada a tão cedo não ouvir a voz do meu amigo de infância.

Um dia, quando cheguei do colégio, pronta para almoçar, minha mãe me chamou no pequeno quarto e me disse:

— Filha, tenho uma novidade para você.

Meu coração disparou. Nas vezes anteriores em que ouvira a palavra novidade, não foram notícias muito agradáveis.

— Devo me preocupar, mami?

— De jeito nenhum, filha, é uma notícia boa.

Suspirei aliviada:

— Ufa, que bom. — e coloquei minha mochila com os livros e cadernos sobre a cama.

— Com a ajuda da tia Inês, descobri aqui perto um centro espírita. Fui lá, gostei muito do ambiente e decidi frequentá-lo semanalmente, nas noites de quinta-feira. Você gostaria de ir comigo?

Na verdade, confesso que, naquela época, o assunto não despertava muito meu interesse. Mas pensando na segurança de minha mãe, decidi fazer-lhe companhia — e foi assim que conheci a doutrina.

Acreditem: foi a melhor decisão que tomei na minha vida.

O lugar era tranquilo e reconfortante, e as pessoas eram muito gentis. Sentia uma energia muito positiva, um lugar ideal para receber boas inspirações. Adorei as palestras e fazia questão de tomar passe todas as noites em que estava presente. E, principalmente, conheci uma pessoa incrível, o velho Silas, uma espécie de mestre, de guia espiritual de quem frequentava o local. Quando conversava com ele, ouvindo coisas muito sábias, sentia uma imensa serenidade que, certamente, emanava dele.

As explicações sobre o espiritismo foram claras e convincentes. Gostei tanto da doutrina que me inscrevi no curso para médiuns e passei a ler todos os livros a respeito desse assunto que havia na biblioteca de lá. Quando tinha alguma dúvida, perguntava à minha mãe, ao Silas ou a um dos outros dirigentes do centro que, gentilmente, tratavam de esclarecer tudo.

Ao longo do tempo, aprendi muito com eles. Dentre outros, havia um tema que chamou minha atenção e resolvi pesquisá-lo mais a fundo. Tratava-se do fenômeno do desdobramento, também conhecido como viagem astral ou ainda projeção astral.

Segundo o que aprendi, referia-se à capacidade que, independente da sua crença religiosa, todo ser humano possui de projetar a consciência, ou nosso corpo astral, para fora do corpo físico, conseguindo, assim, deslocar-se para outros lugares. Pode ser conseguido voluntariamente pelo uso de técnicas, mas também pode ocorrer durante o sono, um transe, um desmaio ou sob a influência de certos remédios, como, por exemplo, anestésicos. Na maior parte das vezes, o desdobramento é utilizado por um médium para fazer algum tratamento de saúde a distância numa pessoa que esteja necessitando.

Mas confesso que grande parte do meu interesse inicial por esse assunto era mais egoísta que espiritual: tinha a esperança de fazer uma dessas "viagens" e ir até onde estava o Alê. Desconfiava que não fosse correto pensar assim, mas a saudade de Alê era avassaladora.

Também fiz muitas amizades com rapazes no colégio, mas nenhuma delas, nem de longe, se aproximou daquela que mantive com Alê. Namorado nem pensar. Para mim, só existia uma pessoa por quem meu coração achava que valia a pena bater, e o leitor já deve saber a quem me refiro.

O que era bem irônico e até certo ponto sem sentido, pois eu nem sabia onde ele estava. Da mesma forma, também não sabia se algum dia iria revê-lo.

Capítulo 11

Foi assim que se passaram três anos da minha vida na pequena cidade de Adamantina. A figura de Alê continuava como uma marca de carinho e afeto em mim, mas já não sentia aquela obsessão, que me impedia até de exercer outros afazeres. Agora sabia que revê-lo não dependia mais de mim, apesar da vontade ainda ser grande.

Nesse período, refleti bastante sobre tudo o que acontecera comigo e creio que amadureci muito com essas reflexões. Em pensamentos e sentimentos, não me sentia mais uma adolescente. Nesse tempo, criei e alimentei algumas ideias e alguns projetos na minha cabeça, mas precisava primeiro discuti-los com minha mãe para saber se eram viáveis.

A festa de formatura do colegial foi simples, mas muito linda. Naqueles dias, senti uma enorme falta de Alê e eu me esforçava para não pensar nele, senão choraria. Aquilo era uma festa, não cabia tristeza.

Naquela noite, nosso jantar, sempre simples, foi enriquecido com bolo e refrigerante em comemoração à minha graduação. Chorei de emoção, de felicidade e, confesso, de saudades do Alê, mas esta parte ninguém ficou sabendo. Só eu e meu travesseiro.

Nessa época, eu já estava muito bem familiarizada com o espiritismo — afinal, foram três anos de leituras, reuniões, palestras, práticas, conversas e pesquisas. E essa dedicação foi muito útil e importante para mim. Aprendi a ter fé e isso me dava forças para enfrentar qualquer contratempo que tivesse pela frente.

Também já estava com bastante conhecimento — pelo menos teórico — do fenômeno do desprendimento.

Como resultado dessa evolução, estava cada vez mais ansiosa para "visitar" o Alê, mas ali, na casa de tia Inês, não havia condições de concentração e privacidade para que eu pudesse fazer essa experiência. Precisei me controlar muitas vezes, pois estava ansiosa demais para "viajar" e ver o Alê, mesmo que de forma, digamos, astral.

Quando completei 18 anos, inverti os papéis: fui eu quem disse à minha mãe:

— Mami, precisamos ter uma conversa. — E levei-a para o pequeno quarto.

Ela franziu a testa e me perguntou séria:

— Como você sempre retruca: devo me preocupar?

Sorri com o bom humor dela, mas fui sincera:

— Não deveria, mas creio que vai.

Um pouco assustada, ela sentou-se na cama. Sentei ao seu lado, peguei suas mãos entre as minhas e falei o mais suavemente que pude:

— Mami, já fiz 18 anos.

Ela sorriu:

— Eu sei disso, meu anjo, não é surpresa, mas você não vai dizer que quer casar, não é? Porque, aí sim, seria surpresa.

Abri a boca escandalizada:

— Casar, eu? Está delirando, mami? Que casar que nada! Nem namorado eu tenho!

— Ah, pensei. Então do que se trata?

— Bom, preciso pensar no meu futuro. Agora que concluí o colegial, preciso entrar numa faculdade.

— Aqui? Mas, pelo que sei, aqui são todas particulares e devem ser muito caras.

— Esse é o ponto. É por isso que preciso voltar para São Paulo.

Ela arregalou os olhos e pôs as mãos nos quadris:

— Voltar para São Paulo? Não diga uma loucura dessas, Bia! Já se esqueceu de tudo o que passamos lá?

— Calma, mami, não esqueci, mas não estou falando da capital. Conversei com alguns professores, e eles me disseram que em Ribeirão Preto tem uma unidade da USP, a Universidade São Paulo. É a Faculdade de Filosofia, Ciências e Letras, que tem também o curso de Psicologia. A senhora sabe que, desde o tempo da minha amizade com o Alê, sempre pensei em ser psicóloga. Quero ajudar as pessoas. E essa

89

minha vivência espiritualista no centro só acentuou ainda mais esse meu desejo. E tem mais: na USP o curso é de graça.

— De graça?

— Sim, como todos os demais cursos oferecidos pela universidade.

— Mas, filha, Ribeirão Preto fica muito longe daqui.

— Um pouco, acho que uns 400 quilômetros.

— Pois é. Para mim, isso é longe.

— Nada é longe quando o sonho é grande, mami.

— Isso é muito bonito na teoria, filha. Na prática, existe um negócio chamado saudade. Mas me diga, qual é seu plano?

— É o seguinte: durante algum tempo, a senhora fica aqui com tia Inês, eu vou na frente para Ribeirão Preto, faço o vestibular e, se passar, alugo um quartinho numa república de moças ou um pequeno apartamento. Só vejo um problema.

— Qual, minha filha?

— O curso de Psicologia, com duração de cinco anos, é em período integral. Isso significa que não vou poder trabalhar e não terei dinheiro para pagar uma pensão ou um pequeno apartamento.

— Isso não será problema, filha, acho que podemos dar um jeito. Já que não precisaremos pagar a faculdade, eu pago sua pensão com os rendimentos do dinheiro da venda da casa que tínhamos em São Paulo e do seguro que seu pai deixou. Está tudo aplicado no banco, e eu quase nunca mexo naquele dinheiro, exceto para nossas despesas aqui, que são poucas.

Fiquei superalegre com a perspectiva:

— Sério, mami?

— Claro. E se você gostar de Ribeirão Preto, depois que entrar na faculdade, eu me mudo para lá, e voltaremos a ficar juntas. Se a Inês quiser, vai conosco para me fazer companhia, e eu a ela.

— Seria uma maravilha, mami!

— Não vai ser nada fácil, mas, como você disse, precisa pensar no seu futuro.

— E também tem outra coisa: não quero que a senhora passe o resto da sua vida aqui, escondida, como se tivesse feito algo errado.

— Não estou me queixando, filha. Pelo menos aqui tenho sossego e não corro perigo.

— Eu sei que a senhora não se queixa, mami, mas sinto que é minha obrigação proporcionar-lhe uma vida melhor, com mais conforto.

Esse é um lado da questão; também preciso desenvolver meu potencial e crescer profissionalmente, conseguir um bom emprego. Tenho fé em Deus de que vou conseguir as duas coisas.

— Filha, seu projeto de vida é muito bonito, mas volto a dizer, as coisas não são assim tão fáceis.

— Eu sei, mami, mas tenho garra e uma vontade incrível de vencer. E meus protetores espirituais me ajudarão.

— Disso não tenho a menor dúvida. Pelo entusiasmo com que você fala, acho que você está mesmo decidida a seguir esse projeto.

— Estou, mami, só preciso da sua autorização.

Minha mãe me abraçou fortemente:

— Você já a tem, querida, mas saiba que vou sentir tanto sua falta, minha filha.

— Eu sei, mami, eu também. Como a senhora mesma disse, assim que puder, alugo uma pequena casa ou um apartamento para a senhora e a tia Inês irem morar comigo.

— Ah, seria tão bom...

— Vai dar certo! Tenho fé em Deus e nos meus protetores que tudo dará certo para nós. Modéstia à parte, nós merecemos. — E rimos juntas, cheias de esperança.

Uma das professoras do colégio em Adamantina me fez um grande favor, que facilitou muito minha ida para Ribeirão Preto e teria uma importância fundamental no meu futuro. Ela entrou em contato com uma ex-aluna chamada Anita, que se mudara para Ribeirão alguns anos antes, onde, após algum tempo, formou-se em Psicologia. Minha professora e Anita conversaram a meu respeito por telefone.

A ex-aluna aceitou me receber em seu apartamento, pelo menos provisoriamente, até como uma forma de retribuir a ajuda que tivera quando ela própria se transferira para lá. E mais: ofereceu-se para me buscar na rodoviária. Fiquei muito feliz com essa demonstração de solidariedade e agradeci muito à professora.

Nos dias que antecederam minha viagem, procurei ficar o mais perto possível da minha mãe, para tentar compensar a ausência que aconteceria por tempo indeterminado. Ela estava chorosa, mas muito confiante de que era a decisão certa para assegurar meu futuro profissional.

Quando soube da data do vestibular de Psicologia, comprei a passagem para a véspera, e a professora se encarregou de avisar minha ida à ex-aluna e como iríamos nos reconhecer, o que não foi difícil, porque enviou uma foto minha a Anita.

Na noite da véspera da viagem, minha mãe e eu fomos juntas ao centro espírita e fizemos uma prece para que eu fosse bem amparada e guiada pelos meus protetores, e que eu tomasse as decisões mais adequadas nessa empreitada.

Minha mãe foi me levar até a estação bem cedinho e lá ficou até o ônibus desaparecer das vistas dela. Enquanto ele se afastava, ainda pude ver, pela janela, minha mãe enxugando as lágrimas com um lenço. Vendo aquela cena, prometi a mim mesmo que faria de tudo para que as coisas dessem certo, e que eu pudesse retribuir à minha mãe, de alguma forma, todo o amor que ela sentia por mim.

Excetuando o cansaço da viagem de cerca de quatro horas, tudo correu bem e deu tudo certo.

Anita estava à minha espera.

Ela era uma graça de pessoa: alegre, comunicativa, bonita, carinhosa e muito educada. Uma morena de pele clara e longos cabelos lisos e negros. Seus olhos, graúdos e negros, pareciam duas jabuticabas. Se minha percepção estava certa, tive a certeza de que houve uma imediata simpatia mútua.

Anita tinha um carro, e foi nele que acomodamos minha pouca bagagem. Como ainda era cedo, ela foi me mostrando os pontos interessantes da cidade, reduzindo a velocidade do veículo quando queria detalhar algo.

Pelo que vi no trajeto, percebi que se tratava de uma cidade muito grande e desenvolvida, sobretudo se comparada a Adamantina. Conforme Anita foi me explicando, a população ali era estimada em quase 700 mil habitantes. Havia muitas universidades — incluindo a USP, que eu já tinha conhecimento — e faculdades, o que me deixou mais tranquila.

A própria Anita graduara-se pela USP na Faculdade de Filosofia, Ciências e Letras de Ribeirão Preto, e agora trabalhava em um grande laboratório farmacêutico de matriz francesa, chamado Bonne Santé, que significava "boa saúde" em francês. Ela era supervisora de Recursos Humanos, cargo muito adequado para uma psicóloga.

O apartamento em que Anita morava sozinha ficava no sétimo andar de um edifício simples, mas muito bem localizado. Era pequeno, mas bem dividido e decorado. Percebia-se claramente um toque feminino. Segundo me disse, ainda estava pagando as prestações do financiamento. À medida que conversávamos, percebi que Anita era uma lutadora como eu.

Havia um segundo quarto que ela usava para estudar e guardar os livros, passar roupa, estudar, mas ela o colocou à minha disposição para dormir, em um sofá-cama, pelo tempo que eu precisasse. Anita foi muito gentil o tempo todo e sempre bem-humorada.

Ajudei-a a preparar nosso almoço, enquanto íamos conversando e rindo. Havíamos acabado de nos conhecer, mas foi interessante como ocorreu uma simpatia mútua e, em pouco tempo, já parecíamos duas antigas amigas. Ela era bem informal e descontraída, o que me deixou muito à vontade.

— Bia, preciso trabalhar, já faltei pela manhã, mas nos veremos no final da tarde. Enquanto isso, arrume suas coisas aqui e durma o quanto quiser. Sei que a viagem foi longa e cansativa e, além disso, você deve ter alguns grilos para pensar, acertei?

— Acertou em cheio, amiga, tenho uma criação de grilos. Muito obrigada por tudo. Assim que puder, vou arranjar um cantinho e deixar de incomodar você.

O modo como ela reagiu me pareceu muito espontâneo e sincero:

— De jeito nenhum, nem pense nisso! Você ficará aqui comigo pelo tempo que precisar. Vai me fazer companhia e deixarei de ser solitária. Mostrarei a você mais um pouco da cidade e, principalmente, onde fica a universidade onde vai estudar nos próximos cinco anos.

— Isso se eu passar no vestibular, certo?

Ela mostrou uma segurança que eu mesma não tinha:

— Amiga, você vai passar, não tenho a menor dúvida disso.

Gente, depois que Anita saiu para trabalhar, tomei um banho de chuveiro como havia muito tempo não acontecia e, depois de fazer uma prece de agradecimento por tudo o que vinha acontecendo, me joguei no sofá-cama. Devo ter caído no sono na mesma hora.

Já era de começo da noite quando acordei sentindo-me outra pessoa, bem mais disposta. Decidi retribuir a gentileza da minha nova amiga e preparei um lanche para comermos quando ela chegasse.

Ao chegar, Anita soltou um gritinho ao ver a mesa posta:

— Cara! Não acredito que você fez isso! Você consegue imaginar há quanto tempo ninguém põe uma mesa para mim? Não precisava, amiga! Assim, vou ficar mal-acostumada.

Conversamos e rimos muito durante a refeição. Depois, ficamos bem à vontade na pequena sala de estar e conversamos até de madrugada. Ela contando partes de sua vida e eu da minha, omitindo os trechos que minha mãe certamente acharia perigoso revelar. E só paramos de bater papo porque ela tinha que acordar cedo no dia seguinte. E sabem de uma coisa incrível que só notei depois? Durante a maior parte do dia, envolvida com as novas situações, não pensei no Alê. Para mim, isso significava que, aos poucos, eu ia retomando minha vida, sem a interferência da lembrança dele, sem saber exatamente se isso era bom ou não.

Sozinha, durante o dia, pensando nos rumos da minha vida, tive uma ideia: para garantir minha segurança, dificultando que alguém daquela famigerada seita me reconhecesse, decidi tingir meus cabelos e mudar o corte. Pedi ajuda a Anita, mas sem revelar os verdadeiros motivos dessas mudanças. Disse-lhe apenas que era para caracterizar minha nova fase de vida. Ela se mostrou entusiasmada:

— Conheço um ótimo salão aqui perto. Vamos fazer isso no próximo sábado, pois quero ir com você para dar meus pitacos.

E aconteceu exatamente assim. Me achei linda com o novo visual.

Não pretendo abusar da paciência de ninguém, então vou acelerar minha narrativa: passei no vestibular com louvor e, orgulhosa e tomada pela emoção, dei início à minha vida acadêmica. Minha mãe vibrou quando, no fim de semana seguinte, fui a Adamantina dar-lhe a boa notícia. Desta vez, comemoramos com uma relativa extravagância: fomos lanchar num pequeno *shopping center* da cidade.

O início da minha carreira universitária foi uma delícia. Professores competentes e amáveis, colegas de classe muito simpáticos e um assunto que me empolgava mais a cada dia, a Psicologia.

Por causa das minhas constantes recordações do Alê, não posso dizer que não percebi os anos passarem. Ao contrário do que eu tinha imaginado, ainda não me livrara inteiramente dele. O fantasma do Alê me seguia em todos os lugares e momentos, e talvez eu própria fosse a culpada dessa quase obsessão. A lembrança dele não chegava a perturbar meu dia a dia, mas estava sempre lá e me fazia questionar: será que ele ainda pensava em mim?

Nos cinco anos de graduação, excluindo os paqueras, tive exatos três namorados, e isso só veio a acontecer depois de dois anos que chegara à cidade. Foram rapazes simpáticos, educados e inteligentes,

94

mostraram-se companheiros, atenciosos e respeitosos. Não rolou sexo com nenhum deles, apenas os habituais amassos entre namorados. Só não fiquei mais tempo com algum deles porque faltava aquela eletricidade e sintonia que sentia com o Alê, mesmo sendo adolescentes.

Podia até ser uma fixação descabida, mas assim é que era. Agora, para mim, já era importante o tal lance de pele. Com o tempo, eles notavam certa falta de entusiasmo em mim e, educadamente, preparavam o terreno para o fim, numa boa. Continuei amiga dos três, dois dos quais, alegando motivos particulares, desistiram do curso no quarto ano. Um desperdício.

Eu, ao contrário, continuava com o mesmo entusiasmo do começo. Inclusive, meu interesse até aumentou porque, ao longo do curso, surgiram algumas dúvidas muito interessantes, que pareciam confrontar a Psicologia com o espiritismo — dois assuntos pelos quais eu era apaixonada.

Uma delas foi a questão do *déjà-vu*, aquela sensação que as pessoas têm de já terem passado por um lugar ou por uma situação que, na verdade, é nova, é a primeira vez. Tanto a Psicologia quanto a Neurologia atribuem esse fenômeno a causas diversas, associado a problemas emocionais. Para Freud, era um mecanismo de defesa para reprimir ocorrências desagradáveis passadas. Outros estudiosas acham que se trata de "gatilhos" internos que trazem projeções de desejos que existem dentro do indivíduo. Poderia também ser fruto do estresse, ansiedade, excesso de álcool ou de drogas pesadas.

O espiritismo nos diz que pode se tratar de uma recordação de vidas passadas. Simples assim.

Outro tema que mexeu comigo: todos nós já passamos pela experiência de sermos apresentados a alguém e, de cara, simpatizarmos ou antipatizarmos com a pessoa, não é verdade?

Diz a Psicologia que isso pode se dever a valores ou posturas contrárias à nossa, tipo: se sou alegre, não simpatizarei com pessoas mal-humoradas; se sou liberal, não gostarei de pessoas conservadoras. Ou então a fisionomia daquela pessoa pode me lembrar outra com quem já tive fortes discussões.

O espiritismo, novamente, aceita que aqueles indivíduos com os quais simpatizamos ou antipatizamos à primeira vista podem ser reencarnações de outros que, em vidas passadas, nos fizeram muito mal ou muito bem. Talvez isso explique o amor à primeira vista ou as almas gêmeas.

Outros temas apresentavam essas explicações opostas. Agora, imaginem: eu, amante de ambas as matérias — o espiritismo e a Psicologia — em que ponto da balança ficaria? Que posição tomar?

Minha decisão foi categórica: resolvi pesquisar esses temas polêmicos e tirar essa dúvida: a Psicologia era parceira ou antagonista do espiritismo?

Achei que muitas outras pessoas pudessem ter a mesma dúvida e, nesse caso, valeria a pena escrever um artigo a respeito ou até mesmo, se eu tivesse coragem, dar uma palestra.

Por absoluta imposição de Anita, continuei morando com ela, a quem já considerava uma grande amiga, na verdade quase irmã. No segundo ano em Ribeirão Preto, ela ficou sabendo que eu era espírita — e até esperei uma reação talvez desagradável, já que eu desconhecia as crenças religiosas dela. Mas, felizmente, eu estava enganada. Ao saber disso, ela apenas fez uma expressão de surpresa e disse:

— Ah, é? Minha mãe também era, e eu tenho vários amigos espíritas. Não sei muito a respeito, nem costumo frequentar um centro, mas simpatizo muito com essa doutrina a partir do que eles falam para mim.

Fiquei aliviada, porque me lembrei das meninas da vila da minha infância, que nem se aproximavam da minha casa porque meus pais eram espíritas, um preconceito inacreditável.

— Que legal, amiga! Então, eu quero aproveitar e perguntar onde encontro um centro espírita aqui perto. Sinto falta das reuniões que eu participava em Adamantina, com minha mãe.

— Ah, isso é fácil. Deixe comigo.

Capítulo 12

O chefe de Anita na indústria farmacêutica era espírita e indicou três lugares, um dos quais ele próprio frequentava. Fiz a escolha por um deles, depois de conhecer os três. Nesses assuntos, é muito importante a gente tomar decisões e fazer escolhas depois de conhecer e sentir o astral do lugar e das pessoas. Não iria cometer o mesmo erro de meu pai, que, por inexperiência, seguindo indicações de um suposto amigo, acabou se envolvendo com pessoas perigosas e que não eram do bem.

Escolhi aquele centro onde me senti melhor e me identifiquei com as práticas e os procedimentos. Não que os outros dois lugares não fossem bons, nada disso, mas senti mais sintonia e afinidade com o terceiro. E assim passei a frequentá-lo.

Algumas vezes, Anita ia comigo, pois, segundo dizia, simpatizava com a doutrina, apesar de não seguir nenhuma religião. Ela se dizia cristã, e isso bastava, para ela e para mim.

Tornei-me uma participante assídua e dedicada, estudando e pesquisando com afinco não apenas sobre o fenômeno da viagem astral, mas também sobre as dúvidas às quais me referi.

Em pouco tempo, estava na mesma situação em que me encontrava em Adamantina: dava pequenas e básicas palestras para o público iniciante na doutrina e passei a escrever artigos para um jornal da região. Era uma maneira de me forçar a estar sempre atualizada na matéria. Um dia, cheguei a ser convidada para dar uma entrevista numa emissora local, que mantinha um programa semanal sobre espiritualidade.

Por mera precaução, em todas essas atividades, eu me identificava apenas como Beatriz. E tudo isso, graças, em grande parte, à minha amiga Anita.

Aos poucos, fui me informando de que maneira poderia desenvolver as técnicas para tentar o desprendimento ou viagem astral. De cara, lembrei que não seria nada fácil, mas estava disposta a seguir em frente por causa do Alê.

***

Nem vi o tempo passar. Inclusive, já estava formada em Psicologia quando revi o Alê, mas preciso contar essa história desde o começo.

Durante todo o curso, mantive-me financeiramente com o dinheiro que recebia de minha mãe através de um banco. Felizmente, Anita já havia conversado com seu chefe a meu respeito e foi por intermédio dos dois que consegui uma vaga de *trainee* na área de Recursos Humanos da farmacêutica, a mesma onde minha amiga era supervisora.

Adorei a oportunidade de praticar o que aprendera na faculdade. Como psicóloga, eu participava da equipe responsável pelos processos seletivos de pessoal, desde as entrevistas com os candidatos até a aplicação de dinâmicas de grupo e psicotestes.

É importante que eu diga que, durante todo esse tempo, ainda que muito dedicada ao trabalho, conciliei meus estudos e minhas pesquisas sobre o espiritismo e sobre as questões que envolviam a doutrina com a Psicologia. Aos poucos, as dúvidas iam surgindo e sendo esclarecidas, e eu podia, finalmente, adotar uma posição sobre as questões.

Lembro que minha primeira dúvida surgiu quando, durante uma aula, alguém citou o assunto do "amigo imaginário" de algumas crianças. A discussão não foi adiante, mas rendeu o suficiente para me fazer lembrar do Gus, meu amigo invisível (para meus pais) de minha infância. Soube, algum tempo depois, que meus pais, preocupados com o que achavam "estranho", me levaram a dois médicos (psicólogos, creio) e cada um deu uma diagnóstico diferente: um deles tranquilizou meus pais dizendo que um amigo imaginário era comum na infância e que não passava de fruto da imaginação de uma criança solitária, apenas uma construção simbólica. O outro, simpatizante da doutrina espírita, afirmou que era o espírito de um garotinho, que queria apenas fazer amizade comigo. Eis aí um bom exemplo de como a Psicologia pode, às vezes, parecer contestadora do espiritismo.

Para minha alegria e meu alívio, aprendi que espiritismo e Psicologia eram complementares, mas voltarei a falar sobre isso mais adiante.

Na condição de *trainee*, o salário era modesto, ainda não era suficiente para buscar minha mãe em Adamantina, mas já era um começo promissor. Sempre que eu ia visitá-la nos feriados prolongados, ela vibrava com a maneira como minha vida avançava em Ribeirão Preto. Ela estava bem de saúde, entendia-se muito bem com tia Inês e, sempre que podia, eu levava um presente para ela.

Mas o que quero contar é outra coisa. É como revi Alê.

Foi o próprio chefe de Anita, ao voltar de uma viagem a Paris em visita à matriz da farmacêutica, que falou a ela sobre um curso intensivo de uma semana que aconteceria lá, justamente sobre o tema que me encantava: desdobramento ou como eles dizem na França, sobre *dédoublement* ou *voyage astral: la sortie hors du corps* (ou seja, desdobramento ou viagem astral: a saída fora do corpo). Foi Anita, ao chegar do trabalho, quem se encarregou de fazer o convite:

— Amiga, prepare-se para ouvir isto: meu chefe quer saber se você gostaria de ir, porque ele sabe do seu interesse pelo assunto. Que tal?

— Anita, seu chefe é louco? Como é que eu vou ter condições de ir para um negócio desses, em Paris? Como é que vou entender o que eles falarem? Seria dinheiro jogado fora.

— Sua boba, o curso terá tradução simultânea. E, além disso, trabalhando aqui, numa empresa de matriz francesa, você já fala e entende um pouquinho da língua, não é verdade?

— Não me refiro só a isso. Até me viro bem no idioma, mas estou me referindo também à grana, ao dinheiro! Onde é que vou arranjar? Você tem ideia de quanto custa uma passagem para Paris e mais hospedagem? E, sendo uma simples *trainee*, como é que vou ficar uma semana fora do trabalho?

Anita não perdeu a calma. Sentou-se, cruzou as pernas e falou da maneira mais tranquila do mundo:

— Vamos por parte, querida. Vê-se que você ainda não conhece bem o meio empresarial. Há um jeito para tudo. Saiba que meu chefe e o seu são muito amigos, e isso facilita as coisas. Para justificar sua ausência, você pode pedir uma semana de dispensa e descontar das futuras férias. Outra coisa: nossa empresa tem convênio com várias companhias aéreas que fazem voo para Paris e também com hotéis. Você pode pedir um empréstimo ou adiantamento do décimo terceiro salário, coisas assim. Ou seja, se você quiser mesmo ir, tem jeito para tudo. Eu a ajudo.

Hesitei porque o processo me pareceu um tanto confuso:

— Claro que gostaria de ir, mas...

— Então deixe tudo comigo. Esqueça essa história de "mas"...

E Anita resolveu tudo mesmo. Desinibida como era, falou com meio mundo na empresa, conversou, explicou e conseguiu tudo o que dissera ser possível. Além de ser bastante bem-vista como profissional, ela era muito comunicativa e simpática, e creio que essas qualidades a ajudaram no caso. Eu só sei que, em pouco tempo, estava com as passagens de ida e volta nas mãos e o endereço do hotel onde fora feita a reserva para mim.

Para resumir e não tomar o tempo do leitor com detalhes, só preciso dizer que, quando menos esperava, lá estava eu em Paris, no primeiro dia do curso, que foi ótimo desde o início.

Haviam me dito que o espiritismo não tinha muitos adeptos na França, mas, a julgar pela grande quantidade de participantes no evento, isso não é bem verdade.

Alguns colegas do curso convidavam-me para jantar quase todas as noites e depois conhecer um pouco da cidade. Paris é linda! Do pouco que vi, devido à escassez do tempo, fiquei deslumbrada e espero um dia voltar como turista, com mais tempo para curtir a Cidade Luz.

Mas o melhor — e, de certa forma, o pior — ainda estava por vir.

Como grande parte dos franceses, eu usava o metrô para me locomover. Percebi logo que era a melhor maneira de me movimentar naquela cidade, pois há uma estação em praticamente toda esquina.

O problema é que na hora do *rush* as estações são invadidas por verdadeiras multidões, sempre apressadas e nem sempre gentis. É preciso muita agilidade, paciência e jogo de cintura para conseguir entrar em um vagão antes que ele siga viagem.

Agora vem a parte mais importante do meu relato.

Na véspera do final do curso, num fim de tarde, eu estava na plataforma do metrô quase sufocada pela multidão, tentando entrar num vagão. Amedrontada, decidi recuar e esperar pelo próximo trem.

Foi quando virei o rosto para dar meia-volta que o vi. Alê!

Era ele! Estava no topo de uma da escadaria que conduzia à plataforma, mas impedido de descer pela quantidade de pessoas à sua

100

frente. Ele também me viu e percebi, pelo movimento dos lábios, que gritava meu nome. Ele também estava em Paris!

Usei de todas as minhas forças para sair daquela multidão e ir abraçá-lo. Percebi que ele também se movimentava em minha direção, mas eu lutava contra a maré: eu queria sair dali, enquanto todos os demais passageiros queriam entrar!

Nossos olhares se encontraram por poucos segundos, o suficiente para notar sua expressão desesperada e surpresa ao mesmo tempo. Ele continuava gritando meu nome.

Nesse momento, fui literalmente empurrada para dentro do vagão enquanto chorava desesperada pela impotência.

Não houve jeito. O trem partiu e ainda consegui ver o Alê chorando como eu.

Não é irônico? Moramos no Brasil, no estado de São Paulo, e não conseguimos nem nos falar e, de repente, nos vemos do outro lado do mundo, em Paris! Será que os deuses estariam cruelmente brincando conosco? Se isso fosse verdade, caberia perguntar-lhes: com que intenção e por qual motivo?

Nos poucos dias que ainda me restavam em Paris — mais um dia de aula e um fim de semana —, voltei àquela estação de metrô várias vezes, inclusive em horários diferentes, mas nunca mais o vi.

O que ele estaria fazendo ali? Turismo? Trabalho? Morando? E, nesse caso, já estaria casado?

Minha revolta pelo desencontro mal me deixou dormir, tanto que passei o dia seguinte meio sonada. Mesmo assim, gastei parte dos meus pensamentos tentando imaginar de que maneira poderia localizá-lo, mesmo sem saber seu sobrenome. Ainda cheguei a consultar alguns colegas de curso — sem entrar em detalhes — mas todos concordaram ser praticamente impossível localizar um brasileiro em Paris apenas pelo primeiro nome.

Foi duro aceitar essa impossibilidade.

***

Quando voltei ao Brasil, e já no apartamento de Anita em Ribeirão Preto, desabafei minha frustração com minha amiga. Ela já me ouvira falar milhares de vezes de Alê e demorou a acreditar que eu o vira numa estação de metrô parisiense.

— Isso é incrível! Só acredito porque é você quem está me contando. Caramba, vocês não conseguem se encontrar no mesmo Estado e se veem em Paris? Parece piada.

Eu estava nervosa e revoltada. Queria sair correndo e fazer alguma coisa para encontrá-lo, mas Anita me acalmou:

— Calma, amiga, não quero desanimá-la, mas como podemos encontrá-lo? Nem sabemos se ainda está morando aqui no Brasil ou na França. Será que estava fazendo turismo ou treinamento, como você? Além disso, mesmo que esteja em Paris, como saber em que hotel ele está, se é que está em hotel. Pode estar na casa de um amigo. E pode estar hospedado numa cidade do interior e esteve em Paris só de passagem. Não quero ser chata, mas você me compreende?

Sem dúvida, ela estava certa, mas sei que o leitor saberá se colocar na minha posição e entender meu desespero.

Bem, a vida dá muitas voltas e logo constatei isso.

Seis meses depois desse desencontro, consegui rever o Alê em circunstâncias nada agradáveis.

Foi pela televisão, durante um noticiário da noite.

Anita tinha saído para se encontrar com o namorado, e eu ficara em casa assistindo à TV para passar o tempo, até que o sono chegasse. Além disso, acontecera uma novidade, e eu estava me preparando para ela. Um jornalista da cidade ouviu uma entrevista minha na rádio, me localizou com a ajuda da emissora e me fez uma convite para fazer uma palestra em um congresso espírita que aconteceria na cidade de Gramado, no Rio Grande do Sul. Seria para uma plateia de iniciantes na doutrina, portanto, nada de abordagens muito profundas. Ele mesmo sugeriu o tema da entrevista: "A Psicologia e o Espiritismo: parceria ou antagonismo?". Eu não seria remunerada, mas teria todas as despesas pagas pelos organizadores. Aceitei porque era uma oportunidade de testar minha desenvoltura de falar para um público novo.

Ao mesmo tempo, eu estava me preparando para participar de um grupo de estudos sobre desdobramento, em Ribeirão. Por tudo isso, preferi ficar no apartamento.

Para relaxar, desviava os olhos da apostila ou do livro que estava lendo e, em dado momento, prestei mais atenção ao noticiário. A reportagem falava da violência no trânsito de São Paulo e focava como exemplo um acidente ocorrido no dia anterior, envolvendo três carros. Um dos motoristas ficara preso entre dois veículos e se machucara seriamente, ao contrário dos outros motoristas, que só tiveram ferimentos leves.

O que estava machucado era psicólogo e chamava-se Alexandre. Dei um pulo, chocada e surpresa, fazendo as apostilas, as anotações e os livros, que estavam sobre meu colo, caírem no chão com estardalhaço.

Levantei-me e aproximei-me da televisão para ver e ouvir melhor os detalhes. O Alê estava sendo conduzido numa maca para uma ambulância. Naquele momento, os enfermeiros passavam com a maca bem defronte à câmera da TV e, assim, eu vi em *close* o rosto do meu amigo. Era ele mesmo! O rosto que eu vira em Paris, só que agora com machucados e hematomas. Eu precisava vê-lo com urgência, ele poderia precisar da minha ajuda. A cena seguinte do noticiário mostrou a ambulância entrando no pronto-socorro e, então, eu consegui ler o nome do hospital. Agora eu sabia onde ele estava!

No entanto, por maior que fosse minha ansiedade em revê-lo, entendi que, àquela hora e naquele momento, não era adequado que eu telefonasse para o hospital e tentasse falar com Alê. Certamente não me deixariam, até porque a prioridade era dos pais e parentes próximos.

Então, o que eu poderia fazer?

Fiquei inquieta durante toda a noite e uma das conclusões a que cheguei era de que aquele era o momento ideal para tentar uma viagem astral até meu amigo, estivesse eu habilitada ou não para fazê-la. Deixaria passar alguns dias até que ele melhorasse, aproveitaria uma das saídas de Anita para namorar e então faria a experiência. Era a única forma de revê-lo.

Na verdade, não me sentia ainda muito segura para fazer essa experiência. Apesar do tanto que já havia estudado sobre o assunto, principalmente no curso que frequentara em Paris, mas, na minha ansiedade — e hoje sei que era também impetuosidade e irresponsabilidade — imaginei que o pior que poderia acontecer era não conseguir me desprender do corpo físico e não "viajar". Portanto, no meu imaturo entendimento da época, um risco pequeno.

Só muito tempo depois, eu ficaria sabendo que estava redondamente enganada, pois havia muito mais coisas envolvidas além do conhecimento das técnicas, principalmente quanto aos objetivos da viagem. Eu era uma simples aprendiza e não tinha consciência disso.

De qualquer forma, resolvi seguir em frente. Não contei nada para Anita, porque achei que ela iria tentar me convencer a não fazê-lo.

103

Durante a semana, liguei para o hospital, mas, por recomendação médica, apenas familiares poderiam falar com ele. A informação que obtive era que ele ainda estava internado e que o estado de saúde dele era estável. Por ordem médica, nenhuma outra informação poderia ser dada.

Ou seja, eu não tinha opção. Mesmo não estando certa de me lembrar de todos os passos do processo de desdobramento, achava que pela intenção valia o risco.

Uma noite, na semana seguinte, Anita avisou-me de que iria sair para encontrar-se com o namorado e que chegaria bem tarde.

Era tudo o que eu esperava para fazer minha primeira viagem astral e visitar meu querido amigo Alê, no hospital. Tinha certeza de que ele também gostaria de me rever.

Desliguei todos os aparelhos eletrônicos, inclusive os telefones, para que não houvesse nenhum tipo de interrupção. Também me certifiquei de que portas e janelas estavam bem fechadas. Vesti uma roupa adequada, diminuí a iluminação do ambiente e me preparei para a experiência.

Volto a dizer: não sabia por que razão não me sentia muito segura, apesar de ter lido e estudado tanto sobre o assunto.

Para mim, estava claro que todo ser humano é formado por mente, espírito (ou corpo astral) e corpo físico. Quando a mente relaxa — como na meditação, por exemplo, — quando adormece, quando está sob influência de anestésicos ou por alguma outra razão, torna-se frágil, e o espírito fica livre para sair do corpo físico, como costuma acontecer em grande parte dos nossos sonhos.

Lembrava que Allan Kardec, o codificador do espiritismo, chamou esse fenômeno de emancipação da alma, conforme deixou explicado em *O Livro dos Espíritos*. Essa emancipação pode ser espontânea ou provocada, como eu pretendia fazer.

Levei algum tempo para relaxar e me concentrar o necessário e só depois iniciei os procedimentos. Não vou descrevê-los aqui porque são longos, repetitivos e, sobretudo, por uma questão de ética e responsabilidade. Às vezes, um leitor ou uma leitora mais afoito se entusiasma com uma descrição detalhada das técnicas e tenta, por conta própria, sem nenhum preparo ou conhecimento, fazer a experiência imprudentemente. Isso é totalmente desaconselhável e jamais deve ser feito. Há perigos nessa viagem, porque, inclusive, podem ocorrer encontros com espíritos não evoluídos, que têm prazer em importunar os "viajantes".

Essa minha recomendação pode parecer com a velha história do "faça o que eu digo, não faça o que eu faço", eu sei, mas é justamente porque fiz, e diante dos resultados, é que tenho o conhecimento necessário para fazer essa recomendação.

Sei que fiz o que estou dizendo para vocês não fazerem. Mas a verdade é que eu ainda não tinha essa consciência naquele momento. Hoje sei que fui imprudente e imatura, mas só tomei consciência disso depois que já havia cometido o erro. Aprendi que nem sempre o conhecimento da teoria nos conduz corretamente ao caminho da prática. É preciso maturidade para saber disso.

Enfim, fiz o que fiz e aqui, sem entrar em detalhes, é suficiente apenas dizer que consegui ainda que parcialmente.

Capítulo 13

No começo, foi assustador. Depois, lembrei-me das lições e percebi que tudo aquilo que estava vendo e sentindo era previsto e normal. Eu sabia que, antes de fazer uma viagem astral para longe, deveria primeiro treinar a saída do corpo em pequenos trechos, no máximo cinco metros. Mas isso eu fiz bastante durante os cursos, por isso, me achava qualificada para distâncias maiores, como aquela que eu faria até a capital.

Recuperei a calma e finalmente "viajei".

Depois de vagar pelo astral — cujos detalhes, como já informei, não vou descrever — vi-me, finalmente, no quarto do hospital onde Alê estava. Naquele momento, ele parecia dormir. Fiz um esforço enorme para controlar minha emoção por vê-lo tão perto de mim depois de tantos anos de separação. Agora era homem feito, mas manteve a beleza e a expressão inocente de quando garoto.

Movimentei-me devagar, até porque era minha primeira viagem e eu ainda não controlava inteiramente meus movimentos. Sentia-me leve como se estivesse flutuando e penso que deveria estar mesmo.

Aproximei-me da cama e fiquei olhando para ele adormecido. Milhares de encantadoras lembranças vieram à minha mente: nossas conversas no batente da minha casa, nosso primeiro e único beijo nos lábios, nossas idas juntos à escola e nossas vindas.

Sentei-me na cama para ficar mais perto dele. Por alguma razão, ele despertou, piscando os olhos várias vezes. A meu ver, esfregou-os como se não acreditasse no que estava vendo. E então falou comigo. A voz dele estava fraca ou talvez não quisesse falar alto para não chamar a atenção de quem estivesse de plantão:

— Bia! É você, amiga? Meu Deus! É você mesmo?

Tentei responder, mas, estranhamente, eu não conseguia falar. Tentei várias vezes, mas sem sucesso. Talvez não tivesse completado corretamente algum procedimento ou fizera alguma coisa errada no processo. Por mais que eu me esforçasse, nenhuma palavra saiu da minha boca. Nessa situação, apenas sorri e fiz um gesto afirmativo com a cabeça.

— Você mudou a cor dos cabelos e está com um corte muito legal. Continua a minha linda de sempre.

Demonstrei alegria por ele ter gostado das mudanças, e ele insistiu:

— Mas como você chegou até aqui? Como soube do meu acidente? Quando voltou de Paris?

Caramba! Quantas perguntas ao mesmo tempo. Fiz um gesto com as mãos, tentando dizer-lhe para ir com mais calma. Percebi que ele ameaçava chorar de emoção. Meu querido Alê, eu também estava emocionada, mas continuava sem conseguir falar. Então, fiz-lhe um gesto para que se acalmasse, porque estava muito ansioso e isso não era saudável para quem está convalescendo. Mas ele continuou falando:

— Como você soube do meu acidente, Bia? — Apontei para a televisão esperando que ele entendesse.

— Bia, querida, quero que preste muita atenção no que vou dizer agora: nunca me esqueci de você. E, acredite, não sei se é efeito da anestesia, amiga, mas eu... — hesitou um pouco. — Eu preciso dizer-lhe uma coisa, Bia. Eu te amo! Só descobri isso há pouco tempo. Sempre achei que meu sentimento por você era de amizade, mas agora sei que não é só isso. É amor! Eu te amo, Bia!

Meu Deus, que tortura não poder dizer-lhe naquele momento que eu também o amava! Só consegui fazer gestos tentando dizer isso. Então, tive ideia melhor: aproximei-me mais dele, curvei-me e beijei-lhe os lábios suavemente, pela primeira vez desde nos tornamos adultos.

Ele correspondeu fortemente durante alguns segundos, mas não sei se devido à emoção ou por causa de alguma energia forte demais que passei para ele sem querer, o fato é que Alê, naquele exato momento do beijo, apagou. Adormeceu ou desmaiou, não sei.

Será que minha visita astral não estaria fazendo bem a ele? Um pouco assustada, recuei, desejei fortemente voltar para meu corpo físico e, de repente, senti-me "puxada" por ele e para ele.

Estava novamente no apartamento de Anita. Abri os olhos, saí da concentração com um pouco de palpitação, mas feliz por ter conseguido ver meu querido amigo e, mais do que isso, por ter conseguido beijá-lo. Preocupava-me, apenas, saber se ele ficara bem.

Passei o dia seguinte curtindo o que fizera. Tive que desenvolver um esforço extra para me concentrar no trabalho.

Ao chegar em casa, depois do expediente, encontrei um bilhete de Anita dizendo que novamente chegaria bem tarde, pois iria a um novo compromisso com o namorado.

Essa oportunidade foi demais para minha ansiedade. Ainda cheia de dúvidas, mas com um pouco mais de segurança, decidi voltar a ver Alê.

Fiz uma apressada revisão nos livros e nas apostilas para me certificar dos procedimentos corretos. Ainda não tinha entendido porque não conseguira falar e tentei achar uma explicação — mas não consegui, talvez devido à minha ansiedade nessa leitura acelerada. Reconheci que deveria ter praticado mais, em vez de dar ênfase à parte teórica.

De qualquer maneira, em pouco tempo lá ia eu de novo visitar meu querido amigo. Cada vez que narro essa parte da minha vida, fico me recriminando pela minha imprudência e irresponsabilidade. Consola-me pensar que não somos perfeitos e que se, apesar de tudo, formos humildes, aprenderemos com nossos erros. Foi o que aconteceu comigo depois.

Dessa vez, a viagem foi mais fácil. Senti que tinha um domínio maior sobre a direção que pretendia seguir.

Alê me viu assim que cheguei e abriu um largo sorriso:

— Que bom que você voltou, Bia, meu amor. Eu já achava que ontem tinha sonhado ou alucinado com você. Contei para a enfermeira sua visita, e ela não acreditou que você havia me visitado.

Balancei a cabeça querendo dizer: "ninguém vai acreditar, meu querido". Ele continuou falando, e eu continuei muda. Deus, por que minha voz não saía?

— Eu tinha certeza de que era você, mas a enfermeira disse que eu sonhei ou delirei por causa dos remédios — continuei sorrindo. — Mas por que você não diz nada, meu amor?

Que bom, que lindo ouvi-lo me chamar de meu amor! Sorri muito feliz.

— É isso mesmo, não se surpreenda por eu chamá-la de meu amor. Já disse ontem e vou repetir: agora sei que te amo, Bia — ri novamente de felicidade! — Eu também quero ouvir você dizer que me ama, minha garota.

Já que eu não conseguia falar, fiz o que me pareceu mais expressivo: em pensamento disse *"eu também de amo"* e fiz movimentos com os lábios, de forma bem exagerada. Ele sorriu feliz. Havia entendido a minha mensagem. E então, curvei-me lentamente e voltei a beijar-lhe os lábios macios.

Ele correspondeu amorosamente, mas o desmaio voltou a acontecer! O que eu estaria fazendo de errado? Será que estaria pondo em risco a saúde do meu amor? Fiquei mais tranquila quando me certifiquei de que ele adormecera, estava ressonando suavemente.

Desejei voltar ao meu corpo físico e o fiz. Senti novamente a palpitação, a felicidade, mas tinha tomado uma decisão.

Com relação ao desdobramento, não repetiria a experiência até que um mentor experiente me desse as orientações necessárias. Refaria as leituras e participaria de grupos de estudos. Também talvez fosse uma boa ideia conversar a respeito com Silas, o dirigente do centro espírita lá de Adamantina.

De qualquer forma, agora que achara meu amor, não queria ser a responsável por qualquer dano a ele, qualquer ação que pudesse prejudicá-lo ou que me fizesse correr o risco de perdê-lo. Se isso acontecesse, eu jamais me perdoaria e iria sofrer para o resto da vida. Então, o melhor seria parar agora com aquelas experiências.

Deitada no sofá, fiquei algum tempo pensando no estado de saúde de Alê. Apesar de ainda acamado, parecia bem e tive a certeza de que ele deixaria o hospital em breve. Na certa, a permanência dele ali deveria ser por precaução médica.

Antes de adormecer, após fazer minha prece habitual, decidi tentar esquecer um pouco o Alê até uma nova oportunidade de encontro. Foi uma decisão difícil, mas necessária. Eu estava fazendo algo com certa imprudência e, apesar das intenções serem positivas, os resultados poderiam não ser.

Tomada essa decisão, questionei-me: que opção eu teria, doravante, para dar um rumo à minha vida?

Profissionalmente, focar mais no trabalho. Espiritualmente, passar a concentrar-me em um grupo de estudo, participar mais das atividades do centro, estudar mais a doutrina, avaliar melhor os textos que pudessem estabelecer conexão entre espiritismo e Psicologia, inclusive conversando a respeito com amigos e professores.

Seriam atividades que me trariam mais esclarecimentos sobre o espiritismo e também sobre o desdobramento, mas eu sabia que seria um trabalho que exigiria muito de mim. Estaria superatarefada, porque, além dos trabalhos do grupo, eu também já estava elaborando a palestra que faria no congresso espírita que aconteceria em Gramado. Assim, eu precisaria mesmo de dedicação total. Tinha fé que o Alê voltaria a aparecer na minha vida quando meus protetores assim decidissem.

Na semana seguinte, coloquei minhas decisões em prática.

Apesar de proveitosas, as reuniões no grupo de estudos foram intensas e cansativas, até porque eu ia lá diretamente do trabalho, ao final do expediente. Mas não me queixava. Tivemos várias apresentações de médiuns experientes que narraram experiências com desdobramento e esclareceram os pontos mais complexos da prática. Percebi, ali, o quanto ainda tinha a aprender dessa matéria.

Durante todos os encontros do grupo, procurava não pensar no Alê e quando o fazia, era com carinho e não com a angústia de antes. Tinha certeza de que ele iria tentar se comunicar comigo de alguma forma, mesmo sabendo que seria muito difícil. Não posso negar que sentia a falta dele, mas tinha consciência de que precisava solidificar minha carreira no espiritismo, já que pretendia dedicar-me fortemente à doutrina, sem prejuízo das minhas atividades na farmacêutica.

Semanas depois, quando demos por concluídas as atividades do grupo de estudo, agilizei, com a preciosa ajuda de Anita, as providências para meu dia de folga no trabalho, durante o qual eu iria para o congresso, em Gramado. Viajaria numa sexta-feira e retornaria num domingo.

Com o apoio do chefe da minha amiga e do meu — ela respondia a um diretor, e eu, a um gerente —, não tive problemas em conseguir essa folga, até porque, na verdade, era uma antecipação das férias.

Na manhã da data planejada para a viagem, Anita levou-me ao aeroporto e pedindo-me para trazer algum *souvenir* gaúcho para ela. Eu estava oscilando entre nervosa e ansiosa, pois não conhecia Gramado, nem a capital. Se Anita estivesse me acompanhando, certamente me sentiria mais serena.

Para me distrair durante o voo e não ver o tempo passar, revi as anotações que fizera para usar na palestra, bem como algumas cópias xerográficas de alguns livros.

Achei incrível também o resultado dos estudos feitos pelo doutor Paulo Niemeyer Filho, brasileiro, especialista em Neurologia, graduado na Universidade de Londres. Também doutorado na Escola Paulista de Medicina e é chefe dos Serviços de Neurocirurgia da Santa Casa do Rio de Janeiro. Com seus mais de 20 anos de experiência, ele afirma que há uma estreita relação entre a saúde física do ser humano e sua saúde espiritual e que cuidar do espírito é fundamental para manter a saúde física e mental sempre em dia, pois de nada adianta tratar os sintomas do corpo se é a alma que está doente.

De modo especial, fiquei fascinada pelas obras da entidade espiritual Joanna de Ângelis, psicografadas em grande parte pelo conhecido médium espírita brasileiro Divaldo Franco. Nos mais de dez livros que compõem sua Série Psicológica, Joanna de Ângelis estabelece uma clara ponte entre a doutrina espírita e as modernas correntes da Psicologia, inclusive utilizando muitas expressões técnicas e científicas.

Tudo isso me emocionava. Lembrei ainda da grande contribuição à Psicologia do filósofo grego Sócrates que, já naquele tempo, falava da necessidade do indivíduo conhecer a si mesmo, como passo indispensável para a compreensão da complexa natureza humana, que é o papel da Psicologia.

No entanto, cabia observar que Sócrates e os demais filósofos da época focavam suas teorias apenas na análise dos efeitos do comportamento humano, sem considerar as causas determinantes.

Já a doutrina espírita ouve e orienta a pessoa e a faz verificar seus problemas, tanto no presente como no passado. Isso significa que, para conhecer a si mesmo, é necessário também conhecer seu espírito, para que juntos, mente e alma, possam evoluir, fazendo as escolhas adequadas na vida. Logo, Psicologia e espiritismo não se contrapõem, mas se complementam.

Estava claro para mim que a educação espírita nos dá a capacidade de entender as pessoas, sem julgamentos precipitados ou preconceituosos e, assim, nos oferece amor e orientação, mas sem intervir no nosso livre-arbítrio. Ao mesmo tempo, a Psicologia nos dá os instrumentos, os recursos e as técnicas para esse atendimento.

De resto, o conhecimento espiritual, no atendimento psicológico, torna mais fácil a percepção do problema da pessoa e nos permite diferenciar se sua causa é mental, emocional ou espiritual.

Enfim, quando o avião aterrissou, eu estava feliz porque confirmei minha posição sobre o assunto, ou seja: nas diversas correntes da

Psicologia não há nada que contrarie ou conteste a base da doutrina espírita, e, em muitos pontos, até a fortalece ou subsidia.

Agora eu me sentia mais preparada para ministrar a palestra.

***

No aeroporto, membros da organização do evento estavam à minha espera e, de carro, levaram-me até Gramado, numa viagem tranquila, que durou menos de duas horas.

Deixaram-me no hotel. Tinha o dia livre para fazer compras e descansar um pouco, pois a palestra seria na manhã do dia seguinte, ou seja, no sábado.

Depois de acomodada no hotel, fui passear pelas proximidades para fazer algumas compras, escolher o *souvenir* de Anita, e logo voltei para o hotel.

Passei a tarde estudando os textos da palestra e só parei para jantar.

Decidi recolher-me cedo. Como tinha revisado bastante o assunto, sentia-me confiante e assim pude ter uma noite de sono relativamente tranquila.

Na manhã seguinte, bem cedo, as mesmas pessoas que foram me esperar no aeroporto estavam na recepção do hotel, prontas para me levarem ao local do evento.

Era um hotel bonito e majestoso, localizado bem no centro da cidade, para facilitar o acesso dos interessados.

Fui recebido pela Lígia, uma das organizadoras. Muito simpática e dinâmica, apresentou-me aos colegas e, em seguida, conduziu-me aos bastidores. Eu estava impressionada com a quantidade de pessoas aguardando o início da palestra, no *hall* ou na fila para fazer a inscrição.

Momentos antes de subir ao palco, confesso que estava um pouco tensa. Para me acalmar, lembrei que falaria para um público iniciante na doutrina espírita e, assim, provavelmente não deveria ser tão exigente com a palestrante novata.

O imenso auditório estava bastante cheio e algo — intuição? — me dava a certeza de que o Alê estava ali. Se isso fosse verdade, na certa, ele me procuraria ao final da palestra.

No final, sob aplausos, liberei o público para o intervalo, quando as pessoas poderiam servir-se do tradicional *coffee break* oferecido nesses eventos. Na segunda parte, eu responderia às dúvidas, daria fontes bibliográficas para os estudiosos e faria as recomendações finais.

A julgar pelos aplausos e pela quantidade de pessoas que me procuraram depois da apresentação, acredito que tenha me saído bem nessa primeira parte e isso me deixou feliz.

Em um determinado momento, notei que Lígia aproximou-se e me entregou uma folha de papel dobrada. Disse apenas:

— Leia agora, Bia, é de um velho amigo seu.

— Meio alheia, desdobrei o papel e li, julgando tratar-se de um elogio de algum admirador. Estava redondamente enganada.

Meu coração pulou: meu querido Alê estava ali, pertinho de mim, no mezanino. Imediatamente meus olhos percorreram o local até que o vi. Lá estava ele, meu amado Alê, acenando para mim. O bilhete dizia apenas que ele estava à minha espera.

Animada, pedi licença ao pessoal e tentei atravessar o grupo em direção à escada que conduzia ao mezanino.

Então, nesse exato momento, fui pega totalmente de surpresa por um acontecimento inesperado e brutal: o mundo desabou, e o pandemônio começou.

Na hora, não entendi bem o que estava acontecendo. Mas logo percebi que um grupo agressivo, de cerca de vinte sujeitos mal-encarados, entrara no hotel e, gritando palavras de ordem, distribuiu pancadas e empurrões para todos os lados. Pelos cartazes, que alguns deles portavam, vi que era um protesto contra o congresso, a palestra, o espiritismo, sei lá. Com violência, derrubaram copos, xícaras, garrafas, espalharam a comida pelo chão, rasgaram as toalhas que cobriam as mesas, uma loucura.

Uma coisa era óbvia: eles queriam acabar com o evento.

Dois seguranças contratados pelos organizadores me pegaram pelos braços e trataram de me tirar daquele campo de batalha. Tentei argumentar que queria ir para o mezanino, mas não havia condições para que me ouvissem e muito menos atendessem ao meu pedido. A prioridade era me afastar de qualquer perigo.

Olhando para cima, ainda percebi o Alê assustado, descendo rapidamente as escadas, na certa, para vir me ajudar. Mas a confusão de pessoas à sua frente tirou-o do meu campo de visão e, em pouco tempo, eu estava fora do hotel, praticamente carregada pelos dois fortes seguranças.

Puseram-me num carro e saíram em disparada enquanto eu olhava para trás para tentar ver Alê e fazer-lhe algum sinal. Nada feito e assim, mais uma vez, eu o perdi de vista como já acontecera em Paris.

Fui chorando, com raiva e frustração, durante todo o trajeto.

Depois de algum tempo, já no hotel, fiquei horas chorando. Estava inconsolável por terem atrapalhado meu reencontro com Alê. Estivera tão perto do meu amor...

Horas depois, Lígia me ligou desculpando-se muito pelo ocorrido e opinando que aquela violenta invasão poderia ter sido planejada e praticada por simpatizantes da seita desmascarada pela denúncia que meu pai fizera às autoridades e à imprensa anos antes. Isso não foi confirmado pela polícia, que chegara ao hotel após o início das agressões e prendera os desordeiros.

Talvez a motivação maior deles tenha sido a minha presença no evento. Se isso procedia, não foi por acaso que o ataque ocorreu justamente quando eu estava atendendo a interessados.

Na verdade, não acreditava que fossem remanescentes da seita, mas mercenários que, por dinheiro, são contratados até por telefones celulares direto das cadeias, aceitavam tarefas horríveis como aquela.

Também não conseguia imaginar como aquele pessoal me descobrira, já que eu não divulgava fotos e vídeos, usava um pseudônimo e tinha mudado meu visual. Nunca descobri isso.

Enfim, também havia a possibilidade de que eu não fosse o alvo do ataque, que poderia ter outras motivações.

Eu estava nervosa, irritada e frustrada, tudo ao mesmo tempo, sem poder entrar em contato com o Alê. Na confusão, haviam levado meu celular, e eu não achava seguro usar o telefone do quarto do hotel para fazer qualquer ligação. Havia o risco de que eles me localizassem se fosse eu o alvo.

Na manhã seguinte, bem cedo, escoltada por seguranças, voltei a Porto Alegre e de lá peguei um voo para Ribeirão Preto, com escala em São Paulo.

***

Suspirei aliviada quando entrei no apartamento. Passei todo o domingo em casa, remoendo minhas preocupações e frustrações. Anita insistiu para que saíssemos, mas não me sentia segura, nem disposta. Então, ela ficou e me fez companhia o dia inteiro. Dedicou a mim seu domingo.

Isso foi ótimo, porque desabafei, expus minha revolta, o que me aliviou bastante. Apesar de um tanto estabanada, minha amiga era uma ouvinte perfeita.

Naqueles meus momentos de tristeza, cheguei a acreditar que alguma energia espiritual estivesse agindo contra minha aproximação com o Alê. Será que estávamos resgatando alguma dívida de vidas passadas? Será que em outras encarnações, eu e ele atrapalhamos o amor de tanta gente e agora éramos nós que estávamos sendo atrapalhados? Não acreditava nisso. Sabia que, mais dia, menos dia, as energias que tinham feito eu e Alê nos encontrarmos, certamente voltariam a agir e, quem sabe, dessa vez, seria diferente e finalmente poderíamos nos abraçar.

Resolvi não contar nada do incidente à minha mãe, para não deixá-la preocupada. Sem alternativa, decidi focar minha atenção no meu trabalho e nas minhas atividades no centro, redobrando meus esforços no conhecimento mais profundo do desdobramento.

Na segunda-feira, reassumi minhas atividades na empresa farmacêutica e, nas noites das semanas seguintes, superando todos os resquícios de insegurança, mas mantendo as cautelas adequadas, retomei minha participação em grupos de estudo, apresentações para estudantes e praticantes do espiritismo, voltei às reuniões do centro e, com tudo isso e com a ajuda mágica do tempo, fui me recompondo gradualmente.

Já que sem o número de telefone de Alê, sem saber seu sobrenome, em qual empresa ele trabalhava, nem em que cidade, não poderia me comunicar com ele, mudei o rumo de minhas energias.

Ele, por sua vez, também sem saber onde eu morava e sem ter um número de telefone para me procurar, não poderia fazer nada para me localizar. Nessa encruzilhada, restou-me apelar para todos os meus protetores para que, mais uma vez, promovessem um reencontro meu com meu amado amigo — mas, desta vez, sem perturbações.

O doloroso era imaginar que eu não tinha a menor ideia de quando e onde isso poderia acontecer. Se é que iria acontecer.

PARTE 3
A VIDA CONTINUA

"Não me lembro mais qual foi nosso começo.
Sei que não começamos pelo começo.
Já era amor antes de ser."

*Clarice Lispector, 1920-1977, escritora
ucraniana, naturalizada brasileira.*

Quando Alê recuperou a consciência, sentia uma terrível dor de cabeça e levou algum tempo para entender o que havia acontecido. Aos poucos, a lembrança do ocorrido foi chegando à sua memória.

Estava no mezanino do hotel onde Bia dera a primeira parte de sua palestra. Através de Lígia, enviara um bilhete para que ela fosse encontrá-lo. Ao pegar o bilhete, automaticamente a moça olhou para ele.

Quando seus olhares se encontraram, começou um verdadeiro pandemônio no *hall* do hotel. Alê percebeu que um grupo agressivo invadira o local e iniciara um quebra-quebra, sem saber o motivo. Preocupado com a segurança de Bia, desceu correndo os degraus para ajudar a amiga. Ao chegar ao salão, foi cercado pela multidão e começou a empurrar algumas pessoas à sua frente para aproximar-se da moça. Foi quando sentiu a pancada na cabeça e desmaiou.

"O que fora aquilo?", era o que Alê se perguntava. "Por que um grupo se pessoas teria interesse em perturbar um congresso pacífico e de forma tão agressiva?".

O que teria sido feito de Bia? Ele se lembrava de que ela fora carregada por dois homens, aparentemente seguranças contratados do evento. Mas para onde a teriam levado?

Eram tantas dúvidas e tantos mistérios.

— O senhor está melhor?

Alê virou o rosto e reconheceu Lígia:

— Lígia, o que foi aquilo?

— Ah, meu amigo, lamento tanto que isso tenha acontecido logo na palestra que o fez vir de São Paulo.

— Lamento pelo evento em si, Lígia, algo preparado com tanto cuidado e carinho. Mas quem são aquelas pessoas?

— Ainda não se sabe, mas existe a hipótese de que sejam remanescentes de um grupo de fanáticos religiosos que se sentiram prejudicados pelo pai da doutora Beatriz, que fizera uma denúncia contra eles, causando a prisão do grupo e o fim da seita.

Alê ficou chocado com essa informação. Fez um esforço dolorido e sentou-se na maca. Olhando para os lados, percebeu que estava na enfermaria do hotel.

— Como é que é? Que história é essa, Lígia?

— Quando o senhor tiver a oportunidade de conversar pessoalmente com a doutora, ela lhe contará em detalhes. Mas, em resumo, pelo pouco que sei, ela acredita ser perseguida até hoje por esses fanáticos, o que, se for verdade, é injusto, porque a bronca deles seria contra o pai dela, falecido há muito tempo.

— Então não faz nenhum sentido essa violência contra Bia, quero dizer, contra a doutora Beatriz.

— Na verdade, nenhum fanatismo, nenhum radicalismo faz sentido. E é isso que torna esse pessoal perigoso.

— Mas, se essa história toda aconteceu em São Paulo, há muitos anos, por que essa ação de vingança persistiria até hoje, também aqui em Gramado?

— Esse pessoal se comunica por celulares, mesmo o líder deles estando preso em São Paulo. Eles têm aliados em toda parte, que fazem isso por dinheiro, mesmo sem conhecer as vítimas ou a motivação.

Alê ficou pensativo e preocupado:

— Isso quer dizer que a doutora, mesmo sem ter certeza de que se trata desse pessoal, por precaução precisa estar sempre alerta.

— E está. Ela vem cuidando bem da sua segurança.

Alê não ficou surpreso com essa informação, pois já desconfiara que o sobrenome divulgado na revista que lera no hospital fosse mesmo um pseudônimo.

— Então a doutora está mesmo usando um pseudônimo?

— Sim, ninguém sabe o sobrenome verdadeiro dela, por medida de segurança, para dificultar sua localização nas redes sociais e nos sites de busca da internet. Ela adotou o nome de Beatriz Solitaire, e é assim que é feita a divulgação de suas palestras e de seus trabalhos.

Bingo!

— Entendo. E a polícia não faz nada para ajudá-la?

— Até que faz. Por exemplo, já prenderam os arruaceiros que atrapalharam a palestra dela e o nosso congresso.

Alê lamentou:

— É uma pena que, em breve, serão soltos mediante uma fiança de valor simbólico.

— Penso que dessa vez não será assim tão fácil. A polícia recebeu uma denúncia anônima de que aquelas pessoas pertencem ao grupo que atropelou o pai da doutora Beatriz há anos. Depois de pesquisarem, descobriram que há outros crimes, incluindo tráfico de armas e de drogas, que podem fazer com que aquele pessoal fique muito tempo atrás das grades.

— Espero que sim. — Alê fez uma pausa e jogou uma cartada. — Diga-me uma coisa, Lígia, o que você sugere que eu faça para localizar a doutora Beatriz?

Lígia apertou os lábios e balançou a cabeça:

— Esta é uma pergunta de difícil resposta, doutor.

Alê suspirou resignado:

— Pelo visto, continuarei sem rever minha amiga.

— E em parte sou culpada por isso. Com essa confusão de papéis devido ao congresso, não sei onde anotei o número do seu celular, que o senhor pediu que passasse para ela, na última vez que nos falamos por telefone.

Alê procurou esconder sua decepção diante dessa informação:

— Isso acontece, Lígia. Eu também falhei. Poderia ter escrito o número no bilhete que você fez a gentileza de entregar a ela.

— Não podíamos prever o que aconteceu. Mas percebo que o senhor também não sabe o verdadeiro sobrenome dela.

— Pois é, para mim isso é uma incógnita. E vai continuar sendo, ainda mais agora que fiquei sabendo que ela usa um pseudônimo.

— Bem, se ela entrar em contato comigo, direi que o senhor a está procurando.

— Faça-me este favor, Lígia. Eis aqui novamente o número do meu celular. Se puder, passe-o para ela.

— Combinado. Desta vez, não perderei este papel.

Alê respirou aliviado quando o médico veio dar-lhe alta. Apesar do desmaio, a pancada não causou nenhum ferimento mais sério.

Saiu apressado depois de se despedir de Lígia.

***

Alê voltou para São Paulo arrasado. Não falou com Bia e ainda levara uma pancada na cabeça. Mas, pelo menos, conseguiu vê-la. Estava linda! A passagem do tempo só lhe fizera bem. E a mudança de visual também.

Na segunda-feira, já na capital paulista, Alê reassumiu suas funções no banco sem fazer comentários com ninguém sobre seu fim de semana em Gramado. Os colegas poderiam interpretar mal o ocorrido e achar que ele se metera em confusão. Isso não seria bom para sua imagem.

À noite, em seu apartamento, novamente pesquisou na internet durante muito tempo o nome Beatriz Solitaire. Havia muitos artigos e muitas reportagens sobre ela, mas nenhum deles dava qualquer informação como telefone ou e-mail. Inclusive havia várias "Beatriz Solitaire" no Facebook e no Youtube, mas nenhuma delas era a pessoa que procurava.

Decidiu confiar no acaso. Ela haveria de aparecer quando ele menos esperasse. Era assim que vinha acontecendo.

***

Enquanto isso, no apartamento de Anita, em Ribeirão Preto, Bia estava inconsolável. Em Gramado, vira seu amigo Alê e não pudera aproximar-se dele por causa da baderna promovida pelos fanáticos. E ainda se perguntava por que ele não escrevera o número do seu celular no bilhete. Mas, pensando melhor, ela mesma procurava justificar o amigo: talvez pela certeza de que iriam conversar. Mas dera tudo errado! Agora, lá estava ela, sem ter nenhuma forma de entrar em contato com ele e vice-versa. Tudo que sabia, havia anos, era que ele se chamava Alexandre.

E daí? Quantos milhares de Alexandre haveria no Brasil ou mesmo em São Paulo?

***

Depois do ocorrido em Gramado, por motivo de segurança, Bia recebeu a recomendação de sair sempre em companhia de amigos, pelo menos durante algum tempo.

Sentindo-se só e carente, pensou em fazer uma nova viagem astral até Alê, mas não teve coragem. Por mais que tivesse estudado o assunto em Paris, lido bastante a respeito, assistido a inúmeras palestras e participado de vários grupos de estudo, estava fazendo algo incorreto, e era provavelmente devido a esse erro que não conseguira falar com ele. E por que ele desmaiava após seu beijo? Definitivamente, alguma etapa do seu procedimento não estava correta e isso poderia ser perigoso.

Precisava obter orientação no centro espírita.

À noite, depois dos trabalhos espirituais, Bia procurou o dirigente do centro, que era considerado uma espécie de mentor do grupo. Bia já conversara com ele algumas vezes.

Sabia que ele conhecia bem o fenômeno do desdobramento e talvez pudesse lhe explicar e orientar quanto aos procedimentos corretos.

Alto, forte, apesar de já ter passado dos 80 anos, José era muito afável e inteligente. Depois da sessão, recebeu-a em sua sala reservada, de maneira muito simpática:

— Posso ajudá-la em algo, minha amiga Beatriz?

— Espero que possa, mestre.

Ele abanou o ar com uma das mãos:

— Sem essa de mestre, amiga. Mestre é Aquele lá de cima. Sou apenas um eterno aprendiz. Mas fale-me o que a aflige.

Com um pouco de receio, Bia contou sua história desde o começo — isto é, desde a infância, para que José entendesse a importância de encontrar Alê.

Falou sobre o curso que fizera em Paris sobre desdobramento e suas duas tentativas de se conectar com o amigo.

O semblante de José mudou, e ele pareceu ficar muito contrariado com o que ouvira no final do relato.

— Deixe-me ver se entendi. Você tentou a viagem astral por duas vezes apenas para rever seu namorado?

121

Pela maneira como José fez a pergunta, Bia percebeu que fizera algo de muito errado. Respondeu hesitante:

— Bem, foi isso mesmo. Agi errado?

José estava sério:

— Sim, muito errado, minha filha. O desdobramento é uma atividade que requer muita prática, muita experiência e, principalmente, é preciso ter objetivos muito claros.

— Eu tinha objetivos claros, José.

— Mas incorretos. Minha querida amiga, não se ofenda com o que vou lhe dizer: um dos principais objetivos do desdobramento é a prestação de tratamento e assistência extrafísica, com finalidades de cura e apoio. Ele não deve ser encarado como meio de fazer turismo extrafísico, nem como brincadeira para espiritualistas ociosos e irresponsáveis. Não é uma atividade social, recreativa ou romântica, mas de ajuda, cura e solidariedade. E se não for feito corretamente, pode trazer muitos perigos para quem o faz, porque há muitos espíritos perversos no meio do caminho.

Bia estava envergonhada. José continuou implacável: — O desdobramento deve ser uma experiência sadia e de grande relevância para a evolução do ser. É necessário manter-se dentro de um padrão ético e moral inabalável, para que aquilo que pode ser um bem não se torne motivo de desajuste.

Bia baixou a cabeça e começou a chorar em silêncio. José continuou, agora com a voz mais amena:

— Eu entendo sua história de vida com Alê e sua grande vontade de revê-lo, mas procure meios e recursos naturais que sua inteligência poderá sugerir e encontrar. — E completou vendo-a chorar. — Mas não se puna por ter feito o que fez, afinal, não tinha todos os conhecimentos necessários ou, se tinha, em nome do amor decidiu ignorá-los. E, principalmente, lembre-se de que estamos neste plano para aprender e evoluir, muitas vezes, inclusive, com nossos próprios erros. Continue buscando aprimorar-se nesse tema e use doravante sua experiência para ajudar os necessitados, como você já faz aqui no centro, com seus passes, aconselhamentos e palestras.

Quando levantou o rosto, José percebeu que os olhos de Bia estavam vermelhos de tanto chorar. Ela falou com voz soluçante:

— O que me deixa brava comigo mesma, José, é que eu aprendi tudo isso no curso que fiz em Paris e em outros que fiz no Brasil, além das leituras e das palestras a que assisti, e também com meus grupos de estudos. Mas reconheço que fui frágil, deixando que o amor falasse mais alto que as recomendações dos mestres. Estou muito arrependida e nunca mais voltarei a usar viagem astral para essa finalidade.

— Todos nós erramos, filha. Somos imperfeitos e, é por isso que fomos colocados neste plano, para aprendermos, para evoluirmos, ainda que com nossos próprios erros, como já lhe disse. Portanto, repito, não se puna e procure usar seus talentos espirituais com as finalidades para que lhes foram presenteados. Há muita gente necessitando dos préstimos espirituais de pessoas bondosas como você.

— Espero que me perdoe, José.

— Não há o que perdoar, amiga, você acaba de aprender uma lição das muitas que a vida tem a nos ensinar. Continue tendo fé. Se o rapaz é mesmo sua alma gêmea, vocês voltarão a se reencontrar.

Naquela noite, Bia saiu envergonhada do centro. Tinha consciência do que fizera, mas seu desejo de rever Alê fora mais forte. Mas já estava feito. Agora, teria que repensar alguns conceitos, procuraria administrar melhor sua ansiedade e trataria de usar as lições aprendidas para suas futuras experiências.

***

Alê ficou seriamente apreensivo quando sua secretária lhe disse que o diretor-geral do banco queria falar com ele. Teria ele sabido da confusão ocorrida em Gramado e estaria preocupado que aquilo pudesse denegrir a imagem da empresa?

Não havia o que fazer. O melhor era ir logo ao encontro do chefe e ouvir o que ele tinha a dizer.

Capítulo 15

A sala de *monsieur* Maurois era enorme, com móveis da melhor qualidade, muito bem decorada, com quadros de pintores famosos na parede.

O sotaque carregado denunciava a origem francesa. A maioria dos altos executivos do banco viera da França.

— Olá, meu caro Alexandre, tudo bem?

— Tudo em ordem, senhor Maurois.

— Tenho tido excelentes notícias a respeito do seu desempenho como nosso principal gestor de pessoal. Isso me deixa muito feliz.

— E a mim também, senhor Maurois. Tenho procurado dar sempre o meu melhor no trabalho.

O executivo levantou-se e sentou-se novamente numa poltrona ao lado daquela onde Alê sentara, defronte à imensa mesa:

— Por isso mesmo é que vou lhe delegar uma missão que vai exigir todo seu talento.

Alê sorriu, aliviado. Havia imaginado que receberia uma bronca e, pelo contrário, receberia uma nova missão.

— Desde já, pode contar comigo.

— Aqui perto, na cidade de Ribeirão Preto, há um grande laboratório farmacêutico, cuja matriz é em Paris, ou seja, tem raízes semelhantes às nossas. Chama-se Bonne Santé.

— Ah, já ouvi falar muito bem desse laboratório. Ele tem um ótimo conceito no mercado.

— Com certeza. A empresa é muito ética e competente e está em plena expansão. A grande novidade é que os donos acabaram de comprar um laboratório brasileiro e vão praticamente dobrar de tamanho — e de faturamento, naturalmente. Nosso banco será o agente financeiro da transação, liberando um empréstimo especial para eles.

— Excelente.

— Pois é. Jantei ontem com o presidente do Bonne Santé, acertamos os detalhes do financiamento e fizemos um acordo, que ainda vai ser formalizado, claro, mas tem tudo para dar certo. Em resumo, é o seguinte: nós prestaremos um grande serviço a eles e, em troca, eles centralizarão suas contas e seus investimentos aqui no nosso banco.

Alê, entusiasmado, balançou a cabeça.

— Grande negócio! E que serviço será esse que prestaremos?

— É aqui que você entra.

— Eu?

— Justamente, e essa é a opinião de toda a diretoria.

— Puxa, que responsabilidade! Será que serei capaz de...

Maurois nem deixou Alê completar a pergunta:

— Claro que será. Escute só: eles desejam treinar todos os executivos do laboratório que estão adquirindo, para que trabalhem dentro da mesma filosofia, dos mesmos valores e da mesma missão, sobretudo, com relação ao relacionamento com os colaboradores e ao padrão de qualidade.

— Esse objetivo é perfeito. Geralmente, cada empresa tem seu próprio jeito de gerir seu negócio, e os executivos seguem esse figurino. Mas já que os gerentes terão um novo comando, é mais do que necessário que eles conheçam e absorvam a cultura da nova empresa.

— Exatamente, meu caro. Você captou exatamente o processo que irá acontecer.

— Só não entendi ainda onde é que eu entro na história.

— Já vai entender. Eles sabem da qualidade e da fama do nosso centro de treinamento em Paris, onde, aliás, você foi muito vem treinado para assumir suas atuais funções.

— Sem dúvida. Aquilo ali é um verdadeiro centro de excelência. Devo a eles tudo que aprendi na arte da liderança.

— Justamente. Então, a farmacêutica deseja que seus gerentes cumpram um programa de conhecimento e adaptação da cultura e dos valores, bem como das políticas de gestão. Assim, todos eles falarão a mesma língua em termos de atitudes e administração empresarial.

— Essa é uma excelente política. Mas permita-me uma observação: aqui em São Paulo existem excelentes entidades que poderiam ministrar esse treinamento. Então, por que em Paris?

— Primeiro, porque eles são franceses, e nós também. E, em segundo lugar, pelo aspecto motivacional. A maioria dos executivos, que participará do evento, não conhece Paris. Então, será como uma espécie de boas-vindas especial.

— Muito bem pensado, e a decisão está correta. Mas imagino que haverá, para nós do banco, alguma ação compensadora, estou certo?

— Certíssimo. E não será pequena. Em troca, toda a movimentação financeira deles ficará aqui conosco.

Alê vibrou com a informação.

— Não poderia ser melhor! Será um excelente negócio.

— Sem dúvida. E nós queremos que você pessoalmente cuide dessa tarefa de treinamento. Serão cerca de 80 executivos que estarão sob sua guarda, desde as passagens, hospedagens e as inscrições, incluindo o próprio treinamento.

Alê sabia que seria uma missão difícil, mas não impossível. E dizia respeito à área em que ele atuava — recursos humanos.

— Ótimo, senhor Maurois, não haverá problema. Preciso apenas do perfil desse pessoal para conduzi-los melhor.

— Esses detalhes e toda a parte operacional você deverá compartilhar e discutir com a representante deles, a senhorita Monique, assistente-geral da vice-presidência do Bonne Santé. Assim como você, ela também é psicóloga, já passou pelas áreas de seleção de pessoal e treinamento, e será de grande ajuda.

— Não tenho dúvidas disso. Falarei com ela. E para quando é esse projeto?

— Imediatamente. Tome aqui o cartão da Monique. Fale com ela e acertem o andamento do projeto.

— Farei isso. O senhor pode ficar tranquilo.

Monsieur Maurois mostrou um sorriso travesso:

— Tem mais um detalhe, meu caro: a Monique é uma mulher muito bonita e atraente, mas é preciso tomar cuidado: dizem que é amiga íntima do vice-presidente, se é que você me entende.

Alê sorriu de volta:

— Entendo, mas não precisa se preocupar quanto a isso.

Maurois voltou para sua poltrona de diretor:

— Meu caro Alexandre, não preciso lembrar-lhe da importância dessa parceria. O valor dos depósitos e dos investimentos do Bonne Santé são substanciais, e nós temos o maior interesse em atrair essa conta para nós. Você compreende, não é?

— Claro, não se preocupe. Essa conta já é nossa.

— Isso mesmo, garoto, assim é que se fala! Depois meu assistente irá procurá-lo para dar-lhe mais detalhes dessa operação.

— Fique tranquilo, senhor Maurois. Vai dar tudo certo.

— Tenho certeza disso. Você sabe que nós o admiramos muito pelo seu trabalho e temos total confiança em você.

Alê ficou radiante com a missão, pela importância que representava para o banco. Para comemorar, ligou para seus pais e ficou de jantar com eles, para compartilhar sua alegria.

***

Habitualmente, Bia e Anita dormiam tarde, apesar de ambas acordarem cedo para o trabalho. Mas sempre havia algum assunto que as conduzia a um longo bate-papo, que podia ou não ser relevante. Havia noite, por exemplo, em que ficavam apenas contando piadas ou comentando acontecimentos engraçados ocorridos durante o expediente.

Deitavam-se como podiam no sofá da sala de estar, às vezes, abriam uma garrafa de vinho, e assim a conversa varava a madrugada.

Nessa noite, Bia aproveitou para satisfazer uma curiosidade:

— Amiga, você quase nunca fala dos seus pais. Onde eles estão?

Anita respondeu sem olhar para a amiga:

— Você tem certeza de que deseja mesmo saber a história deles?

— Claro, são seus pais, e você é minha melhor amiga. Lembrei-me agora de que você nunca fala deles e fiquei curiosa.

Calada, Anita levantou-se e serviu-se de vinho. Depois, voltou para o sofá. Começou a falar num tom de voz monocórdio e lento:

— Segundo minha mãe contava, nos dois primeiros anos de casados, ela e meu pai formaram um casal perfeito. Mas depois que nasci, tudo mudou: meu pai acusava minha mãe de dar mais atenção a mim do que a ele. Ela, por sua vez, retrucava que ele é que mudara. Perdera o romantismo de outrora, deixara de ser carinhoso e não a via mais como mulher, mas como a mãe de sua filha. Minha mãe era espírita, acho que já lhe disse isso, e buscava forças na doutrina e nas preces. Dentro de casa, pareciam dois estranhos. Meu pai começou a beber, o que nunca fizera antes.

Bia já estava começando a se sentir arrependida de ter perguntado pelos pais de Anita. Notou que teria pela frente uma história triste, que poderia deixar mal sua amiga pelas más recordações.

Anita continuou:

— Minha mãe era uma mulher incrível, mas talvez tenha errado por ser muito conservadora, muito tradicional. Assim, não sabia como agir para reconquistar o marido, que fora seu primeiro e único namorado. Não conseguia ser sedutora, atraente como as mulheres modernas. Mesmo assim, conseguiram se tolerar por vários anos, talvez esperando que eu ficasse mais crescidinha. Então, logo percebi que os dois se afastavam cada vez mais. A casa ficou triste. Esse tormento ainda durou por dez anos, entre brigas e lágrimas de minha mãe.

Bia estava desconfortável:

— E você, amiga?

— Até então eu não sabia que era o pivô de tudo, na opinião de meu pai. Só soube disso aos dez anos, numa noite, em que eles pensando que eu já estava dormindo, discutiram fortemente na cozinha. Foi quando meu pai fez aquela acusação, e eu me senti péssima. Não aceitava ser a causa das desavenças dos meus pais.

Bia tentou minimizar o sentimento de culpa de Anita:

— Talvez não fosse bem assim, amiga. Você é psicóloga, como eu, e sabe que algumas mulheres casadas, quando se tornam mães, dividem sua atenção com o filho, e isso é absolutamente normal, pois alguém tem de cuidar da criança. Isso não quer dizer que esquecerá o marido, mas ela tem que se desdobrar, principalmente se não tiver condições financeiras para contratar uma babá. O marido, se for muito carente e ciumento, interpretará essa nova atitude da esposa da maneira como seu pai interpretou, de que foi deixado de lado.

— Foi isso mesmo que aconteceu.

— Então você não é culpada de nada, apenas foi usada pelo seu pai como pretexto. Quando isso acontece, é hora de o casal ter uma boa conversa para redefinir os papéis de cada um. Quando nasce um filho, não são mais apenas marido e mulher, mas também pai e mãe — e não há forma de ser diferente. É assim que uma família é construída.

— Sei que você está certa, amiga, mas faltou essa conversa entre eles. Na noite em que discutiram na cozinha, minha mãe até tentou resolver a situação, propondo-se a prestar mais atenção no seu comportamento e dividir melhor seu tempo e suas atenções, desde que ele fizesse o mesmo, e que voltassem a se entender como no passado.

— Boa! Esse era o caminho. Sua mãe agiu da forma correta.

— Sim, mas não deu certo. Foi pior.

— Como assim, foi pior? Era uma proposta de paz, de recomeço.

Subitamente, Anita prorrompeu num choro convulsivo. Bia correu e sentou-se ao lado dela, pondo os braços em torno dos ombros da amiga, abraçando-a carinhosamente:

— Calma, amiga, procure manter a calma. Me perdoe por ter provocado esse assunto, mas eu não sabia que a história dos seus pais era tão dramática, me desculpe.

Anita fungou e enxugou os olhos com as mãos:

— Não se desculpe, amiga, você não podia saber. E, acredite, está sendo até bom para mim esse desabafo. Há anos estou com isso trancado no meu peito e sei que não me faz bem.

Bia ficou acariciando os cabelos da amiga, em silêncio. Anita fungou novamente e continuou:

— Naquela noite, depois que minha mãe fez a proposta de recomeço, meu pai foi cruel. Talvez tivesse bebido demais ou talvez quisesse mesmo colocar um ponto final no casamento. — Fez uma pausa. — Ouvi quando ele disse: "Sinto muito, agora é tarde, não tem mais jeito. Já tenho uma companhia que me dá mais atenção".

— Meu Deus! — Bia abraçou Anita fortemente e esperou que ela se recuperasse da nova crise de choro.

Anita prosseguiu, agora com um semblante duro:

— Ele foi cruel, sim, falou assim mesmo, na cara dela. De onde eu estava, atrás da porta do meu quarto, vi que minha mãe empalideceu, parecia que ia desmaiar, mas equilibrou-se e sentou-se, sem tirar os olhos dele. Num fio de voz, ouvi-a quase gemer: "Você não pode estar falando sério". E ele continuou cruel: "Acredite se quiser. Nenhum homem vive sem o carinho da mulher. Você pode sublimar seus desejos, mas eu não. Sou um pecador assumido. Preciso de sexo e do bom!". Ela tentava argumentar: "Mas, querido, nenhum casamento vive só de sexo". Ele retrucava com ironia: "Mas também não sobrevive sem ele! Para mim, chega, cansei de esperar que as coisas melhorassem entre nós!". Ela insistia: "E os nossos doze anos de casados, foram em vão? E o amor que nos fez gerar uma filha, que hoje tem dez anos, não vale nada?

Vamos conversar melhor amanhã, querido, você está nervoso". Então, lembro que, nessa hora, ele deu o golpe final: "Não tente se enganar, você sabe que não tem mais jeito. E só para seu conhecimento, já estou há dois meses com a nova companheira, bem melhor de cama e mais jovem que você". Minha mãe se descontrolou e deu um grito angustiado: "Não! É mentira! Não pode ser verdade! Você não faria isso comigo!".

— Qual foi a reação do seu pai? Ele pediu desculpas?

— Que nada! Ele simplesmente se levantou, aproximou-se dela e disse em voz baixa: "Amanhã virei buscar minhas coisas". E saiu, deixando minha mãe chorando, desesperada. Eu não sabia se devia ou não acudi-la, pois não tinha certeza se ela ia gostar de saber que eu ouvira tudo. Voltei para minha cama, chorando e tremendo.

E Anita voltou a soluçar.

A essa altura, Bia também chorava:

— Amiga, me perdoa! Eu não sabia! Eu não queria que você sofresse, lembrando-se disso tudo.

As duas ficaram abraçadas, chorando, durante um longo tempo, até que se acalmaram e puderam retomar a conversa. Anita falou primeiro, segurando o rosto da amiga entre as mãos:

— Bia, numa boa. Não quero que você fique se punindo porque me fez falar. Já te disse que foi bom para mim esse desabafo. Aposto que depois de hoje, essas lembranças me farão sofrer menos. — Sorriu tristemente. — Foi uma catarse, amiga. Você é uma ótima terapeuta.

— E onde sua mãe está agora?

— No Céu. Ela não aguentou o tranco. Era muito frágil física e emocionalmente, mas, apesar disso, nunca esqueceu que tinha uma filha para criar. De um pequeno município onde morávamos, fomos para Adamantina onde comecei o colegial. Como eu já era adolescente, decidimos que eu ficaria em Adamantina até terminar o curso, e ela viria para Ribeirão, uma cidade maior, para tentar uma vida melhor para nós. Aqui, ela conseguiu emprego no Bonne Santé, na linha de produção. Então, mandou me chamar, e eu vim. Um dia, por acaso, conheceu Rodolfo, que hoje é seu chefe. Tomando conhecimento da história dela, ele se sensibilizou, ofereceu-se para pagar as despesas com meus estudos e até disse que, quando eu me formasse, me colocaria no Bonne Santé.

— Que cara maravilhoso!

— Também acho. Foi graças a ele que consegui estudar e me formar. Mas nem tudo foram flores. O fracasso no casamento deve ter

130

machucado muito minha mãe, porque ela entrou em depressão profunda e, depois de alguns anos, adquiriu um câncer fatal, não sei se por causa disso tudo — fez uma pausa para assuar o nariz. — Felizmente, o Rodolfo cumpriu o que prometera à minha mãe. Assim que me formei, ele me contratou e estou até hoje lá, sempre grata e torcendo por ele.

Bia estava chocada: nunca lhe passara pela cabeça que a mãe de Anita já tivesse morrido.

— Anita, eu não sabia! Desculpa ter perguntado.

— Não tem importância, já faz muito tempo, e eu não digo isso a ninguém. Você é a primeira pessoa com quem estou me abrindo.

Bia tornou a abraçá-la:

— Minha amiga querida!

— E antes que você me pergunte sobre meu pai...

— Eu não ia perguntar.

— Tudo bem, mas, já que você ouviu a história toda, é importante saber o destino dos personagens. — Esvaziou de um gole a taça de vinho que estava cheia. — Meu pai sumiu com a outra, uma garota de programa, segundo soube depois. Não tenho a menor ideia de onde ele se encontra, pois nunca me procurou, nem fez contato. Aliás, se você quer mesmo saber, nem sei se ainda está vivo. — Voltou a encher a taça e bebeu-a. — Pronto, essa é a história dos meus pais. Pois isso, sou quase descrente do amor e dos homens. Tive muitos namorados, mas não confiei em nenhum deles.

— Amiga, você, como psicóloga, é a última pessoa do mundo a ter direito de cometer uma generalização. Nenhuma pessoa é igual à outra.

Anita sorriu um pouco.

— Tem razão. Não posso achar que todos os homens vão fazer o mesmo que meu pai fez com minha mãe.

— É isso aí.

— Aliás, nesse sentido, nem posso me queixar. Acho que falei aquela bobagem sob o calor da raiva. Meu atual namorado, o Amauri, é uma excelente pessoa. É calmo, ponderado, parceiro, e eu tenho de admitir que confio nele. Talvez por ser espírita, ele consegue me passar muita serenidade e me faz refletir sobre algumas coisas do passado, deixando de lado o radicalismo. Eu diria que Amauri está me reeducando sentimentalmente.

— Isso é muito louvável, mas não é por ser espírita que ele é esse cara legal. Há muitos outros por aí, tão legais quanto ele, que, às vezes, nem têm religião. A questão, amiga, é saber escolher a pessoa certa. A vida é feita de escolhas, e tudo o que temos a fazer é pedir inspiração para que consigamos fazer as escolhas adequadas.

Anita jogou-se nos braços da amiga:

— Cara, você é demais! Você tem o dom da palavra, amiga.

— Não é bem assim. É que quando não estamos emocionalmente envolvidos com um problema, conseguimos ter uma visão mais lúcida da questão. Só isso.

— E ainda é modesta, arre! — E mudou de tom. — Você não sabe como me sinto feliz por ter uma amiga como você.

Após dizer isso, desabou no colo de Bia que, emocionada, ficou acariciando os cabelos da amiga em silêncio. Em poucos minutos, Anita já ressonava.

Bia recostou-se no sofá e fez o possível para não incomodar o sono da amiga. Talvez tenha ficado assim por mais de uma hora, tempo durante o qual também cochilou.

Quando despertou, Anita já dormia profundamente, ainda no seu colo. Com muito cuidado e muita calma, chamou-a baixinho:

— Amiga, venha comigo, vou levá-la para a cama, para você dormir melhor.

Aos poucos, Bia conseguiu que ela se levantasse e, cambaleando, levou-a para o quarto e a fez deitar-se na cama.

Ajoelhou-se ao lado de Anita e fez várias preces para que o espírito da amiga buscasse forças para superar aqueles traumas reprimidos. Levantou-se, cobriu a moça com um lençol e, devagarinho, foi deitar-se no seu sofá-cama.

Sabia que, a partir daquela noite, passaria a ver Anita com outros olhos, como uma verdadeira amiga, quase uma irmã.

***

Em sua também bonita e luxuosa sala no banco, Alê olhava para o cartão de Monique, a representante do laboratório Bonne Santé, que seria sua parceira na execução do projeto.

Brincava com o cartão entre os dedos quando o telefone tocou. Ele pedira à sua secretária que fizesse aquela ligação.

A voz de Monique era suave e aveludada:

— Senhor Alexandre?

— É você, Monique?

— Sim, eu mesma.

— Vamos combinar uma coisa, Monique. Já que vamos trabalhar juntos durante um bom tempo, que tal abolirmos as formalidades, deixando de lado o senhor e a senhora?

— Excelente sugestão, Alexandre.

— Ótimo. Acabei de tomar conhecimento da operação para treinar seus futuros executivos em nosso centro, em Paris, é isso mesmo?

— Isso mesmo. Eu também fui informada disso hoje pela manhã. Já levantei uma relação nominal atualizada dos nossos novos gerentes e verifiquei que são exatamente 83.

— Uau, parabéns! Vejo que você não perde tempo, hein?

Alê ouviu o riso dela:

— Nem podemos. Pelo visto, nossos chefes estão com pressa. Mas, além disso, eu sofro de ansiedade crônica. Gosto que as coisas aconteçam rapidamente, sem perda de tempo.

— Dependendo da situação, isso é meio perigoso, mas tem um lado muito positivo. Penso que precisamos sentar e conversar com calma, porque são muitos os detalhes a serem discutidos e definidos, não acha?

— Sem dúvida, estou à sua disposição. O que você sugere?

— Você fica em Ribeirão Preto?

— Não, fico em São Paulo, no escritório central, na Avenida Paulista. Em Ribeirão, fica a nossa fábrica, e eu só vou lá quando há algum assunto relevante que exija minha presença.

— Ótimo. Se você concordar, acho que devemos iniciar nossa apresentação com um almoço, aceita?

Ela deu um riso cativante e fez questão que ele ouvisse.

— Vejo que você também não perde tempo, mas, na verdade, eu já estava esperando por isso. Um almoço vai nos ajudar a termos uma conversa mais descontraída e, nem por isso, menos importante.

— Essa é a ideia. Se você concordar, nos veremos amanhã, às 13 horas no restaurante... — E ela anotou direitinho o endereço.

***

Ela chegou ao restaurante poucos minutos após Alê ter se acomodado à mesa.

133

Alê se considerava uma pessoa com excelente controle emocional, mas ficou literalmente aturdido com a beleza de Monique. Uma mulher extremamente bela e sedutora foi a definição que ele encontrou mentalmente.

Achava Bia muito bonita, mas Monique tinha um tipo de beleza diferente: mais refinado, produzido, exalando sensualidade por todos os poros, sobretudo, no olhar sedutor e nos lábios cheios, vermelhos e úmidos. Ela tinha consciência da sua beleza e nada fazia para disfarçar isso.

Por sua vez, ao ver o rapaz, o efeito sobre Monique foi semelhante ao que ele tivera com relação a ela: um impacto absolutamente positivo diante da beleza e da elegância dele.

Monique já tivera muitos namorados, mas nenhuma grande paixão. Nenhum deles chegou a penetrar no seu íntimo e fazê-la entregar a alma. Mas, por motivos que a razão não consegue explicar, a visão de Alê perturbou-a profundamente, sentindo-se imediatamente atraída por ele, esquecendo, por instantes, o objetivo daquele encontro.

Ao estender a mão para cumprimentá-la, Alê sentiu seu perfume envolvente. Não era o mesmo que Bia usava, mas era algo mais insinuante.

Quando ela sentou à sua frente, Alê decidiu quebrar o gelo de uma vez por todas:

— Posso lhe confessar uma coisa, Monique?

Alê percebeu que ela era rápida nas respostas:

— Iniciar um encontro de apresentação com uma confissão é um bom prenúncio. Estou ouvindo. Faça sua confissão — e sorriu de maneira cativante.

— A gente está habituado a associar o pessoal de laboratório farmacêutico a médicos maduros e quase sempre sérios. Admito meu preconceito. Nunca esperei encontrar uma executiva farmacêutica tão glamorosa e bonita.

Alê percebeu que ela sorriu e corou. Se ele imaginasse qual era o perfil psicológico de Monique, não teria conduzido dessa forma sua intenção de ser apenas agradável. Ela certamente interpretaria de outra forma:

— E eu confesso que nunca havia encontrado um diretor de banco tão charmoso e galanteador.

Ambos riram descontraidamente diante dos mútuos galanteios. Se esse diálogo inicial não fosse desvirtuado, poderia ter sido um ótimo começo para uma amizade ou parceria.

Alê sugeriu:

— Agora que já nos apresentamos, podemos pedir um vinho. O que acha?

— Excelente. Parece até que você adivinha meus pensamentos. Estou morrendo de sede.

E foi assim que começou a amizade de Alê e Monique.

Conversaram longamente sobre suas carreiras, seus projetos de vida e, finalmente, sobre a operação que realizariam.

— Acredito que seria produtivo eu ir até o laboratório em Ribeirão Preto e analisar um pouco os prontuários dos 83 gerentes. Bem melhor do que você mandar buscá-los, não acha?

— Sim, claro, podemos ir até lá. São apenas quatro horas, talvez menos, dependendo do trânsito nas estradas.

— Mas não são cerca de 300 km de distância?

— São 316 exatamente.

— Pois, então, se eu for dirigindo, chegaremos lá em menos de três horas, garanto.

— Calma, senhor corredor. Não creio que devamos ter muita pressa em chegar lá. Podemos ir conversando no trajeto, nos conhecendo mais e discutindo melhor o trabalho que vamos fazer juntos. Creio que será mais interessante e produtivo. E menos perigoso.

— Está certa, fui precipitado. Não há nenhuma razão para recebermos uma multa por excesso de velocidade.

— Isso mesmo.

— Quando você gostaria de ir?

— Preciso apenas verificar na minha agenda do escritório e ver se tenho algum compromisso para depois de amanhã. Se não tiver, podemos ir logo, se estiver bem para você.

— Combinado, iremos depois de amanhã. Eu posso buscá-la às 8 horas. Está bem assim?

— Está bem. — Ela abriu a bolsinha e tirou de lá um cartão de visitas. — Aqui tem meu endereço de casa.

Alê pegou o cartão, olhou-o rapidamente e guardou-o no bolso:

— Se tiver algum impedimento na sua agenda, me telefone e remarcaremos. Eis meu cartão também.

— Combinado, mas na próxima vez eu vou dirigindo.

Alê riu divertido:

— Você acreditou naquela história de chegarmos a Ribeirão em três horas? Esqueça, era para ser uma piada. Para desfazer a má impressão, vou levá-la em casa e poderá constatar que dirijo com calma e atenção.

Ele pagou a conta, e levantaram-se.

Monique morava em um elegante edifício no Jardins, bairro elegante da capital.

Alê brincou:

— Puxa, nunca vou levá-la ao meu apartamento.

Ela se divertiu com a observação dele:

— Ué, por quê?

— Moro em bairro de proletários. Ficarei inibido de levá-la lá diante dessa obra de arte que você mora.

Monique ironizou:

— Ah, sei, então o diretor-geral de recursos humanos, de um dos maiores bancos franceses, mora num bairro proletário. Ora, vamos, senhor Alexandre, conte-me outra, porque nessa eu não caio. Além disso, recebo auxílio-moradia, sem o qual não teria condições de manter este apartamento.

— Auxílio-moradia? Que nem os políticos de Brasília?

— É, mas a semelhança acaba aí, viu, engraçadinho!

— Ainda bem. Bom, aguardarei sua confirmação para visitarmos a fábrica depois de amanhã.

— Sim, senhor. — Fez uma pausa. — Quero confessar que estava ansiosa pelo nosso encontro. Imaginei que viesse um banqueiro chato e rabugento, e isso tornaria muito difícil nosso trabalho juntos. Mas...

Ela hesitou em continuar a frase, mas ele forçou-a a completá-la.

— Mas...?

— Para minha surpresa, veio um charmoso executivo, inteligente, bem-humorado e lindo.

Dessa vez, quem corou foi Alê.

— Não quero ficar aqui trocando confetes com você, mas aconteceu a mesma coisa comigo. Estou encantado por sua beleza, classe, inteligência e também bom humor. Vamos nos dar muito bem.

Alê jamais poderia supor que interpretação ela daria a esse "vamos nos dar muito bem". Se pudesse, não teria dito aquilo. Mas era tarde, ela já havia interpretado conforme lhe agradava.

— Tenho certeza de que sim.

Alê desceu do veículo e abriu a porta para Monique saltar, e despediram-se com um suave beijo na face. Ele ficou quase hipnotizado com o perfume que ela usava. Não se parecia nada com o de Bia. O perfume da sua amiga de infância induzia à ternura, delicadeza, pureza. O de Monique inspirava pecado, amor selvagem, paixão.

Alê esperou que Monique entrasse no prédio e pôs o carro em movimento.

Voltando para casa, finalmente, num lampejo de bom senso, concluiu que precisava tomar cuidado com a sensual Monique para que as coisas não se misturassem e não passassem dos limites. Tinha um trabalho muito e importante a fazer, e Monique seria sua parceira por algum tempo. Só isso. Não poderia permitir nada além disso.

O problema era que a mulher era muito bonita.

Capítulo 16

Talvez para se redimir da sua imprudência de empreender uma viagem astral sem estar madura para essa empreitada, Bia passou a semana seguinte indo diariamente ao centro espírita, dando passes e, na medida do possível, intermediando curas e tratamentos.

Decidira dar um tempo na questão do desdobramento. Não que iria deixá-la de lado, mas precisava reorganizar seus pensamentos a respeito.

Uma noite, já deitadas, cada qual em sua cama, Anita fez uma pergunta inesperada a Bia:

— Miga, me esclareça uma curiosidade que tenho a seu respeito: como você consegue ficar tanto tempo sem um namorado?

Bia sorriu:

— Não sinto falta e não tenho tempo para isso, colega. Eles ocupam muito do nosso tempo.

— Não concordo. Isso só acontece se você permitir.

— E, depois, eles pegam muito no pé da gente, não dão sossego com ciúmes e exigências bobas.

— Volto a dizer: isso só acontece se você deixar, se você não souber escolher direito, como outro dia você mesma me alertou. Comigo, é linha dura, não tem essa de ficar me ligando a toda hora, querendo saber onde estou, com quem estou, o que estou fazendo, querendo sair todos os dias. Sem essa. Eu dou as cartas. Tem sido assim e vai continuar sendo.

— Se você consegue, assim é bom.

— Claro que consigo. Você também consegue, qualquer mulher consegue. É só ter personalidade e firmeza.

Bia sabia que sua amiga estava certa, mas a verdade era que, no fundo, não queria saber de nenhum namorado que não fosse o Alê, mas não queria assumir o fato perante a amiga. Por isso, preferiu desviar-se do assunto:

— Sei não.

Mas Anita era esperta.

— Posso lhe dizer qual é seu problema?

Bia sorriu.

— Eu tenho um problema?

— Tem, e se chama Alexandre, vulgo Alê.

Bia ficou sem graça por ter sido descoberta.

— Ah, não é bem assim. E mesmo que fosse, faria sentido, porque Alê não é qualquer um. É minha alma gêmea.

— Que alma gêmea coisa nenhuma... E, mesmo que fosse, enquanto ele não aparece, você poderia pegar qualquer um para não ficar só.

Bia ficou indignada.

— Anita! Eu não acredito que você disse isso! Que conselho horrível está me dando, amiga. Pegar qualquer um só para não ficar só? Horrível! E se você quer mesmo saber, eu não me sinto só, está bem?

Anita deu de ombros:

— Você é quem sabe, mas eu não penso assim.

— Cada uma tem sua maneira de ser feliz, certo, miga?

— Certo, irmã Bia! Onde é seu convento?

As duas caíram na gargalhada e trataram de dormir.

***

De manhã, Alê e Monique estavam a caminho da Bonne Santé. O tempo estava agradável, uma temperatura amena e o sol apenas se fazia presente, sem excessos. A conversa entre eles fluía tranquila e descontraída.

— Monique, você nunca quis clinicar?

— Logo que me formei, cheguei até a pensar nessa opção, mas desisti. Acho que não teria a paciência necessária para lidar com os problemas das pessoas. Elas são muito complicadas.

Alê sorriu e provocou:

— Você é uma pessoa complicada?

Monique pareceu refletir a respeito.

139

— Pensando bem, acho que sou um pouquinho, sim. E você?

Ele se fingiu de sério ao responder:

— Ah, acho que sou muito complicado.

Ela olhou-o surpresa.

— Verdade? Não parece.

— É que eu disfarço muito bem.

Ela continuou com a provocação:

— Será por isso que ainda não casou?

— Não é por isso.

— Por que seria, então?

— Você não vai acreditar.

— Experimente.

— Uma maldição me segue desde a adolescência.

Ela deu uma risada sincera.

— Maldição? Um psicólogo falando em maldição!

— Força de expressão, mas é como se fosse.

— Agora fiquei curiosa. Que maldição é essa?

— Pode até rir, mas ela se chama "alma gêmea".

Monique ficou admirada com a resposta.

— Ué, mas pelo que sei, a alma gêmea não é uma maldição, mas uma bênção, uma coisa boa.

— Pois é, também acho, mas não quando a gente a encontra muito cedo, fica junto até os 15, separa-se e depois não a esquece mais. Aí vira obsessão.

Dessa vez, Monique ironizou:

— Mas que garoto precoce! Começou cedo, hein? E aí, onde está essa metade da sua laranja?

— O pior é que não faço a menor ideia.

— Como assim? Almas gêmeas estão sempre juntas.

— É o que deveria ser se dependesse de nossa vontade. Mas acontece que, por uma série de acontecimentos estranhos e imprevisíveis, nós nunca mais nos encontramos desde que, juntos, concluímos o ginásio.

— Tem alguma coisa errada nessa história. Uma pessoa não desaparece assim. Não nos dias de hoje, na era das comunicações, com internet, celulares, e-mails e tantos outros recursos tecnológicos.

— Pois é, mas aconteceu e ainda está acontecendo. Para complicar, acredite que nem sei o nome completo dela, assim como ela não sabe o meu. Dessa maneira, fica difícil pesquisar. Concorda?

— Realmente, assim fica difícil. Então você desistiu de encontrar a alma gêmea?

Alê foi enfático:

— De jeito nenhum. Não tenho como desistir. Sei que vou reencontrá-la qualquer dia desses.

— Ah, entendi. E enquanto espera esse dia, nada de compromissos com outras garotas.

Alê balançou a cabeça, mostrando dúvida.

— Mais ou menos, mas sem radicalismos. Até já tive namoradas na faculdade, mas nenhum caso avançou, todos duraram pouco tempo.

— Mas é lógico, você está com fixação na garota da adolescência. Enquanto não se livrar dela, ou do fantasma dela, não vai conseguir se apaixonar por mais ninguém.

Ele fez um ar de vitória.

— Viu? Não disse que sou complicado? E o pior é que não sei como sair dessa.

— Reconheço que é difícil, meu caro. Talvez um dia você descubra que essa garota não era de fato sua alma gêmea e, então, a verdadeira aparecerá quando você menos esperar.

— Ah, quem me dera. Isso não será fácil. Por isso mesmo, eu disse que era uma maldição.

Monique ficou alguns instantes em silêncio, olhando a paisagem pela janela, antes de comentar:

— Pois eu não encontrei ainda minha alma gêmea. Mas não que eu não tenha tentado. Já tive muitos namorados, muitos mesmo, mas nenhum deles era o que eu buscava.

— Não adianta procurar. Disseram-me, certa vez, que alma gêmea não se procura, se encontra — filosofou Alê.

— Pois então não encontrei ainda a minha.

Fez-se um instante de silêncio até Alê perguntar:

— Hoje você tem alguém?

A resposta dela foi evasiva.

— Até posso dizer que sim, mas não diria que é minha alma gêmea.

— Quem sabe você é exigente demais?

— Será que sou?

Alê decidiu brincar um pouco, para ajudar a passar o tempo.

— Vamos ver: que tipo de homem você busca?

Ela olhou para ele com malícia.

— Homens bonitos, inteligentes e complicados.

Ambos explodiram numa gargalhada, e esse assunto acabou por ali. Estava ficando muito perigoso.

***

O prédio da fábrica do laboratório farmacêutico Bonne Santé era imenso, sofisticado e de linhas bem modernas e arrojadas, todo envidraçado. No momento, era um dos cinco principais laboratórios no Brasil, em tamanho, linha de produção e faturamento. De origem francesa, instalara-se com sucesso no país graças à eficácia dos seus medicamentos. Aquela unidade, em Ribeirão Preto, era sua principal fábrica, e o escritório administrativo central ficava na capital.

Devido à presença de Monique, vista como executiva de grande poder na organização, o casal passou sem dificuldades pela segurança e foi imediatamente até a sala do diretor local, doutor Ramiro. A maioria dos executivos da Bonne Santé era formada por médicos, que abdicaram da atividade clínica e se dedicavam à administração.

O diretor recebeu os visitantes com muita simpatia. Era um sujeito imenso, de rosto muito vermelho.

— Doutor Alexandre, meu futuro parceiro, seja muito bem-vindo à nossa humilde casa.

— Para mim, também é um prazer enorme estar aqui.

— Vejo que você e Monique já se conheceram e certamente fizeram uma boa amizade no trajeto.

— Sim, Monique é muito gentil e uma pessoa muito inteligente.

O diretor disparou:

— E muito bonita também! — E brincou, bem humoradamente. — Ela está proibida de andar pela fábrica, porque o pessoal para de trabalhar para admirá-la e, em consequência, a produção cai e até acontecem acidentes com essa distração.

Os três sorriram, e era óbvio que Monique gostava desses elogios.

— Mas que exagero, Ramiro. O que o doutor Alexandre pensará de mim?

— Ora, as melhores coisas possíveis, tenho certeza disso. Acertei, meu caro doutor?

Alê ficou meio sem graça, sem saber o que responder.

— Bem...

O rapaz foi salvo pelo próprio diretor.

— Eu sei, não precisa explicar, já percebi que você é um sujeito muito fino e educado.

Monique complementou:

— E posso lhe garantir que é um dos executivos mais admirados e prestigiados do banco.

— Eu já imaginava, e isso é muito bom. Sabemos escolher nossos parceiros, modéstia à parte. Bem, vocês trabalharão um bom tempo juntos. Como já devem saber, acabamos de comprar uma grande farmacêutica brasileira e agora precisaremos transmitir aos novos executivos nossa cultura e nosso modelo de gestão de pessoal. Afinal, as pessoas são nosso maior patrimônio e o objetivo final dos nossos produtos.

— Sem dúvida. E com o tamanho com que a Bonne Santé ficará, é preciso mesmo haver uma sintonia e harmonia de estilos, atitudes e comportamentos entre todos os colaboradores — completou Alê.

— Isso mesmo! Vejo que já captou nossos objetivos. Num primeiro momento, Monique transmitirá a eles nossa missão, nossa visão, nossos valores e nossos princípios de ética e de qualidade. Essa parte será feita em Ribeirão ou em São Paulo, conforme Monique decidir. Depois, eles rumarão para Paris para serem treinados pelo centro de desenvolvimento de vocês. Não o conheço pessoalmente, mas tenho ótimas referências.

— Posso confirmar isso. Eu próprio fui formado lá, como gestor. Asseguro-lhe que é excelente, com ótimos professores e métodos de ensino modernos e eficazes.

— Bom, você é a prova viva disso. Quero dizer-lhe, meu caro doutor Alexandre que, enquanto estiver aqui, fique inteiramente à vontade. Agora, vocês devem almoçar. Depois, Monique vai lhe mostrar a fábrica e, por fim, o prontuário do pessoal a ser treinado. Creio que são oitenta e poucos.

— Oitenta e três mais exatamente — completou Monique.

— Isso mesmo. Na semana seguinte, receberei seu diretor financeiro para discutirmos a questão do financiamento, das contas e dos investimentos.

— Excelente. Tenho certeza de que faremos uma ótima parceria.

— Não tenho dúvidas disso.

***

O almoço foi excelente. Depois, decidiram caminhar um pouco para ajudar na digestão. Enquanto andavam pelo amplo e bem cuidado jardim da empresa, Alê pode notar como Monique atraía os olhares dos demais funcionários, mas ela parecia não se dar conta disso ou, se notava, não dava importância. Provavelmente, devia estar acostumada aos olhares de admiração dos homens.

Ela ia contando a história da farmacêutica desde sua fundação. Era muito didática e muito clara em sua narrativa, e Alê tinha que desenvolver um grande esforço para não permitir que aquela voz macia e aveludada e os sorrisos cativantes desviassem sua atenção.

Depois da caminhada, Monique foi retocar a maquiagem, e Alê aproveitou para admirar a paisagem que se descortinava, pois a fábrica estava instalada num dos mais altos pontos da cidade.

Involuntariamente, seu pensamento voltou-se para Bia, talvez por ter falado sobre ela durante o trajeto de vinda.

Por onde andaria sua querida amiga naquele momento? O que estaria fazendo? E, principalmente, como ele faria para revê-la?

Uma voz aveludada interrompeu seus pensamentos:

— Aposto que está pensando na alma gêmea.

Ele apenas sorriu, o que significava que ela acertara. Monique refizera a maquiagem e agora parecia mais bonita ainda.

— Bom, agora me deixe mostrar-lhe nossas instalações internas. Vamos começar pela parte administrativa.

Que ironia! A visita interna começava justamente pelo RH, bem próximo da sala onde Bia atendia os candidatos.

Alê estava longe de imaginar que, ao passar pela área de seleção de pessoal, estava tão perto de Bia que, naquele momento, entrevistava um candidato na sua sala, do outro lado da divisória de fórmica, justamente por onde Alê estava passando.

Por um desses inúmeros e desconhecidos mistérios da alma, Bia sentiu um calor estranho percorrer-lhe o corpo, fazendo-a desconcentrar-se do trabalho no exato momento em que Alê passava próximo à porta de sua sala. Ela passou a mão na testa e continuou a entrevistar o candidato à sua frente.

Depois de passearem pelas instalações administrativas, Alê e Monique foram visitar a fábrica devidamente paramentados, de acordo com as normas de segurança do trabalho.

Nesse exato momento, na área administrativa, Anita veio correndo e entrou esbaforida na sala de entrevistas onde Bia atendia um candidato, assustando-a com aquela maneira intempestiva:

144

— Amiga, preciso falar com você.

— Anita, agora não dá. Estou no meio de uma entrevista.

— Mas é urgente, Bia!

Ela foi até a porta e cochichou para a amiga.

— Não posso deixar o candidato esperando, Anita. Dê-me alguns minutinhos, e falarei com você.

— Está bem, mas apresse-se, é um assunto importante e do seu interesse. Depois, se demorar, não vá me culpar.

Anita saiu batendo a porta e sentou-se bem próximo a ela, de pernas e braços cruzados. Estava impaciente e amuada. Sua amiga não sabia a oportunidade que estava perdendo!

Bia saiu da sala quinze ou vinte minutos depois e, após se despedir do candidato, dirigiu-se a Anita:

— Fala, hiperativa. Não podia esperar um pouquinho sem me interromper? Não posso abandonar um candidato no meio de uma entrevista. Você sabe disso melhor do que eu.

Anita puxou Bia de volta para a sala dela, fechou a porta e falou irritada, mas com a voz baixa:

— Sua tonta! Você sabe quem está aqui, passeando na fábrica?

— Como é que eu vou saber? Não faço a menor ideia.

– É seu Alê, garota, sua famosa alma gêmea.

Bia empalideceu:

— Quê?

— Isso mesmo! Fiquei sabendo que se chama Alexandre e esteve em Paris. Se não for ele, é muita coincidência, certo? Ele está com Monique, aquela periguete do escritório central, que veio aqui outro dia. Estão andando por aí. Ela está mostrando a empresa para ele.

Bia correu para a porta.

— Preciso vê-lo. Vamos.

Anita foi mais ágil e fechou a porta, impedindo a saída de Bia.

— Você é louca? Aquela Monique é mandachuva aqui. Dizem até que é amante do vice-presidente. Se você for interrompê-los, é o mesmo que assinar a carta de demissão.

— Você tem razão. Tenho que aguardar um momento em que ele esteja só. Mas o que será que o Alê está fazendo aqui?

— Sei lá, amiga. Isso agora não é o mais importante. Temos é que pensar numa maneira sutil de você vê-lo e, de preferência, falar com ele sem aborrecer a fera que está com ele.

Anita puxou-a pelo braço para fora da sala e levou-a até uma parte do salão onde havia uma imensa janela de vidro, que dava ampla visão da fábrica. Era usada para mostrar as instalações aos visitantes e clientes, bem como também era utilizada por alguns supervisores para acompanhar o andamento dos trabalhos.

— Vamos ver se o enxergamos daqui.

Bia, ansiosa e nervosa, olhava a enorme fábrica por todos os cantos e lados, até que Anita gritou:

— Ali! Ali estão eles! Veja! Quase não os reconheci por causa das roupas de segurança.

Bia aproximou-se ansiosa por trás da amiga.

— Onde?

— Aqui! Acompanhe a direção do meu dedo!

O coração de Bia disparou. Era mesmo seu Alê, alto, bonito como sempre, com o cabelo negro penteado para frente, como quando criança. Só não tinha o boné, claro, mas o sorriso meio tímido era o mesmo. Os olhos de Bia se encheram de lágrimas de emoção. Se pudesse, ela pularia lá embaixo só para abraçá-lo logo.

Capítulo 17

Alê caminhava devagar, com as mãos nos bolsos do jaleco branco que usava, ouvindo as explicações de Monique sobre os equipamentos. Estavam acompanhados por um técnico que complementava as informações, já que os conhecimentos técnicos da executiva eram relativamente limitados naquele aspecto.

Bia, entusiasmada, abraçou Anita:

— Amiga, é meu Alê! Ele não é lindo? Ah, que saudade!

Anita colocou lenha na fogueira dos sentimentos de sua amiga.

— Claro que ele é lindo, mas por que a Monique está tão perto dele, quase se encostando? Acho que ela está se atirando para ele!

Bia ficou subitamente séria e seu rosto corou.

— Você acha mesmo?

Anita riu:

— É você que tem que achar, amiga, ele é o seu namorado, não meu!

"Namorado! Meu namorado", pensou Bia, que nunca tinha considerado essa hipótese. Até então, o sentimento era de simples amizade, mas, pensando bem, o que sentia por ele estava mais próximo de um namoro. Emocionou-se só de pensar nisso.

— Ah, eu vou lá embaixo dar uns tapas nela. Que pouca vergonha! No meio da fábrica! Essa mulher não tem noção?

— E eu vou com você. Vamos cair de pau em cima da bonitona. E depois vamos ao RH assinar nossa carta de demissão.

Tiveram que rir, mas Bia estava inconformada.

— Eu preciso que ele me veja também. Basta um minuto, o suficiente para trocarmos telefone.

— Você está louca? Se ele vir você, vai largar a Monique e correr direto para seus braços. E ela nunca vai perdoá-la por isso, ainda mais na frente de todo o pessoal da fábrica.

— Mas o que eu faço? Me ajude, amiga!

— Vamos ter calma. O primeiro passo é tentar descobrir o que ele está fazendo aqui, se vai voltar outros dias e até se está hospedado aqui na cidade. Se estiver, vai ser bem mais fácil falar com ele. Portanto, vamos com calma e daremos um golpe certeiro.

Bia estava quase desesperada.

— Mas, amiga, não posso perdê-lo de vista outra vez.

— Calma, acho que ele não sairá logo da fábrica. Deve estar realizando algum trabalho.

— Do quê, meu Deus?

Anita estava mais controlada.

— Calma, querida, vamos descobrir. Venha comigo.

***

Depois da caminhada pela fábrica, Monique levou Alê para sua sala naquela unidade. Pela importância do seu cargo, ela tinha o privilégio de ter duas salas, uma no escritório central, em São Paulo, e outra na fábrica de Ribeirão Preto.

A sala estava uma delícia, com o ar-condicionado contrastando com o calor lá fora.

— Aceita um suco, Alexandre?

— Aceito, mas para facilitar nossa comunicação, pode me chamar de Alê, como fazem os amigos.

Ela sorriu maliciosa:

— Alê? Gostei. É mais íntimo. Então, vou repetir: aceita um suco de tangerina, Alê?

— Com prazer, Monique.

Pelo interfone, a moça pediu à secretária que providenciasse. Alê começou a fazer perguntas técnicas sobre o que vira na visita à fábrica. Monique respondeu aos questionamentos com relativa segurança. As perguntas que não sabia explicar, ela anotou para pesquisar e responder em outra hora.

148

Quando a secretária voltou com o suco, Monique pediu-lhe para trazer também os prontuários dos gerentes do laboratório que a Bonne Santé estava adquirindo. Mas a secretária ficou parada, hesitante, e Monique percebeu:

— Mais alguma coisa, Helô?

A moça conhecia bem o gênio da chefe, por isso, sentiu-se insegura para falar.

— É que...

— Diga logo, Helô.

Alê estava apreciando alguns quadros da sala, de modo que não percebeu o diálogo entre as duas mulheres:

— Tem duas funcionárias lá fora que gostariam de falar com o doutor Alexandre.

Monique ficou surpresa e decidiu tirar a dúvida com o visitante.

— Alê, você marcou algum encontro com alguma funcionária da nossa fábrica?

Ele também se surpreendeu.

— Nem poderia. Não conheço ninguém daqui além de você.

Desconfiada, Monique franziu a testa.

— Então, por favor, me dê um momento.

Levantou-se, atravessou rapidamente a enorme sala, saiu e fechou a porta atrás de si.

E assim, Monique, a poderosa da Bonne Santé, viu-se diante de Bia e Anita. Com ar de autoridade, perguntou séria:

— Gostariam de falar com o doutor Alexandre?

Bia ficou paralisada diante da figura imponente de Monique. Por isso, Anita adiantou-se:

— Sim, se for possível.

Com a mesma voz inflexível, Monique prosseguiu:

— O doutor Alexandre é meu convidado. Posso saber qual o assunto que desejam tratar com ele?

As duas amigas se entreolharam rapidamente, confusas, mas Anita tinha um raciocínio rápido:

— Queríamos fazer uma entrevista com ele para o jornal da faculdade, saber sua opinião sobre nossa cidade, já que ele é morador de uma grande capital.

Monique pareceu não acreditar:

— Interessante. E de onde vocês conhecem o doutor Alexandre?

— Bem, ainda não o conhecemos. Esta seria uma ótima oportunidade.

— Meninas, lamento dizer que isso não será possível. O doutor Alexandre está aqui representando a empresa dele, e seu tempo está inteiramente comprometido com vários contatos e algumas reuniões. Quem sabe outra vez? Sinto muito. Com licença. — Deu as costas e preparou-se para voltar para sua sala.

Bia não quis perder a oportunidade e quase gritou:

— Espere! — Com a testa franzida, Monique parou e voltou-se para Bia, com expressão de impaciência:

— Sim?

— Poderia ao menos dizer a ele que...

Anita interrompeu a amiga, tomando-lhe a frente:

— Não precisa, dona Monique, está tudo bem, obrigada — e saiu puxando Bia pelo braço, diante do olhar espantado de Helô.

Enquanto puxava a amiga pelo braço, Anita ralhava com ela em voz baixa:

— Você é louca de mandar recado para o Alê? E logo através da Monique! Você perdeu a noção do perigo, amiga?

E se afastaram depressa, sem olhar para trás.

Antes de retornar à sala, onde Alê a esperava, Monique parou na porta e ficou olhando fixamente para Bia, que já estava se afastando, levada pela amiga. De repente, seus olhos brilharam — na verdade, faiscaram — e ela teve uma súbita intuição: "Será?".

Só voltou para a sala quando as moças desapareceram de suas vistas. Alguma coisa aguçara sua percepção, e ela sentiu que estava correndo algum tipo de perigo.

— Helô, você conhece essas duas funcionárias?

— Eu as vejo sempre aqui na empresa. Tenho quase certeza de que trabalham no RH.

— No RH?

— Tenho quase certeza de que sim. A senhora quer que eu pegue os prontuários delas?

— Agora não, Helô, talvez numa outra hora. Agora estou muito ocupada, numa negociação muito importante.

E voltou pensativa para a sala, mas logo tratou de mudar o semblante, colocando um sorriso no rosto. De pé, Alê continuava admirando os quadros na parede. Voltou-se para Monique:

150

— Se há algum problema que você precise resolver, fique à vontade. Não quero atrapalhar seu expediente.

Ela escondeu sua preocupação e fingiu naturalidade:

— Mas que expediente, meu caro? Só estou aqui na fábrica por sua causa. Estou à sua inteira disposição. Saí apenas para dar uns esclarecimentos para duas funcionárias. Onde estávamos mesmo?

— Eu estava lhe perguntando sobre o princípio ativo do...

E a conversa continuou sobre temas técnicos e administrativos, mas o pensamento de Monique estava em outro lugar. Ela já tivera provas de que sua intuição dificilmente falhava.

Depois de alguns minutos, Helô retornou trazendo uma pasta com os prontuários dos gerentes do laboratório que seria adquirido.

Monique pegou as informações e repassou-as a Alê:

— Pronto. Estes são os prontuários solicitados. Você prefere examiná-los aqui ou levá-los para São Paulo?

— Se eu puder levá-los, farei uma análise mais tranquila para definir o perfil de cada um deles com mais calma.

— Nenhum problema. Como você preferir.

— Ótimo, obrigado, Monique. Bem, acho que meu trabalho por hoje já pode ser dado como encerrado. Foi uma visita excelente e muito proveitosa, graças à sua habilidade como guia.

— Gentileza sua, Alê. Mas antes de você ir, posso lhe fazer uma pergunta de caráter pessoal?

— Claro! Sou um livro aberto — e sorriu — apesar de ter algumas páginas arrancadas. Pode perguntar.

— Fiquei impressionada com a história da sua alma gêmea. Curiosidade de mulher. Como ela era? Pode me descrever seu tipo físico? Era uma moça bonita?

Alê olhou para o teto como buscando detalhes.

— Bia era muito bonita, uma menina encantadora. Branca, muito loira, de lindos olhos azuis, supereducada. Na época em que nos conhecemos, ela usava tranças, mas hoje, já adulta, usa os cabelos soltos.

Novamente, algo estalou na mente esperta de Monique:

— Bia? Você disse Bia?

— Sim. O nome dela é Beatriz, mas sempre a chamei de Bia. Aliás, como a maioria das pessoas que a conhecem.

Ele não percebeu a ironia no comentário dela.

— Claro. Bia soa mais carinhoso.

— Sim, e eu tinha — ainda tenho, mesmo sem vê-la — um grande carinho por ela.

— Imagino. Mas, segundo entendi, quer dizer que você não a vê há muito tempo e nem sabe onde ela está?

— Por incrível que pareça, é isso mesmo, acredite. Para você ter uma ideia, a última vez que a vi foi em Gramado, durante um Congresso Espírita, meses antes. Chegamos a nos ver de longe, mas depois houve uma confusão e tornamos a nos separar.

Monique não deixava passar nenhuma informação que pudesse interessá-la de alguma forma.

— Congresso Espírita? Quer dizer que ela é espírita?

— Sim, e dá cursos e palestras sobre espiritismo.

— Interessante. E você?

— Eu?

— Você também é espírita?

— Para falar a verdade, nem sei do que isso se trata. Nada contra, apenas desconheço o assunto. Não posso ser contra nem a favor de uma coisa que não conheço.

— É como eu também penso. Mas que história louca, hein?

— Pois é, realmente muito louca. Mas sei que em algum lugar ela está à minha espera.

Novamente, a ironia de Monique apareceu na sua resposta.

— Às vezes, mais perto do que você imagina.

— Ah, quem me dera que você estivesse certa...

— Quer saber o que eu penso sobre tudo isso?

— Quero.

— Você é jovem, bonito, muito bem posicionado na vida, e é solteiro. Amigo, o que não deve faltar a você são candidatas ao trono. É só olhar em torno. Essa obsessão por uma suposta alma gêmea que conheceu na adolescência vai atrapalhar sua vida amorosa. Além disso, você conheceu sua dita alma gêmea quando muito jovem, quase criança. Hoje, você não sabe em que mulher ela se transformou. Talvez, quando reencontrá-la, se isso acontecer, sofrerá uma baita decepção. Ela pode estar casada, com filhos...

Alê não ficou nem um pouco preocupado com o que ouviu, apenas sorriu e brincou.

— Pode ser, psicóloga Monique, mas pode ter certeza de que essa provável obsessão não se trata de algo premeditado. O processo

152

é absolutamente espontâneo, a imagem dela surge na minha memória sem eu chamar.

— Então façamos um teste e me diga: agora, aqui comigo, você está pensando nela?

Alê não titubeou:

— É claro que não. Apesar de ser muito diferente dela, você tem um poder parecido com o de Bia, o de absorver totalmente minha atenção.

Monique não escondeu sua satisfação com essa resposta.

— Então, convenhamos que sua alma gêmea não é uma maldição tão forte assim. Ela tem lá suas fragilidades.

Alê levantou-se e achou melhor dar aquele assunto por encerrado, pois sentiu que que Monique estava indo por caminhos não desejados:

— Bom, acho que por hoje é suficiente. Já conheci muitas coisas de sua empresa, gostei muito do que vi. Além disso, já está ficando tarde, e ainda temos que voltar para São Paulo.

Monique teve uma ideia ousada:

— Se você preferir, podemos esticar o trabalho e pernoitar por aqui. Há hotéis muitos bons em Ribeirão.

Algo dentro de Alê acendeu o sinal amarelo.

— Não tenho dúvida disso, mas não vim preparado para pernoitar. Deixei algumas coisas por concluir em São Paulo.

Inteligentemente, ela resolveu não insistir.

— Entendo. Então vamos. — E levantou-se também.

***

Bia continuava inquieta na sala de Anita:

— Mas o que você acha que Alê poderia estar fazendo aqui, na companhia daquela mulher? E onde será que ele a conheceu?

— Amiga, ainda não dá para sabermos nada a respeito deles. Precisamos ter calma. Se sairmos por aí fazendo perguntas sobre os dois, vamos chamar a atenção, e nossa curiosidade chegará até Monique. Já lhe falei: essa mulher tem costas quentes na diretoria e tem fama de ser muito brava e cruel.

— Você viu como ela me olhou? Parecia estar com raiva de mim, mas nem me conhece. E você viu também como ela estava se insinuando para ele na fábrica?

153

— Claro que vi, fui eu que chamei sua atenção. Mas ela não deve ter olhado para você de forma especial, pois nem ao menos sabe quem você é. Acho que você está fantasiando um pouco. Se ela imaginasse que Bia é a alma gêmea do doutor Alexandre, o bicho ia pegar.

Ambas ficaram um pouco em silêncio, até que Bia teve uma curiosidade:

— O que será que ela faz no escritório central?

— Dorme com o chefe, ora! — E caíram na gargalhada. — Mas falando sério: não sei o que ela faz, mas sei que é gente grande na estrutura da diretoria. Parece que é assistente-geral do vice-presidente, o tal que, segundo dizem, é o cacho dela. Por isso, manda e desmanda.

— Não consigo deixar de me perguntar o que Alê quer com aquela mulher. O que ela quer com ele ou dele, eu até consigo imaginar. Mas, e ele?

— Bem, pode não ser nada pessoal. Devem estar tratando de negócios das empresas.

— Mas que negócios, amiga?

— Vai saber.

Novo silêncio, mas a ansiedade de Bia era grande, e ela não conseguia parar de pensar e falar.

— Precisamos descobrir se Alê voltará amanhã. Ou se vai dormir aqui em Ribeirão. Aliás, não me agrada nem um pouquinho essa ideia.

— Ah, minha amiga, se Monique conseguir isso, seu Alê já era... — E caiu na risada para irritação da amiga.

— Não vejo nenhuma graça nisso.

— Estou brincando, miga. Não precisa ficar com ciúmes.

— Estou aqui pensando. Quem você acha que pode ter essas informações aqui na fábrica?

— Olha, só a secretária da Monique. Mas você não está pensando em perguntar a ela, não é?

— Deus me livre.

Mais um período de silêncio e reflexão, com as duas olhando para o teto. Anita deu um pulo e um gritinho:

— Já sei. Os encarregados da segurança. Eles devem saber, pois têm o controle de quem entra e sai daqui.

— E você acha que eles dariam essas informações para nós?

— Para mim, com certeza. Sou amiga de todos.

Animadas pela ideia, as duas amigas desceram apressadas as escadas que conduziam ao térreo e caminharam até a recepção, que ficava um pouco afastada da entrada do prédio.

Era Onofre quem estava de plantão. Anita sentia-se à vontade para conversar com ele, pois fora ela quem conduzira seu processo de seleção, pois Bia ainda não havia sido contratada.

Aproximou-se do balcão onde ele atendia, um pouco afastado dos outros seguranças.

— Oi, amigo.

Ele veio até ela, solícito:

— Olá, doutora, como vai?

— Tudo bem, Onofre. A família está boa?

— Graças a Deus, está tudo em ordem.

Ela olhou primeiro para os lados.

— Eu queria te perguntar umas coisas, amigo.

— Pode perguntar, doutora. Se eu souber responder...

— Você conhece a doutora Monique, aquela do escritório central, em São Paulo? Ela trabalha na diretoria de lá.

— Conheço sim, desde quando ela passou a vir aqui. Inclusive faz cerca de uma hora que saiu.

Anita olhou com cumplicidade para Bia.

— Ah, então ela já foi embora?

— Já. Estava acompanhada pelo doutor Alexandre.

— Ele também trabalha aqui, Onofre?

— Não, veio como visitante. Ele é diretor-geral de RH um banco francês.

Anita fez uma expressão de surpresa e voltou a olhar para a amiga:

— O doutor Alexandre é diretor?

— Pelo menos foi o que ele escreveu na ficha de entrada.

— Importante o cara, não? E o que veio fazer aqui?

— Ah, isso eu não sei direito, mas acho que foi só uma visita de cortesia.

— E será que os dois vão voltar amanhã?

— Isso também não sei, não falaram nada.

— Legal, valeu, Onofre. Bom trabalho.

Já iam se afastando quando Anita resolveu voltar:

— Ah, mais uma perguntinha, Onofre: já sei que saíram do prédio, mas você sabe se eles voltaram para São Paulo ou se vão pernoitar aqui?

— Devem ter voltado para São Paulo, porque ouvi dona Monique comentar alguma coisa sobre a situação das estradas naquela hora. Quer deixar algum recado para dona Monique?

— Não precisa, Onofre, falarei com ela amanhã cedo, pelo telefone. Muito obrigada, amigo.

O que nenhuma das duas percebeu foi que Helô, a secretária de Monique, estava sentada ali pertinho, na recepção, aguardando sua carona, e ouvira toda a conversa entre Anita e o segurança. Mantivera o rosto escondido atrás de um jornal que fingia ler.

Balançando a cabeça lentamente, Helô falou com seus botões:

— Dona Monique não vai gostar de saber da curiosidade dessas duas funcionárias. Não vai mesmo.

Capítulo 18

O retorno de Alê e Monique para São Paulo foi mais cansativo, principalmente, porque, no fim de tarde, a rodovia já apresentava um trânsito muito pesado, com vários pontos de engarrafamento.

Monique procurou ser gentil:

— Não quer mesmo que eu dirija um pouco, Alê?

— Não precisa, amiga, estou acostumado e gosto de dirigir.

Ela queria saber um pouco mais sobre ele, pois, desde que o vira pela primeira vez, sentira uma forte atração, como havia muito tempo não lhe acontecia.

— Você gosta do seu trabalho no banco?

— Muito. Adoro trabalhar com gente, analisar o comportamento humano. Acho fascinante, inclusive, pelas contradições.

— Eu também gosto. Acho envolvente a Psicologia.

— Falando agora da nossa tarefa, você já tem sua apresentação pronta?

— Sim, esse assunto para mim é canja. Na verdade, ajudei bastante a consultoria que foi contratada para elaborar nossa missão, visão e nossos valores, bem como nossos princípios éticos e a política de excelência em qualidade. Pode acreditar que tem dedo meu nessa história.

— Parabéns! Isso quer dizer que você já pode agendar sua parte no projeto, correto?

— Pretendo fazer isso logo. E quanto à sua parte?

— Amanhã mesmo entrarei em contato com o pessoal do centro de desenvolvimento em Paris, que já está ciente da operação, e agendarei com eles o início do treinamento.

Ela ficou um pouco em silêncio e, quando falou, tinha um estranho sorriso nos lábios:

— Talvez precisemos ir juntos a Paris, para cuidarmos dos detalhes.

— Acho uma ótima ideia. Sempre que a gente delega a outras pessoas atividades que são nossas corremos o risco de alguma coisa não dar certo. Por isso, há aquele ditado: "Quem quer, faz; quem não quer, manda".

— Exatamente. Então, depois que você tiver as datas do treinamento em Paris, me avise para que eu faça as reservas das passagens e hospedagens.

Muito bom. Eu só preciso antes fazer a avaliação do perfil dos participantes para compor as turmas de trabalho. Procurarei formar grupos que estejam em iguais condições de aprendizado, levando em conta a formação, o tempo de casa, a idade e outros pontos.

O olhar de Monique brilhava quando falou:

— Percebo que estaremos juntos durante muito tempo.

Ele resolveu descontrair:

— Isso a desagrada?

— Muito pelo contrário. Você é uma pessoa muito agradável, e trabalhar ao seu lado deve ser muito interessante.

— Vou me esforçar para que seja assim.

Depois de alguns minutos de silêncio, Alê percebeu que Monique adormecera.

Com o calor que fazia, a blusa dela ficara entreaberta, deixando entrever boa parte dos belos seios, iluminados em determinados momentos pelos faróis dos demais carros e pelos luminosos coloridos da estrada. Teria feito de propósito?

De qualquer modo, Alê desviou o olhar e passou a pensar em Bia. Era seu antídoto infalível contra tentações daquela natureza.

***

Naquela noite, sentada no seu sofá-cama e aproveitando que estava sozinha no apartamento, Bia improvisou uma prece especial:

— Senhor, não sei se é certo fazer esta oração, que, na verdade, é um pedido pessoal. O Senhor é testemunha de que, quando faço uma prece, dificilmente peço algo para mim, mas, agora, estou começando a ficar preocupada. O Senhor sabe que eu e o Alê nos conhecemos desde crianças e, desde aquele tempo, a gente já sentia uma coisa muito forte um pelo outro, com muito carinho e afeto. Ficamos adolescentes e os sentimentos até aumentaram. Tudo indicava que ficaríamos juntos, mas aconteceu o que o Senhor sabe, e nos separamos, perdemos o contato. E tem sido bastante difícil retomarmos nossa amizade, às vezes, parece até impossível. Eu amo o Alê e sei que ele também me ama. Queremos ficar juntos, mas percebo que essa possibilidade está ameaçada por uma pessoa má, egoísta e invejosa. Acho que ela fará de tudo para impedir que eu e o Alê nos reencontremos. Não quero fazer do Senhor uma agência de matrimônios, mas gostaria que nos desse apoio, orientação e proteção, se é que eu e o Alê merecemos. Não desejo o mal de ninguém, nunca desejei, mas também não gostaria que alguém atrapalhasse algo que foi e será sempre lindo se ficarmos juntos. Se o Senhor achar que merecemos um ao outro, se é verdade que eu e ele somos almas gêmeas, então, dê-nos inspiração para agirmos de forma justa e correta para facilitar o Seu trabalho de nos unir. Perdoe-me se eu não deveria fazer esse pedido, mas, como o Senhor é a personificação do amor, sei que me compreenderá, mesmo que não possa atender ao meu pedido. Amém.

Nesse dia, Bia teve uma das melhores noites de sono dos últimos anos.

***

Na manhã seguinte, talvez frustrada por não ter conquistado o Alê na noite anterior, Monique despertou com um terrível mau humor. Quando o telefone tocou, foi com muita má vontade que atendeu. Era Helô que chamava e, certamente, falaria de trabalho.

— Fala, Helô, o que você tem para falar comigo tão cedo?

— Desculpe ligar a esta hora, dona Monique, mas é que não sei se é relevante o que tenho para contar.

— Pois conte e deixe que eu decida se é relevante ou não.

Helô reconhecia que já se acostumara com sua postura submissa diante da superiora, e isso a incomodava, mas aguentava porque, sobretudo, precisava do emprego. Um dia, quem sabe, sua paciência acabaria e talvez mandasse a chefe plantar batatas.

— Está bem, dona Monique. É o seguinte: sabe aquelas duas funcionárias do RH daqui da fábrica, que ontem tentaram falar com o doutor Alexandre quando ele estava com a senhora, na sua sala?

Monique respondeu com impaciência:

— Sim, sei. E daí?

— Então, ontem, no fim da tarde, quando eu estava na recepção esperando minha carona, as duas chegaram e ficaram conversando com o Onofre, chefe da segurança.

— Sei quem é ele. Mas o que tem isso de importante?

— É que elas queriam informações sobre o doutor Alexandre.

Monique, que até então estava meio desligada da conversa, logo se interessou pelo assunto e sentou-se.

— Interessante. Que tipo de informações, Helô?

— Se ele já tinha ido embora, se iria pernoitar aqui, o que veio fazer na fábrica, se voltaria outro dia, coisas assim.

— E o Onofre deu essas informações?

— Coitado, ele disse que não sabia de nada, que apenas achava que o doutor Alexandre era só um visitante.

A voz de Monique agora era suave e gentil. Gostara da informação.

— Ainda bem. Ótimo trabalho, Helô. Sempre confiei em você. Agora me faça um favor.

— Pode pedir, dona Monique.

— Devo voltar aí depois de amanhã. Deixe sobre minha mesa o prontuário dessas duas moças, certo?

— Certo, dona Monique, pode deixar comigo.

— E mantenha sigilo sobre esse assunto. Precisamos descobrir qual a razão do interesse dessas funcionárias. É uma questão de segurança.

— Claro, dona Monique, eu entendo. Quando a senhora vier, encontrará as pastas sobre sua mesa.

— Obrigada, Helô. Não me esquecerei de sua lealdade.

— Obrigada, dona Monique. A senhora sabe que pode contar comigo. — E desligou.

Depois, Monique ficou pensativa por uns instantes: "Algo me diz que a alma gêmea perdida do Alê quer reencontrar a outra metade".

***

Em São Paulo, o telefone de Alê tocou no meio da manhã:

— Alê?

— Eu reconheço de longe esta voz de veludo.

Ele já tinha percebido que Monique adorava galanteios e não os economizava quando estava ou falava com ela.

— Só por ouvir isso, já valeu a pena ter ligado.

— Que surpresa boa, Monique.

— É muita pretensão minha convidá-lo para jantar outra vez? Tenho algo para conversar consigo.

— Já estou ansioso para saber do que se trata.

— Só que agora eu pago a conta.

Ele entrou na brincadeira:

— Ah, bom, neste caso, aceito. Vou pedir o melhor vinho, o prato mais caro e uma sobremesa de ouro.

— Tudo bem, faço questão de pagar, você merece. Só que, também desta vez, eu o pego aí, às 20 horas.

— Não vai me deixar dirigir?

— Não, senhor. Você deve estar muito cansado de ontem. Portanto, eu dirijo, será mais seguro.

— Tenho escolha?

— Nenhuma.

— Então, só me resta esperar que você seja boa ao volante.

Ela não perdia a oportunidade de ser provocante.

— Sou boa em muitas coisas, meu caro, não apenas ao volante. Você é que não sabe.

Ele ficou meio desconcertado com tanta objetividade.

— Não tenho dúvidas quanto a isso.

— Ainda bem. Até mais.

***

À noite, os dois estavam no restaurante.

Alê achava que isso não seria possível de acontecer, mas a verdade era que Monique estava ainda mais deslumbrante do que na véspera.

Enquanto ela lia o cardápio, ele disfarçadamente admirava seus olhos, sua pele macia, o decote profundo, seus lábios vermelhos e carnudos. Num certo momento, ela olhou-o e flagrou-o nessa contemplação.

Caprichou no tom aveludado da voz:

— Algo errado comigo, meu caro?

Ele ficou meio sem graça, mas não fugiu do diálogo.

— Não, está tudo absolutamente certo. Tão certo que eu diria que até com certo exagero.

Ela sorriu envaidecida.

Depois de escolhidos os pratos, Monique o surpreendeu com uma observação instigante:

— É inacreditável que, segundo suas palavras, você não tenha uma ou mais namoradas.

Ele não se abalou.

— Deveria?

— Não se trata de dever. É que, sendo como você é, com sua elegância, seu romantismo, seu dom de agradar à parceira, qualquer uma já teria caído na sua conversa.

A pergunta dele foi provocante:

— Qualquer uma?

E ela aceitou o desafio.

— Qualquer uma, eu inclusive.

Novamente, ele ficou desconcertado:

— Monique, você é de uma franqueza assustadora.

— Ué, pra quê fingir? Conheci muitos homens, mas nenhum deles me impactou tanto à primeira vista quanto você. E eu não vou ficar fingindo que essa atração não existe.

— Gente, isso é o que se pode chamar de papo-reto.

— Não sei se o agrada ou constrange ouvir isso, mas esse é o meu jeito de ser.

— Não se trata de agradar ou não. Eu apenas não estou acostumado a ouvir coisas assim.

Ela pôs uma mão morna sobre a dele.

— Veja, Alê, seremos amigos de qualquer maneira. Eu apenas estou querendo dizer que seremos amigos especiais.

Ele começou a ficar assustado com aquela história de "amigos especiais". Não podia esquecer que, verdade ou não, Monique era tida como amante do vice-presidente da Bonne Santé, e ele não queria misturar assuntos profissionais com outros, passionais. Que ela era bonita e desejável, não havia dúvidas, mas era só isso. Não o atraía a ponto de fazê-lo perder a cabeça. Por isso, respondeu baixinho:

— Entendi, Monique, e acho muita gentileza sua pensar assim a meu respeito.

Ela mostrou-se insistente.

— Entendeu mesmo?

O melhor era mudar de assunto.

— Posso servir o vinho?

Ela sorriu, pois havia entendido a intenção dele.

— Claro, já estava esperando.

Depois do jantar, um conjunto começou a tocar e alguns casais começaram a dançar. Monique atacou:

— Preciso saber se você vai me convidar para dançar.

— Por quê?

— Porque se não vai, eu é que vou convidá-lo.

Até aquele momento, Alê não levava muito a sério o empoderamento das mulheres, mas, de qualquer modo, decidiu assumir o papel de "homem", segundo as convenções:

— Vamos dançar?

Ela sorriu feliz, levantou-se aliviada e, de forma graciosa, estendeu o braço para ele.

Ao som das músicas românticas, Alê não tinha certeza se fora uma boa ideia convidar Monique para dançar. Com os corpos juntos, o calor que emanava dela, a maciez de sua pele, o perfume envolvente, tudo se somava e se transformava em sedução.

Ambos tinham consciência dos riscos, mas nenhum dos dois queria parar — pelo menos naquele momento.

Depois de dançarem por mais alguns momentos, voltaram a sentar-se, e ela pôs novamente a mão sobre a dele.

— Qual o próximo passo do programa?

Ela se surpreendeu com a resposta dele.

— Creio que a cama..

Ela apertou a mão dele.

— Ótima escolha.

Capítulo 19

Anita se assustou com o grito de Bia. Correu até o quarto onde ela dormia e encontrou-a chorando, sentada no sofá-cama.

Sentou-se ao lado dela e abraçou-a:

— Que foi, amiga? Teve um pesadelo?

Bia chorou mais um pouco até conseguir falar:

— Pior do que isso, amiga. Sonhei que aquela megera estava seduzindo o Alê, e que ele estava caindo no joguinho dela.

Anita riu:

— Só isso, amiga?

Bia ficou revoltada com o aparente pouco caso da amiga.

— Só isso? É porque você não sabe o que ele significa para mim.

— Eu sei, bobinha, mas o que eu quero dizer é que isso que você sonhou não está acontecendo. É resultado de sua preocupação com eles, como você mesma me disse. De tanto pensar nesse perigo, você sonhou. Só isso. Não quer dizer que está acontecendo, nem vai acontecer.

— Você jura?

— Melhor do que jurar, é você fazer uma prece para Santo Antônio. Ele é casamenteiro, segundo dizem. Então, ore para ele e diga-lhe que o Alê é seu, que não deixe nenhuma outra mulher passar a mão nele.

Bia teve que rir.

— E você acha que isso funciona?

— Se funciona, não sei, nunca tentei, mas experimente.

Bia suspirou.

— Que jeito? É só o que me resta fazer.

Acreditando ou não, foi o que ela fez. Fervorosamente.

***

Monique estava vermelha, talvez por causa do vinho ou pelas perspectivas amorosas diante da inesperada resposta de Alê.

— Deixe ver se entendi: o próximo passo desta noite será a cama?

Ele sorriu:

— Sim, foi o que eu disse.

Monique sentiu que a temperatura interna do seu corpo subira perigosamente. Mas a ilusão durou pouco. Logo em seguida, veio a frustração ao ouvi-lo dizer:

— Mas para dormir.

Surpresa, ela abriu a boca.

— Ham?

— É hora de ir para a caminha, moça.

Decepcionada, Monique resmungou:

— Péssima escolha. — E o sorriso desapareceu dos seus lábios como por encanto.

Alê percebeu a súbita mudança dela, entendeu a razão, olhou-a com o semblante sério e disse calmamente:

— Monique, você é uma mulher bonita e muito atraente. Qualquer homem gostaria de levá-la para a cama, e eu não sou exceção.

— Mas...?

— Mas, no momento, temos que ser muito profissionais. Há uma importante missão à nossa espera. Vamos trabalhar juntos algum tempo, e não creio que seria recomendável misturarmos os papéis. Quando os sentimentos amorosos se tornam fortes, tendem a atrapalhar a lucidez e o bom senso que o trabalho exige. Não sei se você está me entendendo.

Amuada, ela retirou a mão que estava sobre a dele.

— Este é o verdadeiro motivo ou você esta pensando na sua alma gêmea?

— Acredite ou não, nesta noite, em nenhum momento, pensei na Bia.

— Jura?

— Preciso?

— Então, nem tudo está perdido.

— Monique, foi ótimo ter estado aqui com você e, principalmente, dançado com você. Claro que isso desperta sentimentos e emoções. Mas você entendeu o que eu quis dizer?

— Entendi, e você está certo, embora não goste de admitir. Sou uma mulher ansiosa, prática e impaciente. Na maior parte das vezes, ajo primeiro e penso depois, exceto quando estou trabalhando. E como aqui não é trabalho, dei asas à minha fantasia. Mas você está certo. Há muito a fazer pela frente. Nada de precipitações.

Ele sorriu aliviado.

— Isso mesmo, nada de precipitações.

Ambos levantaram-se prontos para sair. Ela ainda aproveitou para dar mais uma cutucada nele:

— Mas fique sabendo que, por sua causa, vou demorar a adormecer esta noite.

Ele brincou:

— Se você tiver insônia, posso lhe emprestar alguns prontuários gerenciais que trouxe de certo laboratório farmacêutico. Isso a ajudará a passar a noite.

Ela teve que rir:

— Muito engraçadinho você.

***

No fim de semana, Bia foi visitar a mãe em Adamantina. Já estava se habituando a viajar nas noites de sexta-feira e tomar café da manhã com a mãe, no sábado.

A chegada dela era sempre uma festa para as duas velhas senhoras, e as primeiras horas eram gastas para a atualização dos assuntos e das fofocas locais.

Depois do almoço, Nora levou a filha para visitar um pequeno jardim, perto do centro da cidade. Sentaram-se num banco de madeira, e Nora acariciou-lhe os cabelos:

— Você está tão linda, filha.

Bia mostrou um sorriso algo triste:

— E quando é que a senhora não vai me achar linda?

— Nunca, com certeza. — Ela fez uma pausa. — Mas hoje essa beleza está triste.

— Como assim, mami?

166

— Filha, eu a conheço muito mais do que você pensa. Chego quase a ler seus pensamentos.

Bia brincou para disfarçar o que a mãe percebera.

— Opa, preciso tomar cuidado com meus pensamentos.

— Não precisa, eu sou sua mãe e só quero seu bem. Diga para mim o que a está preocupando e deixando-a triste.

Bia abraçou a mãe e deixou que as lágrimas saíssem livremente dos seus olhos. Nora esperou pacientemente que a filha se acalmasse, acariciando seus cabelos loiros.

— É o Alê, mami. Tive notícias dele.

Nora mostrou-se surpresa e alegre:

— Mas isso é ótimo, a menos que ele esteja lhe causando algum problema.

— Não. Ele seria incapaz disso.

— Então o que é?

Bia sentou-se melhor no banco e enxugou as lágrimas com as mãos. Deu um tempo para se acalmar e começou a falar:

— Tem uma mulher na diretoria da empresa que é muito bonita. Muito bonita e sem-vergonha.

Nora se assustou, pois nunca ouvira a filha falar assim de alguém.

— Beatriz, o que é isso, minha filha?

— Desculpe, mami, mas essa mulher dá em cima de todos os homens bonitos. Dizem até que é amante do vice-presidente.

Nora teve que rir com essa revolta da filha que, geralmente, era tão pacífica:

— Mas que mulher poderosa, hein?

— Pior que é. Manda e desmanda.

— Bom, isso não é correto. Mas o que você tem a ver com isso? É uma escolha de vida dela.

— Tudo bem desde que ela não resolvesse dar em cima do Alê.

— Ué, mas ele também trabalha no laboratório?

— Não, mami, ele é diretor de um banco francês.

Nora ficou surpresa:

— O quê? Aquele menininho lá da vila é hoje um diretor de banco?

— É, mami. O banco dele está fazendo algum negócio com a Bonne Santé, e ele tem ido lá visitar a fábrica.

— Que legal! Então vocês conseguiram se rever!

A reação de Bia foi quase agressiva:

167

— Não, mami, não conseguimos! A tal mulher não deixou.

— Como assim? Não estou entendendo.

— Ela está dando em cima dele, mami! Ela quer conquistá-lo, então, não deixa nenhuma mulher chegar perto dele.

Nora balançou a cabeça:

— Agora entendi. Você está com medo de que essa mulher conquiste o Alê e ele se esqueça de você.

Bia confirmou com a cabeça. Nora fez um longo silêncio e começou a falar numa voz suave, mas firme:

— Filha, seu pai foi um homem maravilhoso e, enquanto esteve vivo, jamais me trocou por outra mulher. Mas eu consigo imaginar o que você está sentindo. Alê não é seu marido, mas é seu grande amigo de infância, e vocês tiveram, e acho que ainda têm, uma amizade maravilhosa. Acredito mesmo que se tivessem continuado juntos, hoje estariam casados.

A voz de Bia saiu fraquinha e chorosa:

— Também acho, mami.

— Então, o seu sentimento é de que essa mulher apareceu para atrapalhar esse reencontro com Alê.

— É isso mesmo, mami.

— Quero que você preste bem atenção no que vou lhe dizer. Se essa mulher conquistar o Alê, será porque o sentimento dele por você não era tão forte quanto você imaginava, e aí não haverá nada que possa ser feito, além de seguir com a vida. Mas se o amor dele por você for tão grande quanto o seu por ele, não haverá mulher no mundo que possa impedir vocês de se reencontrarem.

Bia olhou para a mãe com os olhos bem abertos. As palavras dela reacenderam a esperança de ter o Alê de volta, e isso fez com que seus olhos brilhassem, principalmente, porque alguns raios de sol, atravessando as folhas das copas das árvores, produziram lindos reflexos coloridos nas lágrimas que teimavam em escorrer pelo rosto da moça.

— Será, mãe?

— Claro, filhinha. Deus não iria colocar Alê na sua vida, de maneira tão forte e bonita, e depois deixar que uma mulher leviana o tirasse de você. Isso não faria sentido. Quando há merecimento, Deus não diz não, porém, ainda não. Portanto, tenha paciência, fé, faça suas preces e continue se comportando de maneira a merecer as graças que Deus concede aos puros de coração. — Carinhosamente, usando os polegares de cada mão, Nora enxugou as lágrimas da filha, que agora sorria.

— Mami, posso lhe confessar uma coisa?

— Claro que sim, filha.

— Eu te amo demais. Muito e muito. Nunca conseguirei agradecer tudo o que você tem feito por mim desde que nasci. Que Deus a proteja e ilumine sempre.

— Também te amo muito, filha, e tenho o maior orgulho do mundo de tê-la como filha.

— Engraçado, eu é que sou a psicóloga da família, mas você acaba de fazer uma sessão de psicoterapia comigo, e que foi cem por cento eficaz. Já me sinto outra pessoa e não estou mais triste.

— Estou vendo pelo seu sorriso. Mas o mérito não é meu. Foram nossos protetores espirituais que colocaram essas palavras em minha boca e mantiveram seu coração receptivo para ouvi-las.

Mãe e filha se abraçaram forte e emocionadamente. Se por ali, naquele momento, passasse um pintor ou um fotógrafo, teria feito questão de registrar aquele encontro do mais puro amor.

***

Alê passou o dia seguinte trabalhando com atenção, avaliando os perfis dos gerentes que seriam treinados. Estava tão concentrado nessa tarefa que nem percebeu o passar das horas.

No final do dia, Monique ligou:

— Veja que menina comportada eu sou: passei o dia inteiro sem ligar para você. E não foi por falta de vontade nem de tempo.

— Nunca duvidei que fosse uma garota comportada. Essa é apenas uma das inúmeras qualidades suas.

— Eu tenho qualidades? Interessante, você nunca me falou delas.

— Porque a gente está sempre falando de trabalho.

— Pois, então, precisamos marcar um novo jantar, durante o qual será proibido falar de trabalho, e aí você falará das minhas qualidades.

— Pode ser, mas para que você deseja ouvir o que já sabe?

— Engano seu. Não sei quais são minhas qualidades. Preciso que alguém me diga.

— Muito modesta a senhorita.

Ela riu divertida.

— Como está indo o trabalho com os prontuários?

— Felizmente, já terminei. Consegui compor três grupos de trabalho de 20 gerentes e mais um com 23 participantes. São grupos homogêneos. Então, os franceses trabalharão melhor, treinando quatro turmas simultaneamente. E isso também facilitará o trabalho do pessoal encarregado da tradução simultânea.

— Excelente. Então, você já pode pensar em agendar o treinamento deles em Paris, correto?

— Correto. Estou pensando para daqui a duas semanas, quando você já terá concluído sua parte. Estou pensando em aproveitar um fim de semana prolongado. Será uma forma de minimizar problemas com a ausência deles, não acha?

— Bem pensado.

— Agora só precisamos saber se a diretoria concorda com nosso cronograma.

— Deixe que eu verifique isso. Vou fazê-los aceitar.

— Não tenho dúvida de que você consegue isso — e riram.

Insistente, Monique tinha que tocar no assunto:

— E a alma gêmea? Andou pensando nela?

Infelizmente, tentando ser amistoso e informal, Alê fazia brincadeiras inconvenientes que alimentavam as fantasias de Monique a seu respeito. Mas ele parecia não perceber essa inconveniência.

— Nem deu tempo. Desse jeito, vou acabar me esquecendo dela e ficando solitário e carente.

Ela não perdia uma oportunidade como aquela para se inserir no contexto.

— Ah, essa á boa. Solitário e carente, você não ficaria mesmo, meu caro. Conte outra.

Alê fez um charminho provocante.

— Ora, quem iria olhar para mim?

— Amigo, você não leva nenhum jeito para esse papel de masoquistazinho, certo? Então pare com esse charminho.

Querendo apenas ser engraçado, ele não tinha consciência de que estava se arriscando.

— Quem a ouve falar assim, até pensaria que você está na fila das pretendentes.

Surpreendentemente, foi Monique quem o chamou de volta à razão.

— Senhor Alexandre, devo preveni-lo de que o senhor está brincando com fogo.

— Bom, como não quero me queimar, vamos voltar a falar de trabalho.

— Acho melhor mesmo.

— Pelo que entendi, você pretende ir também a Paris acompanhar o treinamento dos gerentes. Estou certo?

— E você acha que eu perderia a oportunidade de um passeio em Paris com você?

— Alto lá, combinamos de voltar a falar de trabalho.

— Combinamos não, você apenas sugeriu. Mas aceito a sugestão.

— Ok, você se encarrega de fazer as reservas das passagens e da hospedagem de todo o grupo?

— Claro. Preciso justificar meu salário.

— Então está combinado para daqui a duas semanas. Penso que a correspondência de convocação deve ser assinada pelos dois presidentes, o da farmacêutica e o do banco. Concorda?

— Certíssimo. Eu providencio a assinatura aqui, e você providencia a daí. Tudo bem?

— Tudo bem. — Ele já ia se despedir quando ela insistiu:

— Só isso?

— De minha parte sim.

Novamente, entrou em cena o lado manipulador de Monique.

— Que decepção.

— Ué, por quê?

— Nem um convite para jantar?

Era uma pena, mas ele não tinha coragem ou força para escapar daquela armadilha.

— Eu estava deixando para o final. Hoje, às 20 horas?

— Fechado.

— Mas desta vez eu dirijo. Passo aí para pegá-la.

— Isso é o que se chama rodízio de motoristas.

Capítulo 20

Depois de um longo tempo calada, Bia se manifestou para Anita:

— Amiga, estou com maus pressentimentos.

— A respeito de quê?

— Da amizade do Alê com aquela mulher.

— Ora, amiga, ela é só uma mulher como nós.

— Mas acho que ela é ninfomaníaca.

Anita explodiu numa gargalhada:

— Essa é boa: "Monique, a insaciável!". Parece até título de filme pornô. A que ponto chega seu ciúme, hein, amiga?

— Não é só ciúme não, você mesma viu o jeito de sedutora dela aquele dia na fábrica. Não viu?

— Vi, e ela é sedutora mesmo. Mas você não confia na sua alma gêmea?

— Confio, mas não posso esquecer que minha alma gêmea é homem, minha amiga, e você sabe como os homens são vulneráveis a mulheres sedutoras. Não sabe?

— Discordo. Esse é um pensamento machista e preconceituoso.

— Machista e preconceituoso uma ova. Você sabe do que estou falando, não é nenhuma santinha.

— Eu não acredito que você esteja falando essas coisas, amiga. Outro dia, você me repreendeu porque cometi uma generalização quando falei do meu pai, que foi safado e disse que tinha perdido a confiança nos homens. Agora é você que está se contradizendo, cometendo uma generalização. Olha, você até pode estar certa com relação à maioria dos homens, pois nossa cultura ainda é machista, mas há exceções. Não conheço o Alê, mas, pelo modo como você fala dele, parece ser muito leal, muito certinho. Não creio que ele vá cair numa armadilha montada pela Monique.

Bia respondeu depois de um momento de silêncio:

— Você tem razão. Minha mãe pensa como você, ela acha que devo ter mais confiança no Alê. Na verdade, se ele vai cair na armadilha, não sei, mas que ela vai tentar, lá isso vai, tenho certeza. E aí é que mora o perigo. Você sabe que quando uma mulher quer uma coisa...

Outra gargalhada de Anita.

— Eu sei, eu mesma sou assim.

Bia teve que rir também.

— Não disse? — E ambas riram. — Olha, tudo bem, acredito que ele não vai cair na armadilha dela. Mas, por precaução, tenho que dar um jeito de tirar o Alê de perto daquela mulher.

— De que jeito?

— Ainda não sei, mas vou descobrir. E você tem de me ajudar.

E trataram de dormir.

***

Dois dias depois, ao chegar à sua sala de trabalho, Anita surpreendeu-se com uma ligação de Helô. Monique estava solicitando a presença de Anita na sala dela. A moça jamais poderia imaginar que, horas antes, a poderosa executiva analisara cuidadosa e detalhadamente as informações dos prontuários das duas amigas.

Antes de subir ao andar da diretoria, Anita passou na sala de Bia.

— Amiga, acho que vem bomba por aí: sua rival gostosona quer falar comigo. Mandou me chamar na sala dela.

Bia surpreendeu-se:

— Sério? O que ela quer com você?

— Sei lá, vou saber agora. Deve ser mais trabalho.

— Boa sorte. Mande uma mordida envenenada para ela.

Anita sorriu e saiu.

Ao entrar na sala de Monique, Anita tentou descontrair:

— Pois não, dona Monique Perraux. A senhora é filha de franceses?

A executiva respondeu secamente:

— Não, apenas neta.

173

Anita tentava amenizar o que viria pela frente.

— Ah, que bom. Por isso a senhora fala francês com tanta fluência?

— Deve ser. Em casa, era comum a família conversar em francês.

— Esse é um hábito saudável.

Anita percebera que todas as respostas de Monique foram breves e secas, que se levantou e sentou-se perto dela. Perguntou olhando-a fixamente:

— Você já está há bastante tempo conosco, não é, Anita?

— No próximo mês, vou completar cinco anos, sempre no RH.

— Conheço seu chefe, o Patrick. Ele a considera uma das melhores funcionárias da equipe dele. Tanto que lhe promoveu à supervisora.

Anita ficou feliz em saber disso.

— Faço o possível para não decepcioná-lo. Além disso, Patrick é muito generoso. Devo muito a ele.

Monique mudou o tom de voz, ficando mais séria.

— Anita, chamei-a aqui para falar de um assunto muito delicado.

Anita gelou, mas tentou aparentar calma.

— Sim.

— Você conhece bem a missão, a visão e os valores da nossa empresa, não é?

— Sim, com certeza. Sendo do RH, é obrigação minha conhecê-los.

— E sabe que a questão da ética e da confidencialidade é levada muito a sério, não é?

— Com certeza, como deveria ser em toda empresa.

— Isso mesmo. Ao mesmo tempo, todas as empresas estão constantemente elaborando políticas, projetos e estratégias para a manutenção e o crescimento do negócio, não é?

— Sem dúvida.

— E, para vencer a concorrência, esses planos costumam ser muito sigilosos, bem confidenciais.

Anita mostrou um pouco de impaciência com toda aquela conversa.

— Desculpe, dona Monique, mas não estou entendendo aonde a senhora quer chegar.

— Já vai entender. Um dos nossos mais recentes projetos envolve figuras importantes de um grande banco francês, com várias agências no Brasil e um escritório central na capital. Nossa farmacêutica e esse banco estão negociando um acordo da maior importância para ambas as empresas. O banco designou um executivo que o represente e, junto comigo, conduza uma parte importante dessa operação que, naturalmente, é confidencial.

— Entendo.

— Esse representante esteve aqui na fábrica há dois dias, para conhecer nossas instalações e os principais executivos.

— Eu acredito tê-lo visto caminhando com a senhora pela fábrica.

— Isso mesmo. Ele se mostrou muito interessado em conhecer nossas instalações. Não preciso dizer que a identidade e mesmo a presença dele foram e devem continuar sendo mantidas em sigilo absoluto por questões de segurança do negócio. Ele é um visitante ilustre, e somos responsáveis pelo seu bem-estar e por sua segurança enquanto estiver aqui conosco.

— É claro.

Então, Monique foi finalmente ao ponto que realmente era o que ela queria abordar.

— No entanto, chegou ao meu conhecimento que você esteve fazendo perguntas a respeito não só da identidade, mas dos objetivos da presença dele aqui, contrariando nossas normas éticas e de segurança. Se essas informações devessem chegar ao conhecimento dos funcionários, nós já as teríamos divulgado através de uma circular interna.

Anita engoliu em seco: fora descoberta! Certamente, Onofre dera com a língua nos dentes. E agora, o que poderia argumentar? Uma coisa era certa: não poderia envolver Bia na história.

— Bem, na verdade... — não sabia o que dizer.

Monique manteve-se implacavelmente calada e séria, de pernas e braços cruzados, balançando um pé.

— Estou esperando sua explicação, Anita.

A funcionária sabia que deveria dizer algo:

— Bom, na verdade, não tenho justificativas. Apenas fiquei curiosa com relação ao nosso visitante. É uma pessoa que chama a atenção pelo porte, pela elegância, só isso. Espero que me desculpe.

Monique pensou um pouco, parecendo refletir sobre a resposta da funcionária.

— O doutor Alexandre é, de fato, um homem muito atraente, mas isso não deveria ser motivo para despertar curiosidades e fofocas.

— Garanto à senhora que nenhuma fofoca foi feita em razão de minha curiosidade.

Monique pareceu relaxar um pouco, descruzando as pernas e os braços.

— Ainda bem, Anita. Espero que esse assunto seja encerrado, e que o doutor Alexandre, nas futuras vezes que retornar à nossa fábrica, não seja motivo de pesquisas e perguntas.

— Isso não voltará a acontecer, dona Monique.

— E também espero que você compreenda que o fato de chamá-la aqui, para esta conversa, faz parte da minha função de zelar pela segurança dos nossos convidados e pelo bom andamento das negociações em que eles estejam envolvidos. Não é nada pessoal contra você.

— Com certeza, dona Monique. Isso nunca me passaria pela cabeça.

— Deixo a seu critério falar ou não sobre nossa conversa com seu chefe, o Patrick. De minha parte, ele não ficará sabendo, pois poderia trazer prejuízos à sua carreira.

Anita entendeu perfeitamente que ali havia uma ameaça oculta.

— Também prefiro dar o assunto por encerrado aqui. Não creio ser necessário importuná-lo com essa questão.

— Ótimo. Era só isso. Bom trabalho.

Saindo da sala de Monique, Anita foi direto para o banheiro chorar. De raiva.

***

Monique estava exultante. Tinha certeza de que o recado fora bem dado. Agora, precisava repetir a dose, talvez de forma mais letal, com o pivô do caso, a tal Bia.

Pediu a Helô que chamasse a funcionária à sua sala. Antes, retocou a maquiagem, puxou a blusa para que o decote ficasse mais acentuado e treinou cruzar bem as pernas. Precisava mostrar para a funcionária quem era mais mulher naquele pedaço. Tudo porque Monique suspeitava que Bia fosse a tal alma gêmea de Alê. Não tinha provas concretas, apenas sua quase infalível intuição, talvez baseada no tipo físico da moça.

Bem, o fato era que com ou sem certeza, não valia a pena correr riscos, e era bom cortar o mal pela raiz.

Assim como Anita, Bia também achou estranho ser chamada por Monique.

176

Antes de se encaminhar para lá, passou na sala de Anita, mas surpreendeu-se ao ver que sua amiga não estava ali. Imaginou que tivesse ido providenciar alguma tarefa e seguiu em frente.

Helô abriu a porta da sala para dar passagem a Bia, que ficou deslumbrada com o que viu. Primeiro, com o tamanho e a sofisticação do ambiente e, depois, com a inegável beleza de Monique.

— Olá, moça. Entre e sente-se, por favor.

A voz dela parecia amistosa, mas Bia ficou na defensiva.

— Com licença. — Sentou-se calmamente na poltrona à frente da mesa de Monique, tentando aparentar uma tranquilidade que, naquele momento, estava longe de sentir.

A voz de Monique soava irritantemente irônica.

— Tudo bem, Beatriz? Ou devo chamá-la de Bia?

Bia sentiu que havia algo obscuro e mal-intencionado naquela pergunta, mas manteve a calma.

— Como a senhora preferir.

— Chamarei-a Bia. Parece que é assim que as pessoas preferem chamá-la, não é mesmo?

— Como queira. Muita gente me chama assim.

Monique foi direto ao ponto. Assim, surpreenderia a suposta rival.

— Você conhece o doutor Alexandre, que esteve aqui visitando a fábrica comigo?

Bia sentiu que havia uma razão para seu mau pressentimento.

— Na verdade, nos conhecemos quando adolescentes ou até antes.

Agora que a amizade entre Bia e Alê estava confirmada, Monique expressou alguma impaciência.

— Acho que você não entendeu minha pergunta. Quero saber se você sabe quem hoje ele é, o que faz, que interesse ele tem em nossa empresa e a nossa na dele.

— Não, senhora. Não o conheço a esse ponto.

— Então, vou lhe dar algumas informações importantes sobre o doutor Alexandre. Ele está vindo aqui para um trabalho muito especial e de grande interesse da Bonne Santé. Nada pode dar errado e nada deve ser divulgado até que a operação seja concluída. Se algum dado vazar, tudo irá por água abaixo, e a negociação fracassará.

— Entendi.

— Então, minha jovem, é fácil compreender porque foi de muita, digamos, inadequação, para usar uma palavra suave, a curiosidade que

177

você e sua amiga Anita demonstraram, fazendo perguntas indiscretas a um simples vigilante, o Onofre. Você pode me dizer que intenção vocês tinham ao fazer isso?

— Bem... — Pega de surpresa, Bia não sabia o que deveria falar, até porque não queria correr o risco de contradizer Anita, que fora chamada antes dela.

Monique estava implacável.

— Você ouviu e entendeu minha pergunta, Bia?

— Sim, é que...

Ela, cruelmente, interrompeu a moça:

— É que você não tem uma boa justificativa para ter feito o que fez, ao lado de sua colega, não é mesmo?

— Na verdade, foi algo simples, sem outro interesse.

— Envolvendo uma pessoa de tanta importância estratégica para nós? Você chama a isso de algo simples?

— Na verdade, nem sei por que fizemos aquilo.

Monique bateu forte. Queria ver Bia chorar de medo.

— Espionagem, talvez?

O choque de Bia foi grande, que quase tirou seu fôlego. Era uma acusação muito pesada.

— O quê? A senhora disse espionagem?

— Por que não? O doutor Alexandre possui informações que interessariam a laboratórios concorrentes, que pagariam muito bem por elas.

Contra sua vontade, a voz de Bia soou trêmula de indignação, mas não se permitiria chorar na frente daquela megera.

— A senhora não está insinuando que...

— Não estou insinuando nada, moça. Estou apenas querendo que você perceba o risco que correu com essa curiosidade sem sentido.

— Desculpe, garanto à senhora que não tivemos a intenção de causar mal algum.

— E nem conseguiriam, mesmo que quisessem, mas foi imprudência.

— Novamente, peço desculpas. Na verdade, o segurança não soube nos dar nenhuma informação, ele também não sabia de nada sobre o doutor Alexandre.

— Ainda bem. Esse sigilo faz parte da nossa estratégia.

— Isso não vai acontecer de novo. Com sua licença... — E Bia levantou-se e preparou-se para sair, pois aquela situação estava insuportável.

Monique falou de forma autoritária:

178

— Espere, ainda não acabei nossa conversa. Tenho algumas curiosidades sobre o caso. Nem só vocês são curiosas.

— Pois não, dona Monique. — E voltou a sentar-se.

— Você disse que conheceu o Alê, digo, o doutor Alexandre quando criança. Como foi isso? Conviveram muito tempo?

— Sim, senhora. Juntos, chegamos a fazer o ensino fundamental.

— Então devem ter se conhecido bem.

— Éramos apenas dois adolescentes amigos.

— E depois?

— Depois, eu e minha mãe precisamos mudar de cidade e nunca mais nos vimos.

— Nunca mais?

— Talvez uma ou duas vezes, de longe, e muito rapidamente.

— Nem se falam por telefone?

— Infelizmente, não.

— Infelizmente? Você gostaria disso, não é verdade?

— Sim, há muitos anos não nos falamos.

— Desculpe minha franqueza, mas você acha que ele, com todas as ocupações que tem, teria interesse em conversar com você?

Bia foi firme em sua resposta.

— Acredito que sim.

Monique mostrou um sorriso irônico.

— Não me leve a mal, é apenas curiosidade de mulher: se surgisse a oportunidade, o que você acha que ele teria a conversar com você?

Bia teve vontade de responder: "ele diria que me ama e que estava morrendo de saudades de mim", mas apenas corou. Monique percebeu e não gostou nem um pouco.

— É impressão minha ou você ruborizou com a minha pergunta?

Bia retrucou na mesma hora.

— É impressão da senhora. É que não estou passando bem.

— Ah, não está passando bem?

Bia pensou rápido:

— Não, senhora. Tomar conhecimento da falha que cometi, com minha colega, deixou-me abalada e triste.

Aparentemente, a desculpa funcionou.

— Bem, não a culpo, foi grave mesmo. Mas acredito que já nos entendemos, e você deve ter compreendido minha intenção de proteger a imagem do doutor Alexandre e o sigilo da nossa operação comercial, não é mesmo?

— Entendi perfeitamente, dona Monique.

— Pode ir. Sugiro que passe na enfermaria se não melhorar do seu mal-estar.

— Sim, senhora.

Bia saiu e, fora da sala, deixou as lágrimas escorrerem e foi procurar Anita. Ela já havia chegado e, pela vermelhidão dos olhos, também devia ter chorado bastante.

Levantou-se quando Bia entrou, e as duas ficaram longo tempo abraçadas e chorando.

***

Enquanto isso, sozinha em sua luxuosa sala, Monique ficou se perguntando por que agira de forma tão cruel com as duas funcionárias. Sabia que magoara e amedrontara as meninas, mas, no fundo, tinha a convicção que a culpa de tudo era do seu incontrolável sentimento por Alê, quase uma obsessão.

Ao longo de sua agitada vida amorosa, nunca fora deixada de lado, sempre fora ela quem deixava os homens, nunca o contrário. Por que com Alê estava sendo tudo diferente? O que ele tinha a mais que os homens anteriores que conhecera?

Ela não se conformava com essa realidade: pela primeira vez, em toda sua vida, Monique sentia-se irresistivelmente atraída por ele, como jamais acontecera com outro homem. Por que isso estava acontecendo? Por que estava agindo como uma adolescente desmiolada?

Alê era tão descolado do jogo de sedução, tão simples e espontâneo, que ela fora pega de surpresa ao encontrar alguém tão diferente dos padrões masculinos.

E, para piorar a situação, ele parecia não estar nem um pouco sensibilizado com a beleza dela e suas insinuações. Certamente, ele a achava bonita. Mas e daí? Em nenhum momento, tentara uma aproximação sedutora ou dissera alguma frase que pudesse ser interpretada como cantada. Claro, tinha consciência que fizera elogios e galanteios a ela, era seu jeito de ser, mas se ela interpretara aquilo como cantadas objetivas para levá-la para a cama, estava enganada.

Monique, porém, ao saber da história da alma gêmea e, principalmente, ao conhecer o objeto de amor dele, tivera uma crise de fúria.

Depois que conhecera Bia, passou a entender menos ainda a obsessão dele pela tal alma gêmea: uma garota muito simples, sem nada especial, sem usar maquiagem, igual a tantas outras — claro, era muito bonita, com belos cabelos loiros e lindos olhos azuis, mas, modéstia à parte, segundo Monique julgava, não se comparava com a beleza arrasadora dela. O que Bia poderia ter a mais do que ela e que tanto atraía o homem pelo qual Monique estava interessada?

De qualquer modo, já que pretendia seduzir Alê, não deveria correr riscos. Essa história de alma gêmea poderia ser mais poderosa do que ela imaginava e, se fosse, atrapalharia seus planos de conquista. Por isso, fora dura com as duas funcionárias, para que elas não ousassem se aproximar dele. E também, como precaução, ela faria o possível para evitar nova vinda dele à fábrica. Com o tempo, aprendera que no amor e na guerra não se pode facilitar para o inimigo.

Apesar de estressada e furiosa, pegou suas coisas e se preparou para retornar a São Paulo.

Capítulo 21

Em um momento em que estava a sós na sua sala da farmacêutica, Bia travou a porta, tirou o telefone do gancho, concentrou-se, fez uma prece e pediu pela intercessão dos seus protetores espirituais para que não permitissem que, por sua causa, sua amiga Anita e seu amigo Alê tivessem qualquer tipo de prejuízo ou contrariedade.

À noite, talvez em resposta a esse apelo, no centro espírita, Bia teve uma enorme e grata surpresa: uma médium psicografou uma mensagem do pai dela.

Diariamente, ela assistia a colegas seus psicografando, e pessoas se emocionando com as mensagens recebidas de entes queridos, que já haviam desencarnado. Eram mensagens das mais variadas naturezas: declarações de amor de pais para filhos ou vice-versa, pedidos de perdão, esclarecimentos sobre assuntos inacabados em vida, palavras de conforto, de fé e otimismo, pedidos de orações ou notícias tranquilizadoras sobre a situação em que se encontravam no plano espiritual.

Pessoalmente, Bia nunca havia pedido ou recebido contato de seu pai. Por isso, se assustou quando a médium chamou-a. Ela se aproximou da mesa onde eram realizados os trabalhos, pegou o papel e sentou-se em frente à colega.

Sentiu a primeira grande emoção ao reconhecer a letra do seu pai. Já adolescente, manuseara escritos dele — até hoje mantinha alguns guardados consigo —, e conhecia bem sua caligrafia.

Aquilo se constituía num privilégio, pois não era sempre que acontecia. Muitas vezes, a mensagem era redigida com a letra do próprio médium, mas quando necessário, a letra podia ser do desencarnado, como naquele caso.

Em voz baixa e trêmula, Bia começou a ler enquanto as lágrimas escorriam pela face dela:

Querida filha, graças a Deus recebi a permissão para dirigir-lhe algumas palavras. Em primeiro lugar, quero dizer que estou muito bem, graças, inclusive, às suas orações e de sua mãe. Estou orgulhoso de você pela pessoa que se tornou e espero que continue trilhando o caminho que escolheu. Mas devo adverti-la quanto à inveja, ao ciúme e ao desejo de vingança de algumas pessoas, cujos espíritos ainda não alcançaram o devido grau de evolução. Saiba que seus protetores espirituais estão cuidando para que seus objetivos positivos sejam atingidos, mas recomendam que se acautele, que seja paciente e prudente. Deixo-lhe um grande beijo e outro, que peço transmita à sua mãe quando for visitá-la.

Seu pai Gaspar.

Sempre emocionada, Bia leu e releu o bilhete. Depois, enxugou as lágrimas, agradeceu à médium e saiu após uma prece de agradecimento.

Como encontrou Anita ainda acordada, contou-lhe sobre a psicografia e leu o bilhete. A reação da amiga foi de dúvida.

— Bia, não se aborreça com a minha pergunta, mas você acredita que esse bilhete é mesmo do seu pai?

— É dele, Anita, eu conheço a letra do meu pai. E depois, tudo o que ele diz no bilhete faz sentido com o que está acontecendo em minha vida. Estou cercada por pessoas invejosas e ciumentas, que querem me prejudicar de alguma forma.

Anita sentiu-se atingida e reagiu.

— Epa! Calma lá!

Bia correu a abraçá-la e beijá-la:

— Claro que não me refiro a você, amiga, mas àquela periguete do laboratório, ao pessoal de Gramado, que aprontou aquela baixaria, e mesmo às pessoas de São Paulo que, anos antes, deram cabo da vida de meu pai.

Anita, carinhosamente, retribuiu o beijo.

— Eu te entendo, amiga, mas vamos por partes: a bonitona não pode causar mal a você. Quando muito, pode atrasar seu reencontro com Alê, nada mais.

— Você acredita mesmo nisso?

— Tenho absoluta certeza. Ninguém o tira de você.

Bia tornou a abraçar a amiga.

— Só você para me acalmar e me fazer sorrir, amiga.

— E tem mais: aqueles vândalos de Gramado nunca vão aparecer por aqui. Foram contratados, na certa, pelo chefe da quadrilha, que, graças a Deus, ainda está preso. Então, claro que é bom a gente sempre ter cautela com as coisas e pessoas, mas não acredito que você corra mais perigo.

— Que Deus te ouça.

Naquela noite, Bia conseguiu dormir mais tranquila devido às palavras do seu pai e da sua amiga.

Por coincidência, na manhã seguinte, bem cedo, no noticiário da TV, enquanto as duas faziam o desjejum ainda no apartamento, veio a notícia que deixou Bia chocada, mas aliviada: o chefe da quadrilha dos fanáticos, que estava preso, fora morto durante uma rebelião interna no presídio, por elementos rivais, também fanáticos, que professavam outras crenças e se sentiam prejudicados pelos sermões que o indivíduo fazia na penitenciária, visando arregimentar mais comparsas. Outros prisioneiros, também aliados a ele e tentando defendê-lo, haviam sido atacados e mortos. Toda essa confusão motivara uma rebelião generalizada, que a polícia estava tentando controlar.

As duas amigas se entreolharam, e Bia começou a chorar. Extravasava, assim, anos de tensão, preocupação, medo e, agora, vinha uma onda de alívio, apesar do fim trágico daquelas pessoas que haviam feito escolhas muito erradas na vida.

Depois, mais calma, fez muitas preces, inclusive pelas almas dos malfeitores, para que fossem conduzidas ao caminho espiritual do desenvolvimento. Em seguida, ligou para a mãe para dar-lhe a notícia.

Sua mãe também chorou, penalizada pelas mortes, mas aliviada por não ter mais inimigos tão malvados e perigosos. A punição tardou, mas chegou para os responsáveis pela morte do seu marido.

Naquele dia, no final do expediente, Bia comprou os jornais de São Paulo para confirmar a veracidade da notícia veiculada pela televisão. Era tudo verdade.

***

No escritório central do Bonne Santé, na capital, depois de fazer algumas reflexões, Monique decidiu que faria sua parte no treinamento dos gerentes em São Paulo mesmo. O plano inicial era levá-los para Ribeirão Preto, para que, inclusive, conhecessem a fábrica. Mas, na verdade, ela queria ficar próxima de Alê e evitar que ele voltasse a Ribeirão e revisse Bia. Assim, usando-se do prestígio que tinha na diretoria e dos seus convincentes argumentos, alugou um salão em um majestoso hotel e programou a etapa inicial da operação.

Na manhã do dia do evento, Monique chegou cedo e, com seus auxiliares, verificou se tudo estava em ordem. Após alguns minutos, os gerentes adentraram o salão.

Monique, além da beleza, possuía grande fluência verbal e carisma. Isso cativou a plateia constituída pelos gerentes.

E assim, durante a semana, ela e sua qualificada equipe transmitiram aos treinandos todos os princípios que regiam a cultura organizacional da Bonne Santé, bem como seus padrões éticos e a política de qualidade total.

Nos intervalos das apresentações, ligava para Alê a pretexto de deixá-lo a par do andamento do programa. Ele a atendia de forma sempre gentil, mas, no íntimo, achava desnecessárias tantas ligações para dizer a mesma coisa, ou seja, que estava indo tudo muito bem.

Na quinta-feira, ela informou a ele:

— Vou concluir tudo aqui amanhã. Darei uma semana de folga para os gerentes e, na outra semana, rumaremos para seu centro de desenvolvimento em Paris, se você estiver de acordo. Posso marcar as passagens e hospedagens deles e as nossas?

Alê achou muito bizarro o "nossas". Ela não precisava ir. Do ponto de vista prático, Alê e a equipe de Paris poderiam muito bem se encarregar da tarefa, mas Alê já imaginava as intenções dela em acompanhá--los. E nada poderia fazer para impedi-la.

— Sim, claro. Tenho conversado frequentemente com o pessoal de lá e já tive a confirmação de que está tudo preparado para receber os gerentes.

— Ótimo. Isso merece uma comemoração. Vamos jantar sábado?

— Por que não um almoço?

Monique preferia sempre os encontros noturnos, por motivos óbvios para ela.

— Ah, amigo, depois desta semana intensa, vou tirar o sábado para descansar bastante. Vou acordar na hora do almoço. Você tem algum compromisso à noite que o impeça de aceitar meu convite?

Na verdade, o que Alê queria mesmo era evitar situações de riscos, receando que Monique fosse assediá-lo, mas achava que devia ser político para não criar atrito com ela e, por extensão, entre as duas empresas.

— Não, nenhum. Vamos manter o jantar.

— Excelente. Nós nos encontraremos no mesmo restaurante? — perguntou Monique.

— É melhor. Chegarei antes de você.

— Duvido.

***

E, como já era de se esperar, Alê chegou mesmo.

Monique sabia se produzir como ninguém para conquistar um homem. Sua chegada no restaurante foi triunfal, como ela gostava. De tanta beleza e elegância que ostentava, atraiu os olhares de homens e mulheres que lá estavam.

Com visível orgulho, o garçom conduziu-a até a mesa onde Alê já a esperava. Dessa vez, ela o cumprimentou com mais intimidade que das vezes anteriores:

— Está me esperando há muito tempo, querido?

Ele, sempre irresponsavelmente galante, respondeu:

— Não sei quanto tempo, mas esperaria ainda mais.

Ela beijou-o na face mais demoradamente e sentou-se à sua frente.

— Com quem você aprendeu a ser tão galante assim?

Ele sorriu.

— Com as musas inspiradoras como você.

Ela aproveitou-o para cutucá-lo.

— Ou como sua alma gêmea.

Alê não respondeu e desviou-se do assunto.

— Posso pedir um vinho?

— Por favor, o de sempre.

Feito o pedido, a conversa teve início:

— Como foi a jornada de treinamento dos gerentes?

— Muito boa. Os gerentes são jovens, espertos e estão motivados, e não veem a hora de chegar a Paris.

— E com toda razão, é uma belíssima cidade. Você já comprou as passagens e fez as reservas de hotel?

— Sim. Iremos no outro domingo, à noite. A próxima semana será de preparo.

— O pessoal da França já está pronto, à nossa espera.

— Isso é ótimo. E como foi sua semana?

— Muito corrida. Precisei deixar todos os assuntos em ordem e tomar algumas providências. Uma ausência de uma semana é muito tempo.

Ela foi insinuante.

— Depende para que, não é, Alê?

Ele percebeu a segunda intenção dela, por isso, sua resposta foi breve, sem mais comentários:

— Tem razão.

Mas ela insistiu.

— Por exemplo, vai ser muito pouco tempo para nós dois passearmos em Paris.

— Bom, realmente teremos pouco tempo, mas faremos o que der para fazer.

E Monique voltou ao tema recorrente.

— E, então, já encontrou sua alma gêmea?

— Infelizmente, continuo sem revê-la. Mas, diga-me, por que você se preocupa tanto com ela?

— Sua pergunta precisa ser refeita. Não me preocupo com ela e sim com você.

— Comigo? O que há de errado comigo para você se preocupar?

— Essa sua obsessão pela Bia. Segundo você mesmo disse outro dia, ela nem é tão bonita assim, como eu, por exemplo.

— Deixe-me explicar-lhe, Monique. Essa condição de alma gêmea não tem a ver com beleza do corpo, mas sim com a beleza da alma, do espírito, da essência da pessoa. E o que eu sinto por ela. Não é obsessão, nem maldição, como brinquei outro dia, é harmonia, sintonia, total afinidade, como se nós nos completássemos.

Ficou evidente que Monique não gostou daquela resposta.

— Sinceramente, não entendo como você pode pensar assim depois de passar tantos anos sem vê-la. Você só a conhece como criança, como adolescente. Não conhece a mulher em que ela se transformou. Já lhe disse isso. Ela poderá estar completamente diferente, e tudo isso que você pensa dela pode não passar de uma fantasia já ultrapassada pelo tempo.

— Não penso assim. Quando a essência de uma pessoa é boa desde cedo, não há como deteriorá-la. Assim como os diamantes, a essência pessoal é eterna. Por mais que muita gente me ache ingênuo ou louco, tenho certeza de que ela continua a pessoa do bem que conheci desde cedo. E não me peça para explicar essa minha certeza, porque eu não saberia. Pode até chamar de intuição, mas só sei que está acima da minha compreensão.

Monique detestou esse entusiasmo de Alê por Bia.

— Credo! Do jeito que você fala, essa garota é quase uma santa.

Ele percebeu que Monique queria desqualificar Bia, por isso, respondeu sorrindo:

— Bia não é uma santa, é uma menina incrível que deve ter se tornado uma mulher maravilhosa.

Ela fez um muxoxo.

— Desisto. Se deixar, você ficará falando dela a noite toda.

— Foi você quem puxou o assunto.

— Tem razão. Voltemos ao treinamento.

— De acordo.

— Você tem cópia do programa que será ministrado em Paris?

— Claro. Na segunda-feira, mandarei um portador entregar à sua secretária.

Monique era mesmo insistente.

— Por que você mesmo não vai levá-lo? Aí aproveita e conhece a minha sala de trabalho em São Paulo.

— Se eu tiver uma brecha na agenda, irei.

Monique estava cansada e irritada por não conseguir seduzir o rapaz. Por isso, depois de um instante de silêncio, resolveu ser objetiva:

— Posso lhe fazer uma pergunta direta?

— Mas é claro, amiga.

— Você me acha atraente?

Ele não demorou a responder:

— Muito.

— Desejável?

— Com certeza.

— Não entendo. Então por que...

Ele também sabia ser direto quando necessário.

— Eu nunca dei em cima de você?

— Isso mesmo.

188

Alê tomou um gole de vinho antes de responder calmamente:

— Primeiro, porque somos colegas de trabalho.

Ela aproveitou:

— Vou pedir demissão amanhã mesmo e, então, não seremos mais colegas de trabalho.

Ele não levou em conta o comentário malicioso dela e continuou:

— E não se deve misturar romance com trabalho.

— Entendi. E, em segundo lugar...

— Posso ser sincero?

— Deve.

— Em segundo lugar porque você já é comprometida.

Ela fingiu espanto.

— Eu, comprometida?

Ele fez a pergunta olhando-a bem nos olhos:

— Não é?

Ela pensou, bebeu também um pouco de vinho e respondeu com uma pergunta:

— Você está se referindo ao Maurice?

— Ele mesmo. O homem é vice-presidente do Bonne Santé. Você há de concordar comigo que não é recomendável provocar ciúmes num peso-pesado desses.

Monique não gostou do comentário de Alê. Olhou de lado, algo contrariada. Ela não imaginava que ele soubesse do relacionamento que ela tinha com Maurice. Respondeu secamente:

— Maurice não é meu marido.

— Eu não disse isso. Mas não é preciso alguém ser marido para que haja um compromisso afetivo.

— Quem lhe falou a respeito dele, deve ter dito o que eu e ele somos.

— Disse.

— E você considera isso compromisso?

— Se isso não é compromisso, o que é? Só porque o nome não é marido, não que dizer que não haja um laço afetivo entre vocês dois.

Ela tornou a ficar em silêncio, olhando para a toalha da mesa. Depois, voltou a insistir:

— E se eu romper com ele?

— Ué, por que faria isso?

Ela foi sincera, olhando-o nos olhos:

— Por sua causa.

189

Alê pôs sua mão sobre a dela e falou de modo calmo e carinhoso:

— Monique, por favor, não vamos insistir nesse assunto. Eu gosto muito de você, admiro-a, acho-a muito competente, e sei que faremos um ótimo trabalho juntos. Não vamos colocar essa missão em risco. Vamos focar nela até o final.

— E quando ela acabar?

— Aí será outra história, não seremos mais colegas de trabalho.

— E, então, poderemos repensar nossa relação?

— Acho que sim, se você não for mais uma mulher comprometida.

— E se você não estiver mais em busca da alma gêmea.

— Vê? Qualquer passo à frente em nosso relacionamento depende de vários "ses", tanto da sua parte, como da minha.

Novo silêncio. Agora a voz dela estava triste.

— Só vou lhe dizer mais uma coisa, Alê: nunca, em toda minha vida, insisti tanto com um homem quanto estou insistindo com você.

Alê também estava um pouco constrangido pelo rumo que a conversa tomara, mesmo contra sua vontade.

— Agradeço se for um elogio.

— É claro que é.

— Mas também é preciso que você reconheça que não fiz nada para que isso acontecesse.

— Não fez. Bastou existir.

Ele brincou, tentando salvar a conversa:

— Você também é boa de galanteios, hein?

— Isso não é galanteio, é uma verdade.

O restante do jantar foi apenas morno. Falaram de trivialidades, mas era visível que Monique não estava confortável.

Quando o jantar terminou, ela se penitenciou:

— Peço que me desculpe. Acho que esta noite não fui uma boa companhia para você.

— Por que diz isso?

— Porque fui uma chata, uma insistente.

— Monique, você é uma pessoa maravilhosa, e eu a admiro muito. Você não foi chata, nem coisa nenhuma. Tudo correu como deveria ter corrido. É sempre bom estar com você.

— Me conforta um pouco perceber que, depois de toda essa conversa, você não está chateado comigo.

— Nem um pouco, minha amiga.

— Sabe de uma coisa? Eu teria preferido que você fosse um cafajeste, um sujeito ordinário.

Ele se espantou.

— Ué, por quê?

— Assim, eu não teria me apai... não teria gostado tanto de você desde que nos conhecemos.

— Não há nada de errado em gostar de mim, Monique. Não faço mal a ninguém.

— Eu sei, Alexandre. — Ele percebeu a mudança de tratamento. O que isso significaria? — Mas eu preferia que tivesse me feito algum mal, muito mal. Aí, então, eu o detestaria.

— Jamais agiria assim, amiga. Nunca faria uma crueldade com ninguém, não faz parte da minha essência.

Monique lembrou-se da conversa que tivera com Anita e Bia e sentiu uma ponta de remorso. Ela fora cruel com ambas.

— Bem que eu gostaria de ser assim.

— Por que diz isso? Você é cruel?

Ela fez uma careta e exagerou na voz:

— Sou uma megera! Cuidado comigo!

E foi rindo que se despediram com um beijo na face.

Capítulo 22

Bem que Bia voltou a sentir vontade de tentar novamente uma viagem astral até Alê, mas as palavras do mestre José ainda ecoavam na sua mente. Como palestrante e médium de reconhecidas qualidades, tinha que aprender a controlar suas emoções e seus impulsos, e, pelo exemplo, mostrar que era digna da confiança que as pessoas tinham nela.

Mas como fazer para rever Alê? Na farmacêutica, nem pensar. Depois da bronca de Monique, estaria pondo em risco seu emprego, e isso seria um desastre. Era com ele que se mantinha em Ribeirão Preto, ajudava Anita nas despesas do apartamento e, com as economias que fazia, era com ele que pretendia buscar a mãe.

Ao mesmo tempo, preocupava-se por Anita. Ela vinha há muito tempo prestando-lhe inestimável ajuda e, no entanto, estava se envolvendo numa briga que não era dela. Por isso, não fora nada justo ela ter recebido uma bronca de Monique.

No meio de toda essa tensão, havia um lado positivo. A trágica notícia da morte do assassino do seu pai trouxera-lhe certo alívio com relação à sua segurança. Agora já não precisava usar pseudônimos, nem esconder sua verdadeira personalidade. Portanto, poderia voltar a focar seu tempo livre nas palestras e atividades espirituais — desde que conseguisse se desvencilhar da figura de Alê.

Sem alternativas para reencontrá-lo, só lhe restava confiar no inesperado. Em algum momento, ela voltaria a ter a oportunidade de revê-lo, abraçá-lo e beijá-lo. Monique não conseguiria vigiá-lo 24 horas por dia.

Bia só precisava saber onde encontrá-lo. Monique se referira a um banco francês como local de trabalho dele, mas em São Paulo havia pelo menos três ou quatro bancos de origem francesa. E depois, ainda que descobrisse em qual deles Alê trabalhava, ele era diretor, segundo dissera Monique, e certamente não deixariam uma estranha ter acesso a um diretor, não nos tempos de violência e atentados como atualmente. Até pensou em ligar, mas concluiu que seria perda de tempo.

Paciência. Tinha que esperar a ajuda do plano superior.

No começo da semana seguinte, Bia teve outra surpresa: Helô veio lhe dizer que Monique a chamava na sala dela.

Bia subiu os andares esperando o pior. Monique já chamara sua atenção, já a fizera ver que errara, o que mais faltava fazer agora?

Monique estava retocando a maquiagem quando Bia entrou na sala.

— Sente-se, Bia. Não usarei muito do seu tempo.

— Estou à disposição, dona Monique.

Uma voz interior lhe disse para tomar cuidado.

— Vamos conversar um pouco. — Monique deu a volta na mesa e sentou-se ao lado da moça. Falou com uma voz estranhamente mansa. — Como sei que você e o doutor Alexandre são muito amigos, embora não se vejam com frequência, achei que deveria ajudá-la nisso.

Outra vez a voz interior: "Cuidado!".

— Ajudar-me?

— Sim, você não gostaria de saber onde ele se encontra?

— Gostaria, mas...

— Pois, então. Eu a chamei aqui para dar-lhe essa informação.

"Cuidado!".

— Sim?

— O doutor Alexandre está a caminho de Paris.

Tão longe? Bia sentiu uma pontada no coração.

— Paris?

— Sim. Fará um trabalho para a empresa dele e que lhe tomará muitos dias.

Gelada, Bia repetiu:

— Paris?

Foi uma oportunidade para a ironia de Monique:

— Isso mesmo, Paris, França. Um pouquinho longe para vocês se encontrarem, não é mesmo?

Bia parecia anestesiada pelo seu tom de voz impessoal:

— Sim, é verdade. Muito longe.

— Sim, mas poderei ajudá-la. Se você quiser mandar algum recado para ele, posso me encarregar de levá-lo. Daqui a alguns dias, vou me encontrar com ele, e poderei dar-lhe o recado.

— A senhora vai encontrar-se com ele?

Monique teve um prazer especial na resposta:

— Sim, nos veremos em Paris. Vou ajudá-lo no trabalho que fará.

O torpedo oral da executiva atingiu Bia em cheio: os dois, juntos, em Paris? Bia sentia faltar-lhe o ar.

— Bem, agradeço a informação. Espero que façam um ótimo trabalho em Paris.

— Ah, faremos, sim. Estamos nos dando muito bem.

— Obrigada pelas informações — e levantou-se para sair.

— Espere.

Bia voltou e fez força para não chorar ali mesmo.

— Pois não?

Monique divertia-se com a situação, percebendo que causara um choque na moça.

— Não tem mesmo nenhum recado para sua alma gêmea?

Diante daquela nova ironia, uma onda de raiva tomou conta de Bia, que rapidamente recorreu mentalmente aos seus guias espirituais para que se controlasse:

— Não, senhora — e deu o troco. — Falarei pessoalmente quando me encontrar com ele.

Agora foi Monique quem se surpreendeu, sentindo crescer dentro de si uma onda de raiva, também disfarçada.

— Ah, você vai se encontrar com ele?

Bia forçou um sorriso:

— Não tenho dúvidas quanto a isso. As almas gêmeas nunca se separam por muito tempo. Com sua licença — e saiu.

Monique sentiu-se explodir de raiva e teve vontade de arremessar alguma coisa contra a porta, mas se controlou: "Garota atrevida essa Bia! Insolente! Desaforada! Quem ela pensa que é? Um zero à esquerda."

Fora da sala, Bia apressou o passo para se afastar logo dali. Apesar de tudo, não ficou muito abalada com as palavras de Monique, pois acreditava que metade do que ela dissera não era verdade. E ainda por cima, no final, acertara um golpe fatal na megera: sabia que ela ficaria abalada e preocupada com a perspectiva de Bia encontrar-se com Alê. Isso a deixaria profundamente irritada.

Monique ficara inconformada. Voltou para São Paulo com dor de cabeça e muito mau humor.

No meio da semana, ligou para Alê a pretexto de dar-lhe notícias sobre o andamento da operação. Ele parecia alegre:

— Que bom que está correndo tudo bem. De minha parte, já estou com as malas prontas.

— Ótimo, eu também. — E mudando o tom de voz. — Ah, soube que vai encontrar-se com Bia. Legal, não é?

Alê foi pego de surpresa.

— Encontrar-me com Bia? Quando? Onde?

Monique ficou confusa. Estaria ele mentindo?

— Não vai?

— Quem me dera. De onde você tirou essa ideia?

Monique rangeu os dentes silenciosamente: aquela menininha a enganara! Não era tão inocente quanto queria parecer. E ela, a experiente Monique, caíra como uma boba!

— Creio que alguém comentou isso comigo, mas deve ter havido algum engano.

— Infelizmente, foi um engano. De onde essa pessoa conhece a Bia?

— Não sei, não vem ao caso.

— Claro que vem. Essa pessoa deve saber onde eu poderia encontrar minha amiga.

— O problema é que eu não me lembro de quem fez esse comentário. Se eu lembrar, te falo.

— Por favor, eu ficaria muito agradecido.

— Combinado.

Monique desligou o telefone e pensou com irritação: "Não sei quem é mais idiota: ele ou eu!".

***

Anita, ao saber do diálogo entre Monique e Bia, vibrou de animação.

— Com certeza, além de fula da vida, você deixou a piranha com a pulga atrás da orelha.

— Acho que sim, mas não gostei nada de saber que ela e o Alê estarão juntos em Paris.

— Não se preocupe, sua boba. Monique não é mulher para o Alê. Apesar de rica e bonita, é muito vulgar, e ele é um *gentleman*.

— Sei não, amiga, o ar da França é muito convidativo ao romance.

— Por que você não liga para ele dia sim, dia não? Assim, ele não terá tempo de pensar na Monique.

— Mas, criatura, eu não consigo falar com ele nem aqui no Brasil, como você acha que vou conseguir falar com ele em Paris? Além disso, como vou ligar se nem sei o telefone dele? Ainda mais na França!

Anita apertou os olhos com ar travesso.

— Pois eu a acho que posso conseguir isso para você.

Bia deu um pulo.

— Jura? Como?

— Calma, estou aqui maquinando algumas coisas. Amanhã te falo.

— De jeito nenhum, amiga, não vou conseguir dormir.

— Controle-se, baixinha, nem sei se vou conseguir, mas vou tentar.

Anita lembrou que a empresa tinha convênio com uma das maiores agências de viagens de Ribeirão Preto. E, por sua vez, a Bonne Santé era uma das maiores clientes da agência.

Sendo do RH, os valores das viagens passavam por Anita para serem lançados nos prontuários dos funcionários que viajavam. Era mais um sistema de controle de custos que a empresa usava, além daqueles administrados pela área financeira.

Assim, na manhã do dia seguinte, ela ligou para a agência de viagens e pediu para falar com Leila, a responsável pela emissão de passagens aéreas e das reservas dos hotéis.

— Leila, por acaso já chegou até você um pedido de passagens e hospedagens para Paris em nome de Monique?

— Sim, chegou ontem. São 85 passagens e reservas de hotel.

— Caramba! Oitenta e cinco?

— Isso mesmo, será um grupo grande. Parece que ela vai levar uma turma de 83 gerentes para algum trabalho na França, que será coordenado por ela e por um tal doutor Alexandre, daí totalizando os oitenta e cinco que falei.

— Ouvi falar. Então, Leila, vou lhe pedir um favor. Preciso entrar em contato com o doutor Alexandre. Ele é diretor de um banco francês, que ministrará um curso para essa turma. Como ele não é nosso funcionário, preciso saber alguns dados pessoais dele e em que hotel ficará. Na verdade, preciso saber quem vai pagar as despesas dele.

— Você quer isso para agora?

— Não, não tem pressa. Quando você puder.

— Passo-lhe essas informações ainda nesta manhã.

— Excelente, Leila, estarei na minha sala. — E desligou o telefone pensando: "Foi mais fácil do que eu pensava".

Mas não sossegou enquanto Leila não lhe telefonou com as informações. Alexandre ficaria hospedado no Grand Prix Hotel, na região central de Paris. Depois, para disfarçar, fez outras perguntas a respeito do perfil pessoal dele.

Antes que Leila desligasse, Anita quis esclarecer uma dúvida:

— Amiga, quero fazer-lhe uma perguntinha indiscreta, desde que fique entre nós, pode ser?

— Claro, amiga. O cliente manda, ainda mais um grande cliente.

— O quarto do doutor Alexandre é individual ou de casal?

Leila riu, maliciosa.

— Claro que é individual, né, Anita?

Anita riu.

— Eu já imaginava. Só perguntei apenas para ter certeza. — E, feliz, desligou o telefone.

Propositadamente, entrou na sala de Bia com a cara fechada, dando a entender que fracassara na sua missão. Sentou-se calada à frente dela.

Bia foi compreensiva e consolou-a:

— Tudo bem, amiga. Pelo menos você tentou.

Anita pulou escandalosamente.

— Do que você está falando, sua boba? Eu consegui! — E mostrou, com a mão no alto, uma folha de papel onde ela anotara as informações passadas por Leila.

Bia também pulou.

— Anita! Não acredito! Deixe-me ver.

A amiga escondeu o papel nas costas.

— Calma! Não pense que será assim tão fácil, de mão beijada. Essa informação vale ouro.

— Tudo bem, eu pago quanto você quiser.

Gaiata, Anita colocou o indicador no queixo e olhou para cima, como se estivesse fazendo cálculos.

— Deixe-me pensar quanto vou cobrar.

— Diga logo, sua chata, não seja sádica!

— Já sei!

— Pronto. O que é? Quanto é?

Anita aproximou-se da amiga e, enquanto falava, pressionava seu peito com o dedo indicador:

— Você vai me prometer, aqui e agora, que eu serei a sua madrinha de casamento com o Alê!

— Sua boba! — E abraçou a amiga, chorando.

Quando Bia pegou o papel onde Anita anotara os dados, suas mãos tremiam.

— Meu Deus, vou falar com ele, com meu Alê.

— Vai, amiga, finalmente! E aí vocês combinam um encontro para quando ele voltar ao Brasil.

— Não sei como te agradecer, amiga!

— Agora já sabe.

— Está prometido, madrinha!

Pela data da reserva da passagem e da entrada no hotel, Alê viajaria na noite de sábado, saindo do aeroporto de Cumbica, em Guarulhos. O avião iria aterrissar em Paris domingo, e Alê entraria no Grand Prix Hotel tão logo chegasse. Então, ainda havia alguns dias pela frente para curtir a ansiedade.

Bia foi todas as noites ao centro espírita agradecer aos seus protetores. Mesmo que não desse certo, eles já tinham feito a parte deles.

***

Bia deixou para ligar para Alê no domingo, bem tarde, porque imaginou que, na noite da chegada ao hotel, haveria um coquetel de recepção, como era convencional nesse tipo de evento. E ela estava certa.

Todos os gerentes convocados e mais alguns representantes das diretorias, tanto do banco como da farmacêutica, estavam presentes. Claro que, como sempre acontecia, Monique chamou a atenção de todos, estando sempre cercada de admiradores. Alê achou isso ótimo, porque assim não correria o risco de ser assediado por ela e cumpriria seu trabalho em paz.

Como em todas as recepções empresariais, o assunto reinante entre os presentes era a política dos dois países.

Quando, bem mais tarde, depois de iniciado o coquetel, Alê considerou que já havia cumprido seu papel como anfitrião, despediu-se dos principais representantes das empresas e retirou-se discretamente para seu quarto.

Já no primeiro andar, do alto da luxuosa escadaria em espiral, olhou para baixo para ter uma visão geral do evento. Notou que Monique percebera sua saída e olhava para ele com a testa franzida, como que perguntando: "mas já vai dormir"? Como ela continuava cercada por várias pessoas, nada pode fazer para impedi-lo.

Ele acenou rapidamente e seguiu para seu quarto. Mas Monique, sempre esperta, deu um jeito de se livrar dos admiradores e seguiu Alê, também discretamente.

Nesse momento, em Paris, eram 23 horas, enquanto em São Paulo, eram apenas 19 horas.

***

Na casa de Anita, as duas amigas discutiam como fariam a ligação para Paris.

Usar um dos celulares custaria uma fortuna, pois a conversa entre Bia e Alê, depois de tanto tempo, não seria curta.

Anita teve uma ideia:

— Vamos ligar pelo Skype.

Habilmente, Anita acessou o Skype e logo foi atendida. Então, passou o aparelho para a amiga.

Quando estivera em Paris, ela já possuía boa fluência no idioma e foi nele que ela se expressou:

— Boa noite, aqui fala a senhorita Beatriz, do Laboratório Farmacêutico Bonne Santé, de São Paulo, Brasil. Poderia falar com o hóspede doutor Alexandre, que entrou hoje, conduzindo uma comitiva de 83 gerentes farmacêuticos brasileiros?

Felizmente, só havia um Alexandre na relação nominal da comitiva.

— Um momento, por favor, senhorita Beatriz. Vou verificar se ele já está no quarto, pois, neste momento, está ocorrendo um coquetel de boas-vindas. — Depois de alguns instantes que pareceram a Bia uma eternidade, o recepcionista voltou a falar. — Já está no quarto, sim. Vou passar a ligação para lá. Um instante.

O que Bia não contava era com o fato de que Monique seguira Alê e, naquele exato momento, tocava a campainha do quarto dele.

Intrigado, Alê abriu a porta e deu de cara com Monique, que entrou rapidamente.

— Deus do Céu! O que você está fazendo aqui a esta hora, Monique? Francamente. — Ele se irritara com aquela visita inesperada e totalmente indesejada.

— Calma, moço, vim apenas ver se você está bem acomodado. Não quero que ninguém o incomode.

Nesse momento, o telefone tocou, e ela, por estar mais próxima do aparelho, apressou-se em atender.

— Viu? Já tem gente o incomodando. Vou dar ordens para não passarem ligações para seu quarto. — Com voz impaciente, atendeu ao telefone. — Pois não?

Chocada, ouviu uma vozinha feminina perguntar, ansiosa:

— Alê?

Desconfiando de quem poderia ser, Monique empalideceu e perguntou rispidamente:

— Quem quer falar com ele?

A vozinha respondeu com outra pergunta:

— Este telefone é do quarto do doutor Alexandre?

— É, sim. Quem quer falar com ele?

— É Bia, amiga dele. Pode passar-lhe o telefone, por favor?

— Ele não pode atender agora. — E desligou à beira de um ataque de nervos.

Bia se surpreendeu:

— Ué, desligou. — Bia ficou olhando para o aparelho, entre assustada e indignada. Aquela voz arrogante era de Monique, com certeza. O que aquela mulher estaria fazendo no quarto de Alê?

Ao mesmo tempo, em Paris, irritado com a intromissão grosseira de Monique, Alê perguntou bravo:

— Quem era?

Nervosa, Monique soltou uma informação que, se tivesse pensado melhor, não teria dado:

— Quem poderia ser? Sua alma gêmea. Acredita? Não sei como essa Bia lhe descobriu aqui. Já estou perdendo a paciência com essa fedelha. Preciso dar um jeito nisso.

Alê deu um pulo da poltrona onde sentara.

— Bia? Era Bia? E por que você não me passou o telefone?

Quase fora de si, Monique gritou:

— E você acha que eu iria fazer isso?

Ele respondeu no mesmo tom:

— Não só acho, como deveria. A ligação era para mim. Com que direito você fez isso?

Ela continuava gritando, fora de si:

— Você está aqui a trabalho, lembra-se? Não é o momento nem o lugar para namoricos.

Alê estava fulo como Monique jamais o vira.

— Monique, nunca mais repita isso! Você não tem o direito de se intrometer em minha vida particular.

— Estou me lixando para sua vida particular. Mas eu quero que você se lembre de que está neste hotel por conta da minha empresa. E, como assistente da vice-presidência da Bonne Santé, tenho o dever e o direito de zelar pelos gastos feitos em nome dela.

Alê respondeu à altura:

— Essa conversa não cola, Monique. Você foi absolutamente mal--educada e cruel. Você sempre soube que eu estava tentando desesperadamente localizar Bia, e agora que ela me acha, você simplesmente desliga o telefone na cara da moça.

— Pois continue tentando, meu querido, mas não à custa da minha empresa! — E saiu batendo violentamente a porta.

Imediatamente, Alê ligou para a recepção. Felizmente, também era fluente no idioma:

— Aqui é o doutor Alexandre, o responsável por essa comitiva que está no coquetel. Acabei de receber uma ligação do Brasil, da cidade de São Paulo, mas a ligação caiu e a pessoa não retornou. Você tem como identificar o número de origem da chamada?

— Um momento, doutor. — Depois de algum tempo, o recepcionista retornou. — Infelizmente, não temos como identificar a origem da chamada. Se a chamada tivesse sido feita de um aparelho fixo ou mesmo celular, seria possível identificar a origem da chamada. Sinto muito. Esperemos que a pessoa que ligou volte a chamar.

— Entendo, obrigado.

Depois que desligou, Alê extravasou toda sua raiva e frustração:

— Droga! Droga! Maldita Monique!

Nervoso e indignado com o novo desencontro com Bia, Alê demorou uma eternidade para conciliar o sono.

No salão do hotel, onde ocorria o coquetel, Monique, que voltara para lá, exagerava na bebida para dar vazão à sua raiva.

***

Na manhã seguinte, antes de serem iniciados os trabalhos de treinamento, Monique ligou para Helô, no Brasil, onde já era quase meio-dia:

— Helô, preste bem atenção no que vou lhe pedir e não quero saber de que maneira você vai conseguir isso.

— Pode dizer, dona Monique.

— Quero que aquela funcionária Beatriz, do RH, amiga da tal Anita, seja demitida imediatamente. Cuide disso, porque não quero me envolver e ter de dar explicações.

Helô se assustou:

— Demitida?

— Você ouviu. Demitida ainda hoje.

A secretária estava confusa diante de tal ordem.

— Sob qual justificativa, dona Monique?

A chefe respondeu com impaciência:

— Isso não interessa, Helô. Não preciso de um motivo, só quero que ela seja demitida, Pode inventar qualquer motivo: redução de custos, indisciplina, qualquer coisa.

— Mas, dona Monique, pelo que sei, ela é uma ótima funcionária.

Agora Monique estava irritada e quase gritou:

— Helô, não estou pedindo sua opinião, estou dando uma ordem.

— Desculpe mais uma vez, dona Monique, mas só quem pode demiti-la é o chefe dela.

— Helô, não dificulte as coisas. Se for preciso, falo com o presidente, digo a ele que sou eu quem está mandando fazer a demissão e sei que ele dará a ordem para o chefe da Beatriz. Agora, prove para mim que tenho uma secretária competente e que ganha muito bem e faça o que estou mandando.

— Bem, vou tentar, dona Monique. — E percebeu que sua chefe desligara sem mesmo se despedir ou agradecer.

Antes de se dirigir para a sala de Rodolfo, o chefe de Bia, Helô foi até o banheiro e procurou relaxar um pouco, pois estava trêmula. Apesar de ter uma desconfiança, não sabia o verdadeiro motivo daquela ordem, mas tinha certeza de que era absurda.

Rodolfo não tinha secretária e trabalhava com a porta aberta. Por isso, Helô parou em frente à sala e perguntou timidamente:

— Posso falar um instante com o senhor?

— Claro, Helô, entre e sente-se aqui. — E indicou uma cadeira à frente dele. — Fique à vontade. Você parece nervosa, acertei?

A voz dela estava trêmula:

— Acertou. É que... Não sei como lhe dizer isso, mas recebi uma ligação estranha de dona Monique, que está em Paris.

— Eu sei, ela está numa missão muito importante para nós. Mas por que a ligação dela foi estranha?

— É que... Ela me deu uma ordem para que que eu providenciasse a demissão imediata de sua funcionária Beatriz.

Rodolfo ficou um instante calado, olhando fixamente para Helô, depois sorriu como se não acreditasse no que ouvira.

— Como é que é, Helô? Monique lhe pediu para providenciar a demissão de Bia? Isso é alguma pegadinha?

A secretária baixou os olhos. Estava envergonhada.

— Desculpe, mas foi o que dona Monique mandou.

Rodolfo não estava acreditando naquilo.

— Mas por qual motivo, Helô? Ela não disse? Bia é uma das minhas melhores funcionárias.

— Eu disse isso para ela, mas não adiantou. Ela se irritou comigo e repetiu a ordem.

Rodolfo levantou-se indignado.

— Eu não posso acreditar nisso. Monique ligou de Paris só para lhe dar essa ordem absurda?

— Sim, senhor.

Ele andou de um lado para outro da sala, coçando o queixo.

— Você sabe de algum ato ilícito ou de indisciplina que Bia tenha cometido aqui na empresa?

— De jeito nenhum, nunca soube de nada. Ela é uma ótima pessoa e uma excelente funcionária.

— Mas, então, meu Deus, por que essa ordem absurda da Monique?

— Não faço a menor ideia.

Rodolfo sentou-se nervoso, pegou o telefone e ligou:

— Bia? Pode dar um pulinho aqui na minha sala? Obrigado. — Voltou-se para Helô. — Detesto pendências. Vamos colocar essa história em pratos limpos agora mesmo.

203

Bia entrou tímida e receosa, sobretudo, por ver Helô ali sentada, com as mãos no colo e os olhos vermelhos. Rodolfo cumprimentou-a sem esconder o nervosismo.

— Olá, moça, tudo bem?

Bia sorriu timidamente.

— Acho que sim.

— Bia, vou direto ao assunto para não perdermos tempo: o que existe de errado entre você e a Monique, a assistente do vice-presidente?

Bia olhou para Helô e começou a chorar.

— Ora, vamos, Bia, o que é isso? Não quero vê-la assim, só quero saber o que está acontecendo entre vocês duas.

Helô falou baixinho:

— Se vocês preferirem, posso esperar lá fora.

Rodolfo foi taxativo:

— Não, Helô, quero que você fique. Afinal, você é a secretária de Monique e tem o direito de saber o que está acontecendo. — Voltou-se para sua funcionária. — Fale, Bia.

A moça, tensa, estressada e emocionalmente cansada diante das agressões e artimanhas de Monique, resolveu desabafar com o chefe:

— Rodolfo, dona Monique está fazendo um trabalho em Paris na companhia do doutor Alexandre.

— Sei quem é o doutor Alexandre, já fui apresentado a ele. Vai ser um grande parceiro nosso. Temos uma grande operação em andamento, ainda confidencial. Mas e daí?

— Acontece que o doutor Alexandre, a quem eu chamo apenas Alê, é meu amigo de infância, temos uma forte amizade que, por uma série de desencontros independentes da nossa vontade, infelizmente, nunca pode ser desfrutada.

— Por quê?

— Porque sempre acontecem fatos estranhos e inexplicáveis que há anos impedem que nos vejamos ou nos falemos. — Ela ameaçou chorar outra vez, mas se controlou. — As dificuldades têm sido tão grandes, que não o vejo desde que tinha por volta dos 14 anos.

Espantado, Rodolfo arregalou os olhos.

— Catorze anos? E desde então nunca mais se viram?

— Apenas a distância e por fração de segundos.

— Nem se falam ao telefone?

— Não sabemos o telefone um do outro.

— Isso é inacreditável nos dias de hoje! E, mesmo assim, a amizade de vocês continua forte?

— Mais forte do que nunca, Rodolfo. Sei que parece absurdo e não me peça para explicar porque não saberia. Acredito que um vínculo muito forte foi criado quando éramos crianças.

— E onde é que a Monique entra nessa história?

Bia hesitou:

— Bem, eles vão trabalhar juntos nessa operação a que o senhor se referiu e, desde que ela o conheceu no mês passado, parece...

Parou, olhou para Helô e depois para o chefe.

— Pode falar, Bia, está entre amigos.

— Parece que ela se apaixonou por ele.

Rodolfo ficou boquiaberto:

— Ham? Se apaixonou? De verdade? — Olhou para a secretária. — Você sabia disso, Helô?

A secretária mostrou-se constrangida ao falar:

— Eu... Bem, eu já desconfiava, pelos telefonemas que ouvia. Era sempre ela quem ligava.

— Que coisa! E como é que está a situação neste momento?

Assim como Helô, Bia também estava um pouco envergonhada de falar sobre aquele assunto.

— Não deve estar muito boa. Ontem à noite, descobri o telefone do hotel em que Alê está em Paris e liguei.

Rodolfo sorriu:

— O amor é lindo! Fez muito bem. Em nome do amor, deve-se tentar de tudo que estiver ao nosso alcance, desde que seja legal.

— Pois é, mas deu tudo errado. Justamente no momento que liguei, Monique estava no quarto dele e foi ela quem atendeu ao telefone.

Rodolfo abriu os braços.

— Deus do Céu! Mas que azar o de vocês, hein? E qual foi a reação de Monique?

— A pior possível. Quando percebeu que era eu, desligou o telefone na minha cara. E nem deve ter dito a ele que fui eu quem ligou.

Rodolfo deu um profundo suspiro, cruzou as mãos sobre o peito, recostou-se na poltrona e ficou olhando para o teto. Quando falou, havia tristeza na sua voz:

— Agora entendi por que ela quer sua demissão.

Bia levou um choque. Até então não sabia de nada.

— Minha demissão? Ela quer me demitir? Mas pelo amor de Deus! O que foi que eu fiz de tão errado para ser demitida?

Seus olhos se encheram de lágrimas. O chefe acalmou-a:

— Calma, Bia, vamos com calma. Isto aqui é uma empresa, e as coisas pessoais não podem interferir no trabalho e nem podem ser resolvidas assim. Concorda, Helô?

— Concordo, Rodolfo, mas tenho sempre que fazer o que dona Monique manda, senão quem perde o emprego sou eu.

Rodolfo foi categórico:

— Aqui ninguém vai perder o emprego. Quando Monique voltar a ligar, Helô, ou se você quiser ligar para ela, diga-lhe que falou comigo, e que eu decidi esperar a volta dela antes de tomar qualquer decisão.

Helô mostrou medo:

— Mas, Rodolfo, ela...

— Não tenha medo, Helô, eu assumo essa decisão. E se for preciso, telefono para o vice-presidente e converso com ele. Mas, antes, quero que ela pessoalmente me conte os motivos pelos quais quer a demissão da Bia, uma das nossas melhores funcionárias.

— Está bem, senhor Rodolfo, com sua licença. — E saiu.

Bia estava mais calma.

— Rodolfo, eu não quero criar confusão aqui. Preciso do emprego e sei que Monique é muito poderosa.

— De fato, ela tem certo poder, por razões que não convém comentar aqui, mas ela não é presidente da empresa. Ela apenas se prevalece da amizade íntima que tem com um dos nossos poderosos executivos para exercer autocraticamente esse poder.

— Tem uma coisa que queria lhe pedir, Rodolfo.

— Diga.

— Não gostaria que minha colega Anita fosse atingida pela fúria de Monique. Essa briga é só minha.

— Anita, supervisora do RH?

— Ela mesma. É uma excelente pessoa e tem me ajudado muito desde que vim de Adamantina para tentar a vida em Ribeirão. Ela não tem culpa de nada, apenas é minha parceira. Inclusive, há anos, estou morando de favor no apartamento dela.

— Não sabia dessa particularidade. Bacana da parte dela fazer isso por você. Mas não se preocupe, ninguém vai sair machucado dessa história de amor e ódio. Além disso, conheço o doutor Alexandre. Além de inteligente e muito competente, é uma excelente criatura, um coração de ouro. Aposto que ele não está sabendo dessa loucura de Monique.

Bia conseguiu sorrir.

— Fico feliz em ouvir isso.

Rodolfo se levantou e conduziu-a até a porta.

— Vá trabalhar em paz, moça. Deixe esse assunto comigo.

— Muito obrigado, Rodolfo. Deus lhe pague.

Ao sair da sala do chefe, Bia cruzou com Helô no corredor, e as duas se entreolharam, mas nada falaram. Bia teve a impressão de que a secretária queria falar-lhe algo, mas não o fez.

Bia foi para a sala de Anita. Precisava compartilhar com ela o acontecido, até para que ficasse alerta.

Anita estava ansiosa.

— E aí, o que me conta?

Bia deixou-se cair na cadeira defronte à amiga.

— Ah, estou cansada dessa história. Você não é capaz de imaginar o que a megera fez dessa vez.

Anita sentou-se ao lado da amiga.

— Me conte.

— Mandou me demitir. Só isso.

A reação de Anita foi quase um grito:

— O quê?

— É isso mesmo. Ela quer me tirar da frente dela de vez.

— Mas ela não pode fazer isso, não é sua chefe.

— Eu sei, mas é mandachuva. É amante do vice.

— Então vamos brigar na justiça. Isso não pode ficar assim.

— Vamos aguardar um pouco. O Rodolfo me chamou, na frente da Helô, e queria saber que história era essa. Contei tudo, disse que ela estava apaixonada pelo Alê e queria me tirar da frente, já que eu e ele somos amigos de infância.

— Você falou isso na frente da Helô?

— Falei. Os dois ficaram pasmos. Helô disse que até já desconfiava de alguma coisa desse tipo, por causa dos constantes telefonemas que ela fazia diariamente para o Alê.

Anita vibrou.

— Boa, amiga, você fez muito bem. E aí?

— Aí, Rodolfo me disse que não iria fazer demissão nenhuma, que iria esperar a volta de Monique para ouvir dela própria essa história.

— Legal seu chefe, hein?

— Sempre achei, mas, cá pra nós, não boto fé nisso. Ela vai inventar alguma história maldosa para justificar minha demissão.

— Então vai ter que mandar nós duas embora.

— Não, senhora, você não tem nada com isso. A briga é minha.

— Mas você é minha amiga do peito. Suas brigas são minhas também. Inimigo seu é inimigo meu também.

— Nada disso, amiga, vamos primeiro aguardar a volta da moça para ver o que vai acontecer.

Capítulo 23

Em Paris, o treinamento dos gerentes correu exatamente conforme o planejado. As aulas foram bem dinâmicas, com muitos exercícios vivenciais, e a avaliação final dos participantes foi excelente. Todos ficaram motivados após conhecer os princípios da cultura do Bonne Santé.

Em todas as noites, após o curso, os gerentes jantavam juntos, a exemplo do que era feito nos almoços. Alê acompanhou-os em todas as refeições, inclusive desde o café da manhã. Monique, às vezes, comparecia; às vezes, não dava o ar da graça, mas quando estava presente, deixava clara sua insatisfação. Por preferir estar a sós com Alê, ela não interagia adequadamente com os treinandos, o que gerou alguns comentários negativos entre eles.

Na véspera do retorno ao Brasil, Monique aproximou-se de Alê, em um momento em que ele estava só, na mesa do restaurante, após o almoço.

— Posso me sentar aqui?

Ele só não a impediu porque desejava manter a classe e as boas relações e também não queria que os gerentes percebessem que havia algum mal-estar entre o casal.

— Claro. Precisa pedir?

Infelizmente, ela não tinha a mesma boa intenção.

— Não sei. Talvez este assento estivesse reservado para sua alma gêmea e, nesse caso, eu não ia querer atrapalhar.

Ele não deu atenção à repetitiva e irônica provocação.

— Sem comentários.

— Eu queria saber o seguinte: vamos embora amanhã e nós não teremos uma noite de despedida em Paris?

Ele entendeu a intenção dela, mas manteve o profissionalismo.

— Teremos.

Ela se animou:

— Sério?

— Sim. O grupo vai assistir, hoje à noite, ao *show* do Moulin Rouge, e nós iremos com eles. Será uma bela despedida.

A expressão dela demonstrou sua decepção:

— Não me referia a isso. Quis dizer sairmos apenas nós dois.

— Seria agradável, mas não recomendável. Devemos estar ao lado deles, sempre. Afinal, somos seus guardiões, responsáveis pela segurança e pelo bem-estar deles. Como diria a polícia, eles estão sob nossa custódia.

— Ora, todos eles já são adultos.

— O que não quer dizer que estejam livres de correr perigos numa cidade grande e estranha a eles.

— Em resumo, você não que sair comigo.

— Creio que o assunto não deva ser colocado dessa forma. Já expliquei a você que devemos permanecer todos juntos.

Amuada, ela se levantou.

— Uma pena que você pense assim. Sabe o que vai acontecer? Não vai se divertir aqui, nem vai se divertir quando chegar ao Brasil.

Alê sentiu uma ameaça no ar.

— O que você quer dizer com isso?

— Você verá. É só aguardar. — E se afastou imaginando como ele reagiria ao saber da demissão de sua alma gêmea.

Alê ficou desconfiado de alguma artimanha da moça: "O que essa garota obsessiva e irresponsável estará aprontando ou já terá aprontado?".

Depois, focou sua atenção nas providências para o retorno do grupo ao Brasil e, por instantes, deixou de pensar naquele assunto.

***

No voo de volta, fretado com exclusividade para a comitiva gerencial, Alê e Monique sentaram-se em poltronas separadas.

Deu para perceber que ela exagerara na bebida: falava e ria de forma bem espalhafatosa, tentando chamar a atenção de todos. O semblante da maioria dos gerentes era claramente de recriminação, mas fingiam nada perceber.

No meio da viagem, Alê pegou o microfone e informou:

— Amigos, peço a atenção de todos, pois tenho um comunicado a fazer. Em primeiro lugar, quero informar que a transação de aquisição do laboratório onde vocês trabalham já foi formalizada, com o apoio financeiro do banco. Vocês, agora, são funcionários do Bonne Santé. Sejam bem-vindos. — Os aplausos interromperam por instantes o discurso de Alê, que depois continuou: — O presidente do Bonne Santé pediu-me também para informá-los de que, amanhã, à noite, haverá uma festa para comemoração e comunicação oficial a vocês. Esse evento será realizado em um dos melhores clubes de Ribeirão Preto. Por isso, este voo está seguindo diretamente para aquela cidade. Lá, vocês terão a oportunidade de visitar a fábrica do Bonne Santé e, à noite, deverão comparecer à festa. Depois, todos estarão liberados para retornar às suas cidades de origem. Monique já fez as reservas no hotel em Ribeirão e providenciará os bilhetes aéreos de todos para retornarem às suas casas. Nos apartamentos, encontrarão os convites para a festa, com endereço, horário e programação. Ao chegarmos ao aeroporto, haverá dois ônibus fretados para nos levar ao hotel. Quero aproveitar para cumprimentar e agradecer a todos pelo comportamento exemplar mantido durante o todo o treinamento. Não pertenço ao Bonne Santé, mas, na condição de parceiro comercial, quero dar as boas-vindas a todos. — O discurso foi novamente interrompido por calorosos aplausos. — Fui encarregado pelo presidente do Bonne Santé de dar este recado a vocês, mas sei que Monique teria sido brilhante se o tivesse feito. Estou certo de que ela concorda com tudo o que foi dito.

Monique levantou-se e, cambaleando, seguiu em direção ao Alê. Sua voz, devido ao álcool, estava pastosa e enrolada:

— Palmas, palmas para o doutor Alexandre. Ele é brilhante, poderoso, não lhe falta nada, apenas uma simples alma gêmea.

O pessoal não entendeu aquela referência à alma gêmea, mas, achando que era uma brincadeira entre eles, aplaudiu do mesmo jeito.

Logo em seguida, quando todos já haviam se acalmado, Monique, aos tropeções, aproximou-se de Alê:

— Posso saber por que não me coube dar o recado? Afinal, você nem trabalha no Bonne Santé, e eu sou a assistente do vice-presidente.

Ele respondeu calmamente:

— Bom, pergunte a ele quando chegarmos a São Paulo.

Ela o olhou com ódio:

— Tudo bem, mocinho, você ganhou desta vez, mas aguarde pela surpresa que você terá quando chegarmos.

E retornou trôpega à sua poltrona. Em poucos minutos, estava cochilando.

Alê percebeu que ela roncava e pensou, sorrindo: "Bom, não se pode ter *sex appeal* o tempo todo...".

No começo da noite, o avião aterrissou em Ribeirão Preto, e o desembarque foi tranquilo. No estacionamento, já estavam os dois ônibus fretados para levar o pessoal até o hotel. Alê acompanhou-os para checar se estava tudo em ordem e se todos estavam bem acomodados.

Depois, escolheu o ônibus onde Monique não estava e sentou-se numa poltrona para relaxar um pouco durante o trajeto.

Ao chegarem ao hotel, Alê aguardou que todos fizessem o *check-in* e seguiu para seu apartamento. A primeira providência que tomou foi ligar para seu chefe para dar-lhe as boas notícias sobre o evento, informando-o que tudo correra às mil maravilhas. Ressaltou que os gerentes tiveram um comportamento exemplar e que estavam ansiosos pela festa do dia seguinte, para terem as informações oficiais sobre a transação.

Alê recebeu, mais uma vez, os elogios do seu chefe. Em seguida, ligou para a recepção e pediu que fosse feita uma reserva, em seu nome, no primeiro voo disponível para São Paulo.

Depois de confirmada a reserva para dentro de duas horas, pediu um táxi e rumou para o aeroporto. Tinha alguns assuntos importantes a resolver na capital. Em seguida, voltaria a Ribeirão para participar da festa.

Durante o voo, foi refletindo sobre as últimas discussões que tivera com uma Monique, que estava exaltada e fora de si.

Incomodava-o um pouco as ameaças que ela fizera por diversas vezes, ainda que de forma pouco clara. Por mera intuição, ele achava que tinham a ver com Bia e que não eram coisas boas, vindo de quem vinha.

Apesar dessa preocupação, conseguiu cochilar um pouco antes de a aeronave aterrissar na capital.

***

Na manhã seguinte, bem cedo, antes mesmo de atualizar as pendências geradas durante sua ausência, Monique chamou Helô à sua sala. A secretária entrou apreensiva, pois já sabia do que se tratava.

Monique foi direto ao assunto, sem nem ao menos cumprimentar a funcionária.

— Como foi a demissão de Bia?

A secretária respondeu temerosa:

— Não houve demissão, dona Monique.

Monique parou o que estava fazendo e fulminou Helô com um olhar faiscante e uma voz metálica:

— Como é que é? Não houve? Mas eu lhe dei ordem para fazê-la!

— Sim, senhora, e fui retransmiti-la ao senhor Rodolfo, que é o chefe dela. Ele estranhou e disse que iria esperar sua volta para decidirem o que fazer. Ele queria saber o motivo.

Monique levantou-se irritada.

— Esse cara é mesmo um idiota! Quem ele pensa que é? Vai ver já com quem está se metendo.

E saiu batendo a porta. Foi apressada em direção à sala de Rodolfo, onde entrou esbaforida e foi sentando-se na poltrona defronte à mesa dele.

— Rodolfo, por que minha ordem para demitir Bia não foi cumprida?

O rapaz quis fazê-la perceber a falta de educação:

— Bom dia, Monique, correu tudo bem em Paris?

Talvez a observação de Rodolfo tenha sido sutil demais, pois ela aparentou não ter percebido a ironia dele.

— Sim, correu tudo bem, obrigada, mas quero saber por que minha ordem não foi cumprida e, segundo soube, por decisão sua.

— A ordem para demitir a Bia?

— Essa mesma.

— Primeiro, porque eu, como chefe dela, não tenho razões para fazê-lo. Segundo, porque eu queria ouvir de você as razões para ter dado essa ordem.

— Eu não teria dado essa ordem se não tivesse boas razões.

Rodolfo foi direto como costumava ser. Era seu jeito de lidar com as pessoas e evitar mal-entendidos.

— Tem a ver com o doutor Alexandre?

Ele percebeu que Monique corou, mas fingiu normalidade.

— Não entendi sua pergunta.

213

— Vou repetir: suas razões para querer demitir a Bia têm a ver com a pessoa do doutor Alexandre?

Ela pareceu hesitante por alguns segundos, mas logo se recuperou. Monique era dura na queda.

— Não sei de onde você tirou essa ideia.

— Ok. Então gostaria de saber o motivo.

— Preciso justificar uma ordem minha mesmo sendo assistente do vice-presidente?

— Bem, eu sou diretor desta unidade, e a pessoa em questão é minha funcionária. Mas não vamos ficar discutindo aqui questões de autoridade. Se preferir, ligo agora para o presidente e decidimos esse assunto rapidamente.

Havia ódio no olhar dela quando respondeu:

— Não creio que precisemos incomodar o presidente por isso. Ele certamente tem coisas mais importantes para pensar.

— Então, minha cara, na falta de argumentos justos, não vejo como cumprir seu desejo.

Monique olhou Rodolfo ainda com raiva e levantou-se para sair, visivelmente contrariada.

Infelizmente, algumas pessoas inteligentes, mas maquiavélicas, têm muita criatividade para fazer o mal. Era o caso de Monique.

Na porta, preparando-se para sair, pareceu ter tido uma ideia. Voltou lentamente para perto de Rodolfo, pôs as mãos em cima da mesa e perguntou maldosamente:

— Falta de ética serve?

— Falta de ética? Bom, se comprovada, é um motivo que justificaria uma ação dessas, porque sabemos que ética é ponto de honra para nossa empresa.

Com um sorriso perverso no rosto, Monique voltou a sentar-se e pediu:

— Você poderia pedir a Bia e à minha secretária Helô que venham aqui na sua sala?

Rodolfo pegou o telefone, mas, antes de discar, alertou Monique:

— Espero que você tenha algo relevante para tratar com elas, que, neste momento, devem estar ocupadas trabalhando.

Ela ostentava uma expressão cínica.

— Sim, é muito relevante.

Helô chegou primeiro e, muito pálida, sentou-se num sofá que havia a um canto da sala.

Os três ficaram em silêncio aguardando Bia, que chegou em seguida. Também em silêncio, sentou-se ao lado de Helô.

Monique voltou-se para as duas e perguntou à sua secretária:

— Helô, não é verdade que, semanas antes, você estava na recepção aguardando sua carona quando ouviu Bia fazer perguntas ao Onofre, nosso segurança, sobre o doutor Alexandre? E que, através das perguntas, ela queria saber quem ele era, o que fazia aqui, se estava hospedado na cidade ou se voltara para a capital e outras coisas? É verdade isso?

Bia gelou. Então Helô ouvira tudo e contara à sua chefe! Não haveria como negar.

Helô estava hesitante:

— Bem...

— Não precisa comentar nada, Helô, apenas responda se isso é verdade ou não.

Depois de um silêncio angustioso para Bia, a secretária respondeu:

— Sim, é verdade.

Não querendo acreditar naquilo, Rodolfo dirigiu-se a Bia:

— Bia, isso que a Monique acaba de perguntar a Helô realmente aconteceu?

Bia refletiu um pouco antes de responder, pensando que, na verdade, não fora ela quem fizera as perguntas ao segurança, mas Anita. Contudo, ela não iria entregar sua amiga. Sem olhar para o chefe, respondeu baixinho:

— Sim, senhor.

Rodolfo reformulou a pergunta para ver se conseguia ajudar Bia na sua defesa:

— Você sabia que, uma vez que o doutor Alexandre estava aqui em missão confidencial, essa curiosidade constituía falta de ética e que, se vazada, poderia prejudicar e muito a operação em curso?

Agora ela fitou-o:

— Não, senhor, eu não tinha ideia do que o doutor Alexandre fazia aqui e nem imaginava que fosse algo tão sério e importante para nossa empresa.

Rodolfo procurava manter a voz serena, em tom baixo, para não constranger ainda mais sua funcionária:

— Então, Bia, por que a curiosidade?

— O doutor Alexandre e eu somos amigos de infância e, como já faz muito tempo que não nos falamos, eu queria descobrir uma maneira de fazer contato com ele.

— Mas, para isso, esqueceu a ética e a segurança da empresa.

— Desculpe, não tive essa intenção.

Monique, que até então se mantivera calada, mexendo nas unhas como se não estivesse interessada naquele diálogo, dirigiu-se a Rodolfo:

— Você entende agora por que pedi a demissão dessa moça?

Sabendo que sua situação não estava nada fácil, Bia encheu-se de coragem e decidiu reagir, dirigindo-se a Monique:

— Você garante que foi mesmo só por esse motivo que pediu minha demissão, dona Monique?

Monique olhou-a com desprezo.

— E por que outro motivo seria?

Bia estava agressiva, decidida a ir até o fim, agora que já estava tudo perdido para ela:

— A senhora sabe o verdadeiro motivo. E se quiser que o senhor Rodolfo saiba qual é, você mesma diga, se tiver coragem.

— Você está desviando-se do assunto, menina. Assuma logo sua culpa e deixe de enrolar. — Voltou-se para o diretor. — Bom, Rodolfo, já fiz a minha parte. Agora é com você e seu chefe. — Dirigiu-se à secretária. — Vamos, Helô. — E ambas saíram.

Quando retornaram à sala de Monique, Helô timidamente perguntou:

— Desculpe minha impertinência, dona Monique, mas sua decisão de pedir a demissão de Bia é irrevogável?

Monique olhou brava para a secretária.

— Por quê? Está com pena dela? Quer ir junto para fazer-lhe companhia e consolá-la?

— Não, senhora, desculpe ter perguntado. A senhora precisa de mim para mais alguma coisa?

— Não, você já fez o que eu queria. Pode ir.

— Com licença. — E saiu.

***

Enquanto isso, na sua sala, Rodolfo continuava conversando com Bia. Levantou-se, foi até o sofá e sentou-se ao lado dela, que ameaçava chorar. Ele pôs a mão no ombro da moça:

— Que ódio, Rodolfo, essa mulher é muito cruel e injusta.

— Eu sei bem do que Monique é capaz. — Fez um silêncio incômodo. — Eu quero que você saiba que, em circunstâncias normais, eu não daria a menor atenção ao pedido dela. Mas agora ela tem um trunfo forte contra você, e eu estou com as mãos e os pés amarrados. Se eu não tomar uma decisão, posso ser acusado até de cumplicidade.

Bia compreendia a situação em que o chefe se encontrava:

— Eu sei, Rodolfo, mas não se preocupe. Faça o que precisa fazer. Eu sei que ela pode criar problemas para você com o vice, dizendo que houve protecionismo de sua parte se você não me demitir.

— Você é uma excelente pessoa e uma profissional muito competente. Não terá dificuldades em conseguir outro emprego. Eu mesmo vou indicá-la a vários colegas diretores de outras farmacêuticas.

— Eu lhe agradeço, Rodolfo, mas agora, se você me permitir, preciso sair para esfriar a cabeça.

— Claro, pode ir. E já que você é do RH, veja com a Anita o que precisa ser feito em termos de documentação.

Bia foi direto para a sala de Anita. Ao vê-la com os olhos vermelhos e úmidos, a amiga não teve dúvidas:

— Ela conseguiu, não foi? Que megera! Piranha! Conseguiu tirar você da frente dela!

Bia baixou a cabeça e deixou as lágrimas escorrerem.

Anita fechou a porta e sentou-se ao lado da amiga.

— Que ódio eu tenho daquela mulher. Não basta ter o vice como amante, ainda quer impedir as outras pessoas de serem felizes. Mas isso não vai ficar assim, garanto.

— Anita, não vá se meter em confusão por minha causa. Ainda bem que Monique não disse que você estava comigo na portaria quando perguntamos sobre o Alê, e eu também não falei nada. Esse vai ser o motivo da minha demissão: falta de ética por perguntar demais.

— Mas não se engane. Ela não falou meu nome porque não ofereço perigo a ela. A rival é você.

— Eu sei disso e disse para o Rodolfo. Mas ela não teve coragem de assumir que está apaixonada pelo Alê.

217

— Também aquele segurança, o Onofre, não tinha nada que contar a Monique que o procurávamos.

— Não foi ele, amiga, foi a Helô. Não vimos que ela estava bem atrás de nós e ouviu tudo. Foi ela quem contou tudo a Monique.

Anita não conseguia segurar sua revolta.

— Mas que "falsiane"! Dedo duro! Puxa-saco!

— Sei que ela errou, mas tenho certeza de que não sabia que ia causar toda essa confusão.

— Pô, amiga, e você ainda a defende? Você não existe, cara. Por isso mesmo não merecia estar passando pelo que está acontecendo.

— Não se preocupe. Meus protetores espirituais não vão me abandonar, eu sei disso. É só um mau momento pelo qual tenho de passar.

— Espero eu você esteja certa, amiga.

***

À noite, mais calma, no centro espírita, Bia cumpriu suas atividades de sempre. Depois pediu para ser atendida pelo mestre José.

Quando Bia entrou na sala, José levantou-se para abraçá-la, e ela caiu no choro.

— Sente-se aqui, minha filha, e se acalme. Já senti sua fraca energia desde que entrou. Eu sei que você está passando por um mau momento, mas, como tudo na vida, ele vai passar. Você não está só, tem muitos amigos aqui e no plano superior. Tenha calma que vai dar tudo certo.

— Eu sei, José, mas tudo isso é tão injusto...

— A vida não é justa, minha filha, é feita de ação e reação, de causa e efeito, de carma, de resgates de vidas passadas e, nem sempre, nesses ciclos da vida, o bem vence o mal, por motivos que não chegam até o nosso conhecimento terreno. Mas nunca podemos perder a fé de que temos protetores atentos a nos inspirar, guiar e proteger. A justiça sempre chega no final. Talvez não a da Terra, mas a divina, com certeza.

— José, se for decisão do plano superior minha punição de não ficar com Alê, nem ele comigo, que nos oriente e nos diga como proceder. Suportarei tudo se, no final, prevalecer o desejo dos nossos protetores, pois eu sei que eles sabem o que é melhor para todos nós.

— Isso mesmo, minha filha, tenha paciência e aguarde em paz. E nunca se esqueça de orar.

— Tentarei ser paciente, mestre. — Bia recebeu um passe de José e saiu mais aliviada.

Ao chegar ao apartamento, Bia viu que sua amiga não estava. Tomou um demorado banho, foi para o quarto fazer suas preces habituais e deitou um pouco para descansar.

Talvez fosse melhor mesmo sair do Bonne Santé. Se ficasse, teria uma inimiga permanente, que certamente lhe criaria problemas constantes. Um dia desses perderia a paciência, reagiria, e o final seria aquele mesmo.

Além disso, com o dinheiro que receberia da rescisão, não precisaria sair correndo atrás de um novo emprego. Estudaria o mercado e avaliaria com calma e com cuidado cada oportunidade de trabalho que surgisse. O essencial era manter a calma.

Por enquanto, nada diria à sua mãe. De nada adiantaria e seria apenas mais um motivo de preocupação para ela. Preferia dar uma boa notícia de um novo emprego quando conseguisse.

Refletindo sobre esses assuntos e emocionalmente esgotada, acabou dormindo.

Sonhou com seu pai. Ele estava tranquilo e com uma aparência bem saudável. No sonho, passeavam de mãos dadas por uma estradinha de pedras cercada de arbustos floridos. Vendo-a triste, ele disse:

— Minha filha, às vezes, quando as coisas não correm como gostaríamos, temos a sensação de que o mundo vai acabar para nós e não temos mais vontade de fazer nada. Isso é um engano. O ser humano tem diversas fases em sua vida, e cada uma delas tem suas características. Umas podem ser maravilhosas, outras nem tanto. Mas como são fases, elas passarão. Se soubermos agir com retidão, amor e justiça, plantaremos as sementes para que as fases futuras sejam benéficas.

— Será que eu plantei boas sementes em minha vida, pai?

— Não tenho dúvidas quanto a isso, filha, e você também não deveria tê-las. Você sempre foi uma pessoa bondosa, amiga, solidária com os necessitados, enfim, uma pessoa do bem.

— Mas, então, por que algumas coisas não dão certo para mim?

— Você se refere ao Alexandre?

— Por exemplo.

Gaspar ficou um pouco em silêncio antes de responder:

— Quando reencarnamos, temos algumas missões a cumprir e alguns resgates a pagar. Tudo com o objetivo de crescermos cada vez mais e evoluirmos no caminho da espiritualidade. Além disso, ocorrências de vidas passadas podem se refletir neste plano, de uma forma ou de outra. Por isso, é importante que você saiba e acredite que nada nesta vida é por acaso. Há planos traçados, e nos cabe aguardar com paciência e fé. Portanto, minha filha, mantenha a calma, a fé e tenha paciência. Se estiver escrito que você e o Alê ficarão juntos, isso acontecerá, independentemente da ação de energias negativas e contrárias.

— Foi muito bom ouvir isso, pai. Farei o possível para manter-me paciente e confiante. E quanto a você, está tudo bem?

— Sim, filha, estou muito bem, sempre cercado de espíritos iluminados, que me ensinam a ser cada vez melhor.

Depois de um silêncio, Bia falou:

— Eu sinto saudades, pai.

— Eu sei, filha, mas tenha certeza de que eu estou sempre do seu lado, orientando-a e protegendo-a.

Bia acordou e olhou para os lados. O sonho fora tão real...

Agora, estava completamente calma, a conversa com seu pai lhe fizera muito bem.

Levantou-se, trocou de roupa e preparou-se para ir ao centro comunitário, para ajudar as pessoas que lá estivessem e precisassem de apoio.

Capítulo 24

Da comitiva que chegara de Paris, Alê foi o único membro que não permaneceu em Ribeirão Preto, porque tinha compromissos na capital. Assim, pegou o primeiro voo disponível. Ao chegar, rumou direto para seu apartamento para descansar um pouco e acordar bem-disposto.

Na manhã seguinte, a primeira atividade de Alê no banco foi fazer uma apresentação para a diretoria, relatando todo o programa de treinamento concedido aos gerentes do laboratório comprado pelo Bonne Santé. Como sempre, recebeu muitos elogios pela maneira segura e competente com que organizara e comandara a comitiva durante todo o período de treinamento.

Depois, já na sua sala, pôs os papéis em ordem, verificou com a secretária as pendências e, durante a manhã, deu encaminhamento a todas elas.

Depois do almoço, manteve contato, por telefone, com a equipe de Ribeirão Preto responsável pela organização de eventos, para discutir os preparativos da festa que aconteceria logo mais, à noite.

Segundo relataram, o salão já estava ornamentado, o sistema de som já fora testado, as mesas devidamente arranjadas com flores e velas, e alguns membros da orquestra contratada estavam afinando os instrumentos.

Quando desligou o telefone, Alê ficou subitamente melancólico. Bia deveria estar nessa festa, fazendo par com ele. Se não tivesse ocorrido a grosseria de Monique, no hotel em Paris, hoje ele já teria falado com Bia e a convidado para a festa. Mas, agora, isso era um sonho quase impossível. Nem sabia por onde ela andava, nem ela sabia do seu paradeiro.

Por que tinha que ser assim?

Fazendo um esforço para se animar, Alê preparou-se adequadamente para retornar a Ribeirão Preto.

***

Enquanto isso, no apartamento em Ribeirão, Bia e Anita estavam em silêncio, inconsoláveis por tudo o que acontecera recentemente e, principalmente, com a história da demissão.

Nenhuma das duas tinha ânimo para falar o que quer que fosse.

Já tinha passado das 18 horas quando o porteiro avisou pelo interfone que uma moça queria subir e falar com Bia. Ambas estranharam, e Anita se dirigiu à amiga:

— Você está esperando alguém?

Ela deu um muxoxo:

— Eu? Só se for o príncipe encantado.

— Então, quem poderá ser?

— Ué, pergunte ao porteiro antes de deixar a pessoa subir.

Assim Bia fez ao falar pelo interfone:

— Pode verificar de quem se trata, por favor?

— Um momento. — Depois de breve instante, ele retornou com a informação:

— Ela diz se chamar Helô e trabalha na mesma empresa de vocês.

— Helô? — Espantada, Bia olhou para Anita, que fez um sinal com o polegar indicando que a pessoa deveria subir. — Tudo bem, pode deixá-la subir. — Depois, voltou-se para Anita. — O que será que ela vem fazer aqui depois de tudo que aprontou contra mim?

Anita levantou-se e encaminhou-se para a porta:

— Vamos saber já o que essa traíra quer com a gente.

Quando Anita abriu a porta para Helô, notou, de imediato, que ela estava com os olhos inchados revelando que, certamente, havia pouco tempo chorara bastante.

Anita recuou para dar-lhe passagem, fechou a porta e sentou-se no sofá ao lado de Bia. Ambas nada falaram, apenas ficaram olhando para a visitante, com os braços cruzados. Havia uma poltrona defronte do sofá e foi ali que Helô se sentou.

— Desculpem ter vindo sem avisar. Peguei o endereço de vocês no RH — disse se justificando.

— Muito esperto de sua parte. — Anita não perdoara a moça.

— Vocês devem estar muito bravas comigo e devem estar se perguntando o porquê de minha presença aqui. — As duas nada responderam. — Eu vim aqui pedir o perdão de vocês. Fui eu quem contou para dona Monique a conversa de vocês com o senhor Onofre, da segurança, naquele dia.

Anita foi dura:

— Agora é um pouco tarde, não acha? O estrago já foi feito. Minha amiga vai ser demitida por sua causa.

— Eu sei. — E pôs-se a chorar.

— E por que você fez isso?

— Para agradar dona Monique. — Fez uma pausa. — Ela está obcecada pelo doutor Alexandre e, por isso, ela odeia tanto você, Bia. Ela sabe que ele a ama.

Bia retrucou com voz firme, mas sem agressividade.

— Eu também sei disso, mas sua chefe não deixa a gente se encontrar para um dizer isso ao outro. Ela não me permite vê-lo. Ele nem sabe que trabalho na Bonne Santé, e eu nem sei o que ele anda fazendo lá.

— O que vou dizer ainda é confidencial. A Bonne Santé comprou um grande laboratório brasileiro e fez uma parceria com um grande banco francês para obter financiamento e ainda treinar os novos gerentes, no centro de desenvolvimento deles, em Paris. Em troca, a farmacêutica centralizará todas as suas contas e seus investimentos nesse banco. O doutor Alexandre está coordenando a parte que cabe ao RH, por isso, ele veio nos visitar, para conhecer a fábrica e nossa estrutura aqui.

Bia achou melhor fingir surpresa, pois não queria que ninguém soubesse, nem ao menos desconfiasse, de seus sentimentos.

— Então o Alê trabalha em um banco francês?

— Sim, na sucursal de São Paulo. Ele é o diretor de recursos humanos.

Bia e Anita se entreolharam e falaram quase ao mesmo tempo:

— Diretor de RH? Caramba!

Bia suspirou e voltou a dirigir-se a Helô:

— Bem, Helô, agradeço por você ter vindo aqui, mas agora é tarde: serei demitida amanhã, e aí é que não verei mais o Alê.

Mas Helô insistiu:

— Bia, eu vim aqui tentar remediar isso um pouco.

Anita perguntou, descrente:

— De que maneira, criatura? Está claro que Monique não vai voltar atrás da sua decisão.

Helô abriu a bolsa e retirou dois envelopes:

— Hoje à noite vai acontecer uma festa com representantes das duas empresas para que seja comunicada oficialmente a compra do laboratório. Será uma festa íntima, restrita apenas ao pessoal envolvido na operação. Como demonstração de agradecimento por tê-la ajudado na confirmação do episódio da portaria, dona Monique me deu dois convites para que eu fosse com meu marido.

Anita foi irônica:

— Bom proveito, você fez por merecer.

— Acontece que eu decidi não ir a essa festa, por isso estou aqui. Eu vim trazer os convites para vocês. Principalmente para você, Bia. O doutor Alexandre vai estar lá para comandar o evento. Achei que você gostaria de vê-lo, e ele a você.

Bia ficou emocionada:

— Alê vai estar nessa festa?

— Vai.

— Por que você está fazendo isso, Helô?

— Por que faz parte do meu pedido de perdão. Causei um mal a você e quero tentar repará-lo.

Bia teve uma preocupação:

— A Monique vai estar presente também?

— Sim, vai.

Bia levantou-se irritada:

— Então, não sei se vou. Não quero ver aquela mulher na minha frente nunca mais.

Anita, mais esperta, aproximou-se da amiga e segurou-a pelos ombros.

— Ei, pense melhor, amiga. Você sabe o que está falando, sua boba? É ótimo que ela vai estar lá.

— Como assim?

— Quando o Alê vir você, com quem você acha que ele vai preferir estar junto e convidar para dançar?

Os olhos azuis de Bia brilharam, e ela esboçou um ainda tímido sorriso.

— Você acha?

— É sua grande chance de nocautear a megera, amiga. Quando vê-lo, cole nele e não o largue mais.

224

Bia estava insegura e repetiu:

— Você acha?

— Acho, não, tenho certeza. Vá logo se aprontar.

Bia continuava pessimista.

— Não adianta, amiga. De qualquer maneira, não dá mais tempo. A festa começará daqui a algumas horas.

Mas Anita não a deixava desanimar.

— E você leva tanto tempo para se aprontar assim?

Helô queria mesmo ajudar.

— Apressem-se, as duas. Eu levo vocês lá no clube, pois eu sei onde fica. Eu estou com o carro do meu marido no estacionamento.

Anita empurrou Bia para o quarto.

— Se apresse, amiga, não perca esta oportunidade. Vá logo trocar de roupa!

— Vamos, né? Você vai comigo.

— Até posso ir, mas a festa é sua.

Bia mostrou-se preocupada.

— Helô, a Monique sabe que você veio falar comigo?

— Deus me livre, Bia! Nem sonhando. Mas fiz o que meu coração pediu que eu fizesse para reparar meu erro.

— E se ela descobrir?

— Querem saber? Não me importo. Já estou de saco cheio de aguentar as grosserias dela. Se me mandar embora, vou receber uma bolada, tirar férias e, depois, procurar outro emprego.

Bia aproximou-se dela.

— Helô, nunca pensei que um dia faria isso. Quero dar-lhe um abraço.

Pela primeira vez desde que chegara ao apartamento, Helô sorriu, e as duas se abraçaram chorando.

***

O salão de festa estava majestoso. Do teto, pendiam diversas luminárias giratórias em forma de bola, emitindo raios coloridos de luz. Todas as mesas estavam enfeitadas com flores e velas já acesas.

Haviam chegado cerca de 150 convidados. Todos conversavam na antessala, bebericando, enquanto aguardavam a liberação das mesas.

Quando isso ocorreu, algumas elegantes recepcionistas recebiam o convite numerado e conduziam o convidado para a mesa designada.

Entre os convidados estavam Bia e Anita. Foram conduzidas a uma mesa bem perto da pista de dança.

Bia estava com o coração aos pulos, olhando disfarçadamente para todos os lados, no que era imitada pela amiga, mas nem sinal de Alê.

O motivo era simples: ele ainda não havia chegado.

Alê ainda estava no quarto do hotel.

Ele dava os retoques finais na sua roupa quando a campainha tocou. Correu para abri-la e não ficou nem um pouco surpreso ao ver Monique à sua frente.

Algo lhe dizia que ela tentaria mais um golpe. Por isso, sem cumprimentá-la, falou, mostrando claramente sua insatisfação em vê-la:

— Você deveria estar na festa e não aqui.

Ela ficou parada na porta:

— Da próxima vez que vier aqui, mude de hotel. Vindo sempre para este aqui, fica fácil achá-lo.

— Está bem, seguirei seu conselho.

— Não vai me convidar para entrar?

— Já estou de saída.

Mesmo com a evidente má vontade dele, ela entrou.

— Calma, Alê, não quero discutir. Estou em missão de paz. Vim lhe pedir desculpas.

Ele não perdeu a oportunidade de ser irônico.

— Será que eu ouvi o que penso ter ouvido?

— Ouviu, sim. Podemos conversar com calma?

— Não com muito calma ou nos atrasaremos para a solenidade.

— Serei rápida, prometo.

Ela entrou, sentou-se numa poltrona, e ele, na beira da cama, de frente para ela.

— Juro que não vim tentar conquistá-lo, nem assediá-lo. Na verdade, estive refletindo muito sobre meu comportamento e concluí que fui inconveniente, insistente e até mal-educada.

— Estou de pleno acordo.

— Entendo sua raiva, mas não quero perder sua amizade e sei que quase provoquei isso. Me perdoe, por favor. Andei fazendo um papelão em vários momentos e lugares, minha imagem deve estar péssima entre os gerentes e alguns colegas que presenciaram minhas atitudes imaturas.

— Mais uma vez, sou forçado a concordar.

— Não o culpo por estar ressentido comigo e talvez mesmo muito bravo. Mas quero que acredite, eu decidi mudar. Serei outra Monique.

226

Reconheço que conhecer você me trouxe muitas alegrias e também muitas dores, por causa da sua rejeição.

— Não é bem rejeição.

— Não se justifique, por favor. Sei exatamente o que se passa no seu coração. Mas quero que saiba que foi justamente essa frustração que me abriu os olhos. Fui boba, inconsequente e leviana. Mas agora chega, não sou mais criança.

Alê suspirou aliviado. Se fosse verdade tudo aquilo que estava ouvindo, uma parte dos seus problemas estaria encerrada.

— Dou-lhe parabéns por essa consciência e pelo crescimento.

— Obrigada. Meu último pedido é que continuarmos amigos. O que fiz de errado, se puder corrigir, corrigirei, mas, por favor, mantenhamos nossa amizade.

Alê respondeu sem muito entusiasmo:

— Ok, sejamos amigos.

Ela levantou-se.

— Como amigos, e somente como amigos, podemos ir juntos à festa?

Por essa, ele não esperava. Ficou confuso.

— Olha...

Ela se adiantou para desfazer qualquer mal-entendido.

— Não me leve a mal, não há maldade nesse pedido. Vi a relação dos convidados e nos colocaram na mesma mesa, com os dois presidentes, o da Bonne Santé e o do seu banco. Assim, acredito que ficará deselegante se aparecer apenas um de nós ou mesmo se chegarmos separados. Afinal, fizemos o trabalho juntos. Concorda? E garanto-lhe que não fui eu que designei os lugares na mesa, foi o pessoal da organização de eventos.

Alê pensou um pouco e percebeu que não tinha outra saída.

— Está bem, vamos juntos.

— Ainda bem que você compreendeu a situação. Agora, depois da festa, se você concordar, poderemos ir a um lugar tranquilo e conversar melhor sobre tudo o que lhe falei. — Esse seria o ponto alto da estratégia maquiavélica dela.

— Bom, veremos isso depois da festa.

Para Monique, ainda restava um fio de esperança de conquistar Alê.

***

Quando chegaram ao local, já havia bastante gente. O salão estava lotado. A recepcionista conduziu-os à mesa designada e, logo em seguida, chegaram os dois presidentes.

Os cumprimentos foram muitos.

— Parabéns pelo belo trabalho que vocês fizeram com os novos colegas. Eles gostaram muito e estão entusiasmadíssimos.

O outro presidente confirmou:

— Concordo plenamente. Foi um trabalho de mestres.

Alê foi modesto:

— Devo muito do sucesso à competência da minha parceira, a Monique.

— Ele está sendo gentil. Foi um trabalho conjunto.

Os quatro levantaram as taças num brinde ao sucesso.

Alê não estava procurando por Bia simplesmente pelo fato de não saber que ela se encontrava naquele recinto.

Capítulo 25

A mesa onde Bia estava com Anita ficava do lado oposto à de Alê, separada pela imensa pista de dança. Ela e Anita continuavam perscrutando o local em busca do rapaz. Essa tarefa se tornava cada vez mais difícil à medida que o salão ficava mais lotado com a chegada de outros convidados. Para complicar, muitos deles postavam-se bem à frente das duas amigas e, assim, elas não conseguiam ver muita coisa do outro lado.

Elas estavam dividindo a mesa com um casal de idosos, provavelmente funcionários antigos, já aposentados.

***

Depois de algum tempo de conversa, os dois presidentes pediram licença a Alê e Monique e se dirigiram para o palco.

Um mestre de cerimônias usou o microfone para pedir a atenção de todos e, em seguida, passou a palavra para os dois executivos.

O presidente da Bonne Santé, depois de breve discurso motivacional, informou oficialmente a aquisição do laboratório brasileiro, bem como a parceria financeira com o banco francês, cujo presidente estava ao seu lado. Em seguida, deu as boas-vindas aos novos colegas, parabenizou e cumprimentou Alexandre e Monique pelo ótimo trabalho de treinamento e integração, o que valeu uma calorosa salva de palmas dos presentes.

***

Na sua mesa, Bia apertou o braço da amiga:

— Ele está aqui! Anita, ele está aqui.

— Onde? Não consigo vê-lo. Tem muita gente!

***

Concluindo o discurso, o presidente da Bonne Santé convidou a todos para o jantar que seria servido em poucos instantes e, enquanto isso, os convidados podiam dançar ao som da orquestra contratada.

Bia estremeceu dos pés à cabeça ao ouvir os primeiros acordes da música.

No mesmo instante, Alê sentiu o coração pulsar mais forte, parecendo que iria explodir.

Tudo isso porque a orquestra começou a tocar *A segunda valsa*, aquela mesma música que Bia e Alê ouviram sentados, no batente da casa dela, quando adolescentes.

Quando a valsa começou, Alê ficou inquieto. Estava levando uma taça de *champanhe* aos lábios, num brinde com Monique, mas parou o movimento no meio.

A moça notou e achou estranho, porque, além da interrupção do brinde, ele, de repente, ficou de pé e pôs-se a procurar alguém no salão.

Algo acontecera no interior de Alê quando a valsa começou. Era como se sua alma tivesse saído do corpo e estivesse andasse pelo salão à procura de sua amada Bia. Sua mente gritava: "Meu Deus, Bia está aqui, eu sinto isso! Ela tem que estar aqui! Por favor!".

Por sua vez, do outro lado da pista de dança, Bia continuava tremendo e seus olhos se encheram de lágrimas. Lembrou-se de cada momento da adolescência, sentada ao lado de Alê, no batente de sua casa.

Da mesma forma que acontecera com o rapaz, aos primeiros acordes da valsa, ela também se sentiu flutuando como se estivesse fazendo uma viagem astral pelo salão. Instintivamente, ficou de pé, procurando por todo o salão, mas sentindo-se impulsionada a olhar para uma determinada direção.

Nesse exato momento, Alê, que também se levantara, sentiu-se guiado a olhar para o outro lado do salão e, então, viu-a.

Os olhares dos dois se encontraram, ainda que por entre os casais que dançavam.

Como num filme em câmera lenta, Alê e Bia, ao mesmo tempo, caminharam em direção ao outro, atravessando com cuidado, porém, de forma decidida, a pequena multidão que dançava e dificultava a passagem deles.

Estavam cada vez mais próximos um do outro, quase no centro da enorme pista de dança.

Sozinha na mesa, Monique esticou o pescoço na direção em que Alê se afastara e também viu Bia.

Pensou irritada: "Como essa menina veio parar aqui? Ela não foi convidada!".

Bia e Alê estavam quase juntos e, finalmente, se encontraram depois de tantos anos de angústia e saudade.

Emocionados e com gestos lentos, deram-se os braços. Ele a enlaçou, ela pôs um dos braços no ombro dele, e principiaram a dançar a valsa sem tirar os olhos um do outro.

Soltando um profundo suspiro, Monique levantou-se pensando: "Não sou mais criança. Sei quando perco um jogo". E saiu do salão, pisando forte, em direção ao estacionamento dos carros.

Uma longa e insone noite de bebedeira a esperava no quarto solitário do hotel.

***

Naquele mesmo momento, Bia e Alê deslizavam pelo salão, em silêncio, olhos nos olhos, os rostos tão próximos que sentiam a respiração um do outro como se fosse um sopro de nova vida. Pela memória deles passavam, como num filme, imagens do casal de crianças brincando no pátio da escola, dos dois adolescentes sentados de mãos dadas no batente da antiga casa de Bia, do desencontro em Gramado e em Paris. Muitas cenas que vivenciaram para, agora, terem a gratificação esperada.

Para eles, não era apenas uma dança, mas um encontro de almas que ansiavam por aquele momento, predestinadas ao encontro mágico. Os corpos, aquecidos, trocavam energias de calor e luz, não apenas como um casal que se amava, mas como duas criaturas iluminadas que encontraram o caminho do verdadeiro amor.

Eles se sentiam como se estivessem dançando em lugares diferentes e maravilhosos, ora num bosque cercado de pássaros e flores, ora numa pista de gelo sob a aurora boreal, ora recebendo uma bênção de flocos de neve ou de gotas mornas de chuva. Ali não era apenas um salão, era o espaço sideral, onde cometas e estrelas passavam perto para cumprimentá-los, aumentando o brilho e a luz de cada um. Naquele momento, para eles não havia tempo, mas eternidade.

E tudo se fundiu numa emoção transcendente quando pararam de dançar e se beijaram lenta e longamente. Parecia que haviam parado de respirar, que o mundo havia parado de girar. Os lábios úmidos e macios, unidos, selavam um reencontro há muito desejado, ansiado, preconizado pelas forças espirituais, na presença de espíritos sorridentes e felizes por aquele desfecho.

Só os aplausos puderam trazê-los de volta à Terra. Todos os demais convidados, percebendo que o amor transbordava daquele casal, ficaram apreciando a *performance* dos dois e festejaram o beijo que coroou o reencontro definitivo de Bia e Alê.

Na mesa, de pé sobre uma cadeira, Anita chorava desesperadamente de alegria, aplaudia e gritava, enquanto o casal de idosos sorria e também aplaudia, mesmo sem conhecer a épica história daquele momento.

Felizes, Bia e Alê, abraçados, caminharam para a mesa onde Anita os aguardava ainda chorando. Antes de dizer qualquer coisa, Bia abraçou fortemente a amiga, que também chorava de emoção e felicidade. Alê admirava a tudo, também muito emocionado.

Bia brincou com a amiga.

— Pronto, foi-se nossa cuidadosa maquiagem!

E Anita retrucou, tentando enxugar as lágrimas:

— Sua boba! Se você chora, eu também choro.

— É isso aí, somos duas choronas!

Alê, carinhosamente, abraçou Anita.

— Anita, quero agradecê-la pelo seu carinho e por sua amizade com Bia. Sei que você tomou conta dela direitinho.

A amiga retrucou, brincando:

— Na verdade, ela é que tomou conta de mim, Alê. Bia é muito mais ajuizada do que eu.

— Ela sempre foi assim, por isso, eu a amo desde criança. — E beijaram-se novamente sob os aplausos do casal de idosos. E, naturalmente, de Anita também.

Imaginando que o casal deveria, agora, ficar a sós, Anita mostrou ser uma amiga muito compreensiva e cúmplice.

— Bem, sei que vocês precisam conversar e muito.

Alê confirmou:

— É verdade. Foram anos de distanciamento. Se Bia quiser, vamos sair discretamente e ir para um lugar mais tranquilo.

Bia achegou-se a ele, dengosa.

— Claro que quero, amor. Vou para qualquer lugar que você queira me levar, desde que eu não saia mais de perto de você.

— Isso nunca mais, querida. Vamos ficar grudadinhos.

Anita, sempre esperta, tomou à frente da conversa:

— Calma, gente, tenho uma ideia melhor.

Abriu a bolsa e tirou de lá uma chave.

— O que você está aprontando, amiga?

Ela estendeu a chave para Bia.

— Tome, fofa, é a chave do nosso apartamento. Usem e abusem como se o apartamento fosse de vocês.

— Espere aí, e você?

Ela sorriu maliciosa:

— Já liguei pro meu namorado, e ele está vindo me buscar. Também vamos fazer nossa festinha particular em homenagem a vocês dois.

Alê pôs a mão no ombro da moça.

— Anita, não sabemos como agradecer sua gentileza.

Ela foi direta:

— Já falei para Bia e agora falo para você. Quero ser a madrinha de casamento da minha amiga.

— Combinado!

Os três se abraçaram, desta vez, sorrindo.

***

Bia custou a acreditar que, naquele sofá, onde tantas vezes dormira sozinha, chorando de saudades do Alê, agora estava ali com ele, em pessoa!

O momento em que os dois se despiram foi um verdadeiro ritual de sutileza e carinho.

Bia, apesar de todo o amor que tinha por ele, estava acanhada. Era a primeira vez que se despia completamente diante de um homem.

O respeitoso e amável comportamento de Alê deixou-a mais à vontade. Carinhosamente, ele ajudou-a a tirar peça por peça, bem devagarinho. Depois, com muito tato e muita delicadeza, ele beijou-a inteiramente como se estivesse fazendo um reconhecimento do corpo da namorada.

Excitada, ela ganhou coragem para repetir a ação no corpo dele. Também o despiu devagarinho e, da mesma maneira, beijou-o por completo. Era o primeiro e único homem da sua vida.

Quando se abraçaram, os corpos já estavam íntimos e se sentiram muito à vontade com essa proximidade. A partir daí, viajaram profundamente numa longa maratona de prazer, desejo, alegria e amor. E então Bia se tornou verdadeiramente mulher — e com o único homem do mundo que ela queria e permitiria fazê-lo.

Só depois de muito tempo é que se deram por satisfeitos, concordando em fazer uma pausa.

Depois de um lanche rápido, voltaram, só que, desta vez, trocando o sofá-cama pela cama de Anita, maior e mais confortável.

Alê ainda teve uma preocupação.

— Será que sua amiga não vai se importar?

— Anita? Imagine. Tenho certeza de que não. Pelo contrário, ficaria brava se soubesse que passamos toda a noite no sofá-cama.

Como se dizia antigamente no teatro para encerrar ou ocultar uma cena: pano rápido!

Horas depois, o casal, serenamente deitado e ainda completamente nu, se acariciava, reconhecendo cada milímetro de seus corpos que, durante tantos anos, ficaram afastados.

Não havia o que falar, pelo menos por hoje. A ordem agora era sentir, deixar que o desejo, a paixão, o carinho e o amor falassem mais alto. As conversas ficariam para depois. Tanto Alê quanto Bia seguraram por muitos anos o anseio de seus corpos, seus corações e suas mentes, desejando a presença do outro.

Agora, a oportunidade estava ali, bastava desfrutá-la sem pressa, mas intensamente.

No dia seguinte, continuaram na cama, mas agora conversavam animadamente sobre todas as aventuras e peripécias que eles haviam vivenciado em busca do outro, durante esse longo tempo.

Em certo momento, Alê mostrou-se interessado num determinado acontecimento:

— Talvez você consiga me explicar um fato curioso que ocorreu comigo enquanto estava hospitalizado, depois do acidente de carro que sofri.

Bia já desconfiava do que ele queria saber, mas ficou quieta.

— O que é, amor?

— Naquele período, durante duas madrugadas, tive a impressão de que você foi me visitar. Não foi sonho ou efeito de medicamentos, como a enfermeira tentou me convencer. Eu a vi claramente e falei com você, que me respondia através de gestos. Achei estranho que, em nenhum momento, você ou sua imagem falasse. Para compensar, ambas as vezes, depois que eu disse que a amava, você me beijou nos lábios. E, nas duas vezes, não sei por que motivo, eu apaguei logo após o beijo. Até hoje não tenho certeza se foi sonho, delírio ou travessura da minha mente diante da imensa vontade de estar com você.

Bia beijou-o suavemente nos lábios, deitou a cabeça sobre seu peito e disse:

— Eu posso explicar.

Ele ficou surpreso:

— Sério?

— Sério.

— Então me explique, por favor, porque até hoje estou confuso.

— Você sabe que sou espírita, não sabe?

— Sim, inclusive lembro que seus pais também eram, e os meninos da rua tinham medo de ir à sua casa por causa disso.

Ambos riram com essa lembrança.

— Era verdade. E depois que fui para Adamantina, passei a acompanhar minha mãe nas sessões espíritas. Gostei e me interessei tanto pela doutrina que continuei os estudos aqui em Ribeirão Preto.

— Legal, mas continue o que você ia dizer sobre suas "aparições" no hospital.

Ela sentou-se na cama para poder falar mais diretamente para ele:

— Há muitos fenômenos que a ciência, no estágio em que está, ainda não consegue explicar. Um desses fenômenos é conhecido como desdobramento ou viagem astral que, aliás, não é exclusividade do espiritismo. Outras correntes religiosas também praticam a viagem astral, que pode ser feita por qualquer pessoa espiritualizada, mesmo sem religião, desde que adquira os conhecimentos necessários. Na verdade, em palavras simples e de modo resumido, é a faculdade que algumas pessoas têm de relaxar e proporcionar a saída da alma ou do espírito do corpo físico, ir para outro lugar e depois retornar ao corpo.

Interessado, Alê também se sentou na cama.

235

— Isso é mesmo possível?

— Claro que é. Não é fácil, nem simples, mas, depois de muito estudo e treinamento, é possível sim.

— Desculpe, mas custo a acreditar.

— Seu bobo, você teve a prova. Foi por causa disso que você me viu duas vezes no hospital, quando sofreu o acidente com o carro.

Ele abriu a boca, estupefato.

— Bia! Você conseguiu fazer isso?

— Mais ou menos. Na verdade, eu ainda não estava completamente pronta para fazê-lo. Devo ter cometido alguns erros e foi devido a eles que não conseguia falar com você, só gesticular.

— E por que fez se não estava pronta?

— Se eu disser, você vai ficar todo prosa.

— Eu quero saber.

— Porque eu estava morrendo de saudades de você e queria vê-lo de qualquer maneira.

Ele abraçou-a e beijou-a.

— Sua louquinha!

— Depois me arrependi e não repeti a tentativa.

— Agora você não precisa mais fazer nenhuma viagem astral para me ver. Vou estar sempre por aqui, pertinho de você.

— Promete?

— Claro que prometo.

E seguiram-se novos beijos e abraços.

Perto da hora do almoço, Anita ligou, rindo.

— E aí, amiga, já posso voltar para minha casa ou ainda é cedo, se é que você me entende.

— Claro que entendo, boba. E ainda é muuuuito cedo!

A gargalhada de Anita foi escandalosa.

— Eita! Vai com calma, senão você não vai conseguir se levantar amanhã. — Novas gargalhadas. — Viu só o que você estava perdendo?

— Ah, mas foi melhor esperar, tinha que ser com o Alê. Está sendo uma maravilha.

Anita percebeu que a amiga queria mais tempo e bem que merecia.

— Não precisa dizer mais nada, amiga, já entendi. Fiquem à vontade. Me ligue quando o espaço estiver liberado. Beijos. Fui. — E desligou rindo.

Bia sorriu e aconchegou-se mais ao corpo de Alê.

— Essa Anita é piradinha. Mas é legal demais.

— Só sendo muito amiga mesmo para tolerar o que fizermos. Tomamos posse do apartamento dela.

— Verdade, mas foi ela mesma quem nos ofereceu. E, além disso, — beijou-o nos lábios — nós merecemos, não concorda?

— Em gênero, número e grau.

E recomeçaram tudo.

Capítulo 26

Enquanto faziam uma refeição no fim da tarde, ele lembrou:

— E aquele encontro relâmpago no metrô de Paris? Que loucura foi aquela?

— Nem me fale, nem quero mais lembrar. Fiquei desesperada por não conseguir me livrar daquela multidão e chegar perto de você.

— E o que você estava fazendo lá?

— Eu tinha ido participar de um curso justamente sobre desdobramento. Fiquei uma semana.

Ele se espantou com a coincidência.

— Eu também fiquei uma semana, naquela mesma época. O banco me enviou para fazer um curso de liderança lá no centro de desenvolvimento dele.

— Puxa, estivemos tão perto um do outro durante uma semana... E quando conseguimos nos encontrar, foi naquela loucura do metrô.

— Foi um pesadelo. Empurrei muita gente para ver se conseguia descer até a plataforma. Também fiquei alucinado. Acredite que cheguei até a ir ao consulado brasileiro para ver se eles me ajudariam a localizar você.

Bia caiu na gargalhada, divertida e orgulhosa pelo esforço dele.

— Sério que você fez isso? Não acredito.

— Fiz. Fiquei tão frustrado que acho que a moça do consulado ficou com pena de mim.

— Pior foi aquela agressão em Gramado, lembra?

— Claro que lembro. Inclusive foi ali que levei uma paulada na cabeça.

Nesse instante, Bia lembrou-se de um fato que talvez não fosse do conhecimento de Alê.

— Ah, por falar naquela estúpida agressão, li nos jornais e vi na televisão que os membros da quadrilha de fanáticos, que causaram a morte do meu pai, foram mortos durante uma rebelião no presídio onde estavam.

— Caramba, eu não sabia! O líder, inclusive?

— Ele e mais alguns seguidores.

Alê ficou pensativo.

— É uma pena que algumas pessoas prefiram seguir o caminho do mal. Isso me fez lembrar que, faz pouco tempo, li um livro chamado *A grande mudança*, no qual o autor, o também psicólogo Floriano Serra, diz uma frase que me marcou muito: "Se é tão suave aprender pelo amor, por que há pessoas que esperam pela dor para perceber que continuam fazendo escolhas equivocadas?".

— Lindo! É uma grande verdade.

No começo da noite, já bem satisfeitos e relaxados, a conversa agora era absolutamente tranquila.

— Eu nunca poderia imaginar que você era funcionária do Bonne Santé. Estive na fábrica e não a vi.

— Pois eu o vi, de longe. Depois, Anita e eu fomos até a sala de Monique, onde sabíamos que você estava, mas obviamente ela não me deixou falar consigo. Fiquei uma fera.

Alê suspirou, revoltado.

— Ela deve ser louca! Descobri, um pouco tarde, que o que ela tem de bonita, tem de malvada e desleal.

— Verdade. De qualquer forma, foi bom saber que você estava por perto. E isso só foi possível porque eu era funcionária do Bonne Santé.

Ele se surpreendeu:

— Como assim, "era"?

Bia hesitou:

— Deixa pra lá.

— Não, senhora. Que história é essa?

Bia hesitou antes de falar:

— Eu não queria tocar neste assunto, mas já que você perguntou... Monique mandou me demitir.

Alê quase pulou da cama de tão surpreso.

— Ela o quê? Mandou demitir você?

— Isso mesmo.

Só então ele compreendeu o que Monique quis dizer quando fez algumas ameaças veladas em Paris, quando discutiram: era a demissão de Bia, para tirá-la da sua frente.

— Mas por quê?

— Por sua causa, bobinho. Ela descobriu que eu era a grande rival entre você e ela. Era sua alma gêmea.

— Você, rival dela? De onde aquela mulher tirou isso? Eu nunca quis nada com ela.

— Eu sei, mas ela queria tudo com você. Por isso que ela bateu o telefone na minha cara quando liguei para você, no hotel em Paris.

— Naquela hora, eu tive vontade de esganá-la!

Bia resolveu fazer um pouco de charme.

— E o que ela estava fazendo no seu quarto, hein, tarado? Me conte direitinho essa história indecente.

— Nem tarado, nem indecente. Ela foi encher minha paciência. Quase a expulsei do quarto.

— Pois devia ter expulsado, amor — beijou-o carinhosamente.

Alê levantou-se e foi até a cozinha beber um pouco de água. Na volta, sentou-se ao lado de Bia.

— Bom, Monique deu um tiro na água. Sua demissão não tem a menor importância e não vai lhe causar nenhum mal.

Ela sentou-se rápido na cama. Estava surpresa com a reação tranquila dele.

— Ei, como não tem importância? Estou desempregada! Como vou pagar minhas contas?

— Muito simples: com o salário de assistente do diretor de Recursos Humanos do Banque Française d'Investissements.

Ela o olhou séria, franziu a testa enquanto tentava entender o que ouvira.

— Não entendi. Por acaso, você está me oferecendo um emprego?

— Por acaso, não, sua boba. Estou a contratando. A menos que você não aceite.

Ela se jogou nos braços dele, derrubando-o na cama, já que ele também estava sentado.

— Claro que eu aceito, amor. E vou ficar o dia inteiro ao seu lado?

Ele brincou:

— Às vezes, ao meu lado; às vezes, no meu colo...

— Não, senhor, isso não se faz no trabalho.

— Está bem, tentarei me controlar.

— Mas agora me responda: você está falando sério em me contratar ou só está tentando me consolar porque vou perder o emprego?

— Posso lhe fazer acreditar agorinha mesmo: quer que eu telefone para São Paulo e mande providenciar sua admissão?

— Não, senhor. Ainda nem fui demitida.

— Então, me avise quando acontecer.

— Calma, diante desta ótima notícia, quando for demitida, vou tirar uma semana de férias antes de voltar a trabalhar.

— Isso é uma proposta para acompanhá-la?

Ela brincou:

— Você não pode, moço, estará trabalhando.

— Pois, sim. Com os elogios que os dois presidentes fizeram a mim, estou certo de que não terei dificuldades em tirar uma semana para "repousar" depois do exaustivo treinamento que acabo de concluir.

Bia fez charminho outra vez.

— Então não pode ser comigo.

Ele ficou curioso.

— Ué, por que não?

— Porque a última coisa que eu quero ao seu lado é repousar, e você acaba de dizer que está muito cansado do exaustivo trabalho...

Ele deitou-se por cima dela e beijou-a divertido.

— Danadinha...

E ali mesmo, para alegria dela, ele demonstrou que não estava nem um pouco cansado.

Em defesa da privacidade do casal, não descreverei como foi a semana de férias em Cancun, quando não estavam na praia ou fazendo alguma refeição.

A imaginação do leitor ou da leitora se encarregará de descobrir.

***

Alê retornou a São Paulo com a cabeça e o coração nas nuvens. Agora que sabia onde encontrá-la, já tinha plano para ele e Bia ficarem juntinhos para o resto da vida.

Sua grande surpresa, quando reassumiu suas atividades no banco, foi receber uma ligação de Monique logo na primeira hora de expediente daquela manhã.

Como estava de bem com a vida, depois da semana de férias com Bia, atendeu gentilmente:

— Como vai, Monique?

— Não tão bem quanto você, depois daquela festa.

Ele assumiu sem hesitar.

— É verdade, estou feliz.

— Bom, não liguei para falar sobre isso.

— Tudo bem, estou ouvindo.

— Acho que você vai gostar de saber que estou deixando o Brasil. Pedi transferência para a matriz da Bonne Santé, em Paris.

No seu íntimo, Alê gostou de ouvir essa notícia — estava se livrando de um possível incômodo —, mas procurou não demonstrar.

— Sério?

— Sim. Começo já na próxima semana.

— Bom, espero que você obtenha lá o mesmo sucesso que aqui.

— Também espero, mas, desta vez, sem ajuda extra.

— Como assim?

— Terminei meu relacionamento com o vice.

Alê ficou surpreso e fez uma pausa.

— Sinto muito.

— Não sinta, foi melhor para mim. Na verdade, o ambiente aqui já estava ficando chato. Além disso, preciso vencer na vida pelos meus próprios méritos, se é que eu os tenho.

— Claro que tem. Tenho certeza de que você se dará muito bem nesse seu novo desafio, em Paris.

— Também espero. E quem sabe se não encontrarei lá minha alma gêmea?

Ele riu.

— Faço votos para que consiga.

— Então, já que você tem muita experiência nesse assunto, me diga como vou reconhecê-la?

— É simples: confie no seu coração e você saberá quando encontrá-la. Sentirá como se a conhecesse desde sempre. Isso é algo intuitivo, sensorial, mas, não se apresse. Se ela estiver destinada a você,

242

aparecerá quando menos esperar. Você sabe que estou falando isso com conhecimento de causa.

— Sei disso e vou ficar atenta. — Fez uma pausa, e Alê ouviu um longo suspiro. — Bom, quero agradecer-lhe por tudo que fez a meu favor e espero que um dia me perdoe pelas atitudes desastradas que fiz contra você e Bia.

— Não há nada a perdoar, Monique, tudo acabou bem. E, quanto a você, procure ser feliz.

— Obrigada, Alê. E até um dia desses.

— Até, Monique. Boa sorte.

Depois que desligou, Alê ficou reflexivo durante alguns minutos. Que coisa estranha essa transformação de Monique! Será que aquele arrependimento era sincero ou seria mais uma simulação dela? Nesse caso, com que intenção? Tendo visto, na festa, que ele reencontrara Bia, agora é que ela não teria mesmo a mínima chance de conquistá-lo. Então, como explicar aquela ligação?

Bom, por que se preocupar com isso? Na verdade, Monique, agora, não lhe dizia mais respeito.

Nesse momento, Bia entrou na sala e brincou:

— Amor, quero dizer, senhor diretor, trouxe uns papéis para o senhor assinar.

Ele sorriu. Estava feliz de vê-la.

— Muito engraçadinha você.

Ela se aproximou mais e beijou-o nos lábios. Ele resolveu provocá-la.

— Você não vai acreditar quem foi que acabou de ligar para mim.

Bia afastou-se dele e cruzou os braços com a testa franzida:

— Não me diga que foi quem estou pensando.

Alê balançou a cabeça, sorrindo com o ciúme dela.

— Ela mesma.

— E você ainda sorri? Não acho graça nenhuma. Não devia ter atendido. — E sentou-se brava, cruzando as pernas e os braços. — Mas que mulher insistente e sem caráter! Eu queria estar aqui para atendê--la e bater o telefone na cara dela, como fez comigo quando liguei para você, em Paris.

— Calma, docinho.

— Mas que calma? Depois de tudo que ela aprontou com a gente? Ela ainda liga para você, que parece ter gostado muito.

— Claro que gostei.

Bia ficou fula.

— Alê, não me provoque! Você ainda não me viu brava!

— Deus me livre, nem quero ver! Mas acontece que ela ligou para dar uma boa notícia.

— Conta outra, meu caro! Que boa notícia aquela mulher pode dar?

Ele deixou a poltrona e se aproximou de Bia, beijando-a na nuca.

— Ela está indo embora do Brasil. Vai morar e trabalhar em Paris, na matriz da Bonne Santé, já a partir da próxima semana.

Bia parou de balançar o pé e olhou para ele, de boca aberta.

— Ham?

Ele beijou-a novamente.

— Não disse que era uma boa notícia?

Bia suspirou aliviada e abraçou o namorado.

— Ufa! É mesmo uma boa notícia. Assim não corro mais o risco de encontrá-la por aí.

— Não existe mais esse risco. Ela queria apenas se despedir e, acredite se quiser, pedir perdão pelo que andou aprontando contra nós.

Bia olhou séria para ele, desconfiada.

— Tem certeza de que era só isso?

— Apenas isso. Preciso jurar?

— Não, senhor.

Voltaram a se beijar. Bia travou a porta e sentou-se no colo de Alê.

— Amor, eu também tenho uma surpresa para você.

— O que é agora? Fiquei com medo de surpresas.

— Acho que em breve vou ter que me afastar do trabalho por algum tempo.

— Por quê? Você mal começou no novo emprego! Não está gostando do chefe?

— Bobo, não é isso. É que no ritmo em que estamos indo, logo ficarei grávida. Quando estamos a sós, em casa, você não me deixa em paz um instante sequer.

— É para compensar todos os anos que ficamos separados. — Agora foi a vez de ele fazer charme. — Mas se você está se queixando, posso diminuir o ritmo.

— De jeito nenhum, seu bobinho, não se atreva!

— Neste caso, lhe concederei o afastamento com o maior prazer.

Ela beijou-o com vontade.

— Não fale a palavra prazer, senão vou esquecer que estamos em um ambiente de trabalho. Principalmente porque a porta está travada.

— Nada disso, gulosa, controle-se. Logo mais estaremos em casa, e aí então....

Ela pulou do colo dele.

— Não vejo a hora.

Capítulo 27

Depois que retornaram de Cancun, Bia instalou-se no apartamento de Alê, por insistência dele. Já desligada da Bonne Santé e contratada pelo banco, não havia mais razões para continuar em Ribeirão Preto.

No dia da mudança para São Paulo, a despedida dela e de Anita foi comovente e, em alguns momentos, uma engraçada sessão de choro e lágrima.

— Escuta aqui, só estou deixando você ir embora porque vai morar com o Alê. Se fosse qualquer outro pilantra, eu não deixaria.

— Mas veja o lado bom, amiga: agora você tem um lugar confortável para ficar quando precisar ir a São Paulo.

— E isso vai ser logo, confere? Tem um casamento, que não vai demorar, e ao qual não posso faltar.

— Claro que não pode. Vai ser minha madrinha!

Novos abraços e mais lágrimas. Bia ainda tentou convencer a amiga a pedir demissão do laboratório e mudar-se para a capital, para trabalhar no banco. Anita, com muito jeitinho, recusou a proposta alegando que já tinha muitas raízes na cidade — e uma delas era seu namorado.

Nora, a mãe de Bia, também chorou quando a filha lhe contou que reencontrara Alê, que estava trabalhando ao lado dele e que estavam morando juntos, preparando o casamento.

Por mais que amasse a filha, não foi fácil convencer Nora a mudar-se para a capital, pois não queria deixar a tia, que tanto a ajudara em Adamantina. Mas foi a própria Inês quem a convenceu de que a mudança seria melhor para ela, diante das vantagens e facilidades de se morar numa cidade grande.

Bia não cabia em si de tanta felicidade: morando com a mãe e com seu amado Alê, com quem trabalhava. Sentia que iria engravidar em poucos meses, e essa perspectiva completava sua alegria.

Numa noite de sábado, estavam os três assistindo à televisão, numa das amplas e confortáveis salas do apartamento.

O casal e Nora tinham passado a tarde com os pais de Alê, inclusive jantaram com eles.

Portanto, estavam todos satisfeitos, mas cansados. Foi quando Alê teve com uma ideia:

— Amor, tenho pensado muito numa coisa que pretendo fazer.

Ela sentou-se em seu colo.

— Tem minha permissão, desde que eu esteja junto.

Ele sorriu e beijou-a.

— Não só estará junto, mas será minha guia.

— Eu? Do que se trata?

— A história do nosso amor, iniciada lá atrás, quando ainda éramos crianças, teve muitos lances estranhos e misteriosos. Algumas vezes, cheguei a acreditar que, se existisse destino, ele não estava querendo que ficássemos juntos. Mas, ao mesmo tempo, algo me dizia que nosso reencontro estava predestinado.

Nora ouvia a tudo, atenta e emocionada. Alê continuou:

— Foi quando ouvi, pela primeira vez, não sei onde, quando, nem de quem, a expressão alma gêmea. E ela me trouxe uma luz: "Acho que Bia é minha alma gêmea, e eu preciso encontrá-la e estar com ela".

Bia, também emocionada, beijou-o.

— Que lindo ouvir isso, amor.

— Foram tantas as dificuldades que duvidei que pudesse vencê--las. E nós vencemos e, agora, aqui estamos, juntinhos e felizes.

Nora não se controlou:

— Graças a Deus.

— Essa é a questão, dona Nora. Por que vencemos, se tudo conspirava contra nós? Aí eu penso que forças poderosas e misteriosas estiveram do nosso lado o tempo todo, nos mostrando caminhos. Como não faço a menor ideia de que forças possam ser essas, quero pesquisar, estudar e entender melhor esse assunto.

— Amor, você está falando tudo isso, muito bonito, aliás, para chegar a qual conclusão?

— A de que eu passarei a acompanhá-la nas sessões do centro. Quem sabe, lá, encontre as respostas que procuro?

Bia deu um grito e abraçou-se a ele com toda a força.

— Alê do meu coração! Você não imagina como fico feliz ouvindo você falar isso! Durante esse tempo que estamos juntos, nunca tentei convencê-lo a adotar a doutrina espírita. Essa decisão tem que sair do coração de cada um. E, agora, ouço você espontaneamente dizer isso! É incrível sua capacidade de me surpreender, querido. E é por isso que te amo tanto! — E beijou-o mais uma vez.

Nora, mais experiente que eles, fez uma oração em pensamento agradecendo à entidade que inspirara Alê para aquela decisão.

— Quando você for a Ribeirão Preto, vou apresentá-lo ao José, meu mestre, e quem me orientou nos meus estudos a respeito do desdobramento.

— Para ser chamado de mestre, imagino que esse cara seja uma fera nesses assuntos.

— E é mesmo. Você vai gostar dele. Estou tão feliz, amor.

Alê soltou uma exclamação tão alta que assustou Bia:

— Ah!

— Que foi, amor?

— Lembrei-me de uma coisa que há muito tempo queria perguntar para você.

— Pois pergunte.

— De onde você tirou seu pseudônimo?

— Solitaire?

— É.

Bia sorriu de forma travessa.

— Não vou dizer senão você ficará muito vaidoso.

— Trate de dizer logo, sua chata.

— Eu sentia muito sua falta e nenhum outro homem preenchia o espaço que você deixou. Resultado: fiquei sozinha, solitária, entendeu?

Alê ficou realmente vaidoso. Aproximou-se mais dela e beijou-a:

— Você é linda, sabia? E nunca mais vai ser chamada de *solitaire,* nem vai se sentir sozinha. Estarei grudado em você até enjoar.

— Enjoar? Isso nunca vai acontecer. — E devolveu o beijo.

Nora levantou-se e falou sorrindo:

248

— Vou para meus aposentos. Pela alegria dos pombinhos, acho que preferem ficar a sós. — E deixou a sala.

O casal deitou-se no sofá.

Alê estava desabotoando a blusa de Bia:

— Sua mãe é uma superssogra. Eu nem estava pensando nisso, mas já que ela deu a ideia...

Bia ajudou-o na tarefa.

— E você é um maridão.

E não disseram mais nada, porque estavam com os lábios ocupados.

E, como terminavam os contos de fada de nossa infância, todos foram felizes para sempre.

Quem não gosta de um final assim?

FIM

GRANDES SUCESSOS DE
ZIBIA GASPARETTO

Com 18 milhões de títulos vendidos, a autora
tem contribuído para o fortalecimento da literatura
espiritualista no mercado editorial e para a popularização da
espiritualidade. Conheça os sucessos da escritora.

Romances
pelo espírito Lucius

A verdade de cada um

A vida sabe o que faz

Ela confiou na vida

Entre o amor e a guerra

Esmeralda

Espinhos do tempo

Laços eternos

Nada é por acaso

Ninguém é de ninguém

O advogado de Deus

O amanhã a Deus pertence

O amor venceu

O encontro inesperado

O fio do destino

O poder da escolha

O matuto

O morro das ilusões

Onde está Teresa?

Pelas portas do coração

Quando a vida escolhe

Quando chega a hora

Quando é preciso voltar

Se abrindo pra vida

Sem medo de viver

Só o amor consegue

Somos todos inocentes

Tudo tem seu preço

Tudo valeu a pena

Um amor de verdade

Vencendo o passado

Crônicas

A hora é agora!

Bate-papo com o Além

Contos do dia a dia

Conversando Contigo!

Pare de sofrer

Pedaços do cotidiano

O mundo em que eu vivo

Voltas que a vida dá

Você sempre ganha!

Coletânea

Eu comigo!

Recados de Zibia Gasparetto

Reflexões diárias

Desenvolvimento pessoal

Em busca de respostas

Grandes frases

O poder da vida

Vá em frente!

Fatos e estudos

Eles continuam entre nós vol. 1

Eles continuam entre nós vol. 2

Amar
É PARA SEMPRE

Neste romance, você descobrirá que o amor é capaz de romper as barreiras do tempo e que nossa atuação é imprescindível na conquista da felicidade.

Dimitri e Ludmila, dois promissores atores de teatro, conhecem-se no turbulento ano de 1941, em plena Segunda Guerra Mundial e em um encontro decisivo para a vida de ambos. Um caso de amor à primeira vista une, então, os jovens.

Ludmila, contudo, acaba falecendo precocemente, e Dimitri, arrasado pela tristeza, isola-se do mundo e de todos à sua volta. Era o fim (ou o último ato) de uma grande história de amor, mas no palco da vida as cenas sempre podem se repetir e os atores podem assumir outros papéis, reescrevendo, assim, suas histórias.

Este e outros sucessos, você encontra nas livrarias e em nossa loja:

www.vidaeconsciencia.com.br/lojavirtual

Quando
menos se espera...

Nada acontece por acaso, prova disso é a maneira como as situações desencadeiam-se na vida de Alex. Criado por uma família simples no interior paulista, o rapaz, ao atingir a maioridade, decide mudar-se para a capital e estudar Direito.

Ao longo do curso, ele recebe a ajuda financeira de Isadora, uma tia que, por uma série de motivos, evita manter qualquer tipo de contato com o sobrinho. Quando ele finalmente decide que é hora de conhecê-la, Isadora morre, deixando para Alex uma considerável fortuna.

Você vai se deliciar com as situações inusitadas, com os personagens fantásticos e com as mensagens sublimes deste belo romance, que discorre sobre a importância do relacionamento familiar, da amizade e da necessidade do perdão para a conquista da paz. E, acima de tudo, vai compreender que somente o amor é capaz de unir verdadeiramente as pessoas.

Este e outros sucessos, você encontra
nas livrarias e em nossa loja:

www.vidaeconsciencia.com.br/lojavirtual

Rua Agostinho Gomes, 2.312 — SP
55 11 3577-3200

contato@vidaeconsciencia.com.br
www.vidaeconsciencia.com.br